# 毛姆的女性观
## ——毛姆笔下女性人物形象研究

马卓 著

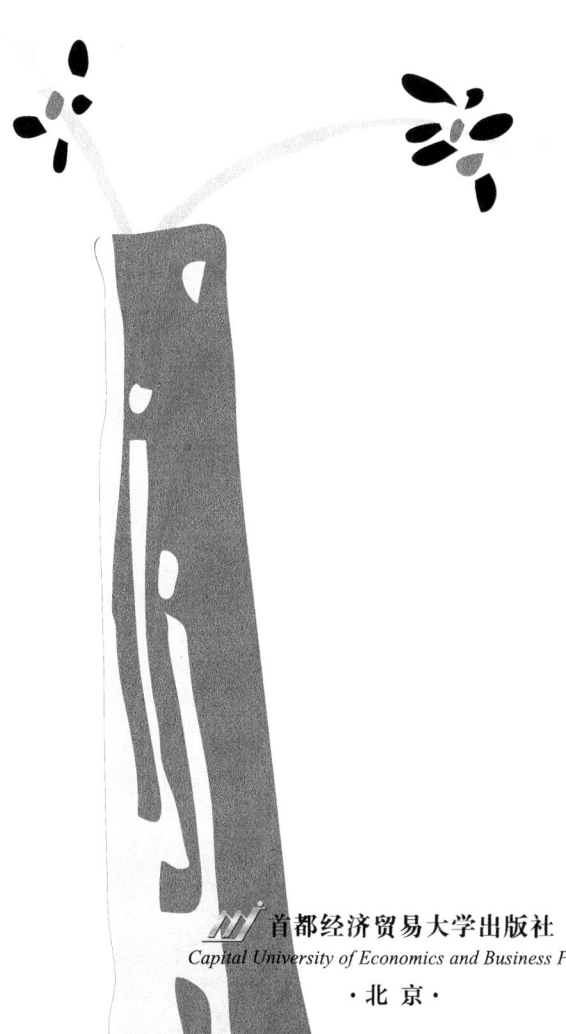

首都经济贸易大学出版社
Capital University of Economics and Business Press
·北京·

图书在版编目（CIP）数据

毛姆的女性观：毛姆笔下女性人物形象研究/马卓著. --北京：首都经济贸易大学出版社，2019.10

ISBN 978-7-5638-3039-8

Ⅰ.①毛… Ⅱ.①马… Ⅲ.①毛姆（Maugham，William Somerset 1874 -1965）—女性—人物形象—小说研究 Ⅳ.①I561.074

中国版本图书馆 CIP 数据核字（2019）第 257442 号

毛姆的女性观——毛姆笔下女性人物形象研究
马　卓　著
MAOMU DE NÜXINGGUAN：MAOMU BIXIA NÜXING RENWU XINGXIANG YANJIU

| | |
|---|---|
| 责任编辑 | 赵　杰 |
| 封面设计 | 风得信·阿东 FondesyDesign |
| 出版发行 | 首都经济贸易大学出版社 |
| 地　　址 | 北京市朝阳区红庙（邮编 100026） |
| 电　　话 | （010）65976483　65065761　65071505（传真） |
| 网　　址 | http：//www.sjmcb.com |
| E - mail | publish@cueb.edu.cn |
| 经　　销 | 全国新华书店 |
| 照　　排 | 北京砚祥志远激光照排技术有限公司 |
| 印　　刷 | 北京九州迅驰传媒文化有限公司 |
| 成本尺寸 | 170 毫米×240 毫米　1/16 |
| 字　　数 | 221 千字 |
| 印　　张 | 12.75 |
| 版　　次 | 2019 年 10 月第 1 版　2019 年 10 月第 1 次印刷 |
| 书　　号 | ISBN 978-7-5638-3039-8 |
| 定　　价 | 43.00 元 |

图书印装若有质量问题，本社负责调换
版权所有　侵权必究

# 前　言

在本科三年级上《名著选读》课时，我第一次接触到了毛姆的《月亮和六便士》。主人公斯特里克兰德抛妻弃子、忘恩负义，违背了世俗的道德，后虽深受麻风病困扰，却用心灵创造出惊世的杰作，在老师的解读下，这样一个抛弃一切追求艺术的画家形象完全颠覆了我们对道德和艺术的既定认知，也激发了我阅读毛姆小说的浓厚兴趣。毛姆的语言简练精辟，他善于谋篇布局，结尾往往出人意料、耐人寻味，被誉为"英国的莫泊桑"，是世界文学史中最受欢迎的作家之一。

出于对毛姆作品的喜欢，我将研究生期间毕业论文的选题定为毛姆笔下的负面女性形象分析。在搜集、整理、研读相关文献资料时，我发现这些女性人物往往有的被贬低、讽刺，有的被攻击、丑化，而作家肯定赞美的女性则施墨较少。可以看出，毛姆对女性秉持着男性至上的态度，这也是女性主义文学批评的研究方向之一。

自2005年工作以来，授课之余我又扩大了毛姆小说的阅读量。特别是他的短篇小说，既描绘了人性的美丑，也展现异域文化的风情，令我爱不释手。同时，我研读了近年来毛姆主题的学术论文，发现将艺术、哲学、心理学、存在主义等理论融入毛姆作品的分析，是现今跨学科研究毛姆的一大特色。于是，鉴于对毛姆小说笔下女性的更多认识，我将迥异的人物细化为更多的类型，并以荣格集体无意识理论、叔本华哲学观来解释毛姆的女性观，还将毛姆在工作、家庭中两性间的纠结归因为弗洛伊德的人格发展理论，使得读者对毛姆的女性观有更客观、深刻的理解。

作家将个人的生活写入作品是再自然不过的，科学地解读他的人生观和道德观，有助于读者理性认识其作品。

# 目 录

**第一章 绪论** ································································ 1
  第一节 毛姆其人 ························································ 1
  第二节 本书研究的理论支持 ············································ 4
    一、女性主义文学批评介绍 ············································ 4
    二、女性主义文学批评理论 ············································ 5
    三、女性形象批评 ······················································ 5
  第三节 毛姆作品在国内外研究综述 ···································· 7
    一、毛姆作品在国内的研究概述 ······································ 7
    二、毛姆作品在国外的研究概述 ······································ 14
  第四节 研究方法与本书的论点 ········································ 17

**第二章 毛姆笔下的负面女性形象** ·································· 18
  第一节 愚蠢丑陋的女性 ················································ 18
    一、《雨》中的戴维森夫人 ············································ 19
    二、《机会之门》中的安妮 ············································ 22
    三、《昂蒂布的三个胖女人》中的苏利夫太太、里奇曼太太和希克森小姐 ································································ 24
    四、《一个有良心的人》中的玛丽·露易丝 ························ 25
    五、《现象与本质》中的莉莎特 ······································ 28
    六、《居利亚·拉匝勒》中的居利亚·拉匝勒 ······················ 30
    七、《叛徒》中的凯伯夫人 ············································ 32
  第二节 受性欲驱使的女性 ·············································· 33
    一、《冬天的航行》中的里德小姐 ···································· 34
    二、《满满一打》中的女性 ············································ 37

I

三、《简》中的简·福勒 ………………………………………… 41
四、《舞男和舞女》中的女性 ……………………………………… 44
五、《尼尔·麦克亚当》中的达里娅 ……………………………… 46

第三节 固执任性的女性 ………………………………………………… 49
一、《插曲》中的格蕾丝·卡特 ………………………………… 49
二、《梅布尔》中的梅布尔 ……………………………………… 52

第四节 冷酷残暴的女性 ………………………………………………… 56
一、《赴宴之前》中的米莉森特 ………………………………… 56
二、《信》中的克罗斯比太太 …………………………………… 61
三、《母亲》中的拉·卡拉奇 …………………………………… 67

第五节 危险善变的女性 ………………………………………………… 73
一、《无所不知先生》中的拉姆塞夫人 ………………………… 74
二、《旧情与俄国文学》和《美商命运》中的安娜塔西亚 …… 77
三、《山顶别墅》中的玛丽·潘顿 ……………………………… 79
四、《美德》中的马格丽·毕晓普 ……………………………… 82
五、《檀香山》中的土著女子 …………………………………… 90
六、《池塘》中的埃塞尔 ………………………………………… 93
七、《被毁掉的人》中的格兰奇太太 …………………………… 100

第六节 舞文弄墨的女性 ………………………………………………… 106
一、《灵机一动》中的福雷斯特夫人 …………………………… 106
二、《上校夫人》中的夏娃·汉密尔顿 ………………………… 111

第七节 极具控制欲的女性 ……………………………………………… 114
一、《爱德华·巴纳德的堕落》中的伊莎贝尔·朗斯塔夫 …… 114
二、《寻欢作乐》中的爱德华·德里菲尔德的第二任妻子 …… 116
三、《丛林里的脚印》中的卡特莱特夫人 ……………………… 117
四、《月亮和六便士》中的女性 ………………………………… 122

## 第三章 毛姆笔下的正面女性形象 ……………………………………… 125
第一节 服务周到的女仆 ………………………………………………… 125
第二节 乖巧顺从的女伴 ………………………………………………… 129
第三节 母性关怀的妻子 ………………………………………………… 132

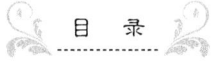

**第四章　毛姆女性观形成的社会因素** ······················· 138
　第一节　集体无意识理论与厌女传统 ······················· 138
　　一、集体无意识理论 ······························· 138
　　二、厌女主义与厌女传统 ··························· 139
　第二节　叔本华哲学思想中的女性观 ······················· 145
　第三节　19 世纪的社会学、文学、绘画、心理学研究 ··········· 157
　　一、19 世纪的社会学研究 ·························· 157
　　二、19 世纪的文学 ······························· 159
　　三、19 世纪的绘画 ······························· 160
　　四、19 世纪的心理学 ····························· 160
　第四节　女性地位的提升 ································ 161

**第五章　毛姆女性观形成的个人因素** ······················· 167
　第一节　得不到的爱和毛姆的失意 ························· 168
　第二节　不幸的婚姻与毛姆的不满 ························· 172
　第三节　含糊不清的性别形象和毛姆的同性恋倾向 ··········· 177

**结语** ················································ 184

**参考文献** ············································ 187

# 第一章 绪论

## 第一节 毛姆其人

威廉·萨默塞特·毛姆（William Somerset Maugham，1874—1965）是英国著名的小说家和剧作家。他在一生中创作了 21 部长篇小说、32 个剧本和 120 余篇短篇小说，写过大量的评论、随笔、游记和回忆录，由此跻身 20 世纪英国文坛最杰出的作家之列。在 60 余年的创作生涯中，毛姆出版的种类颇丰的文学作品深受大众读者和文学界的关注与赞赏。1952 年，毛姆被牛津大学授予"荣誉文学博士"称号。1954 年，80 岁高龄的毛姆被伊丽莎白女王授予"荣誉团骑士"称号。1961 年，他被德国海德堡大学授予"名誉校董"的称号。在美国，耶鲁大学建立了毛姆研究中心。

在塑造颇具讽刺意味的人物形象时，毛姆的写作特色和叙事手法得到了淋漓尽致的发挥。随着如《人生的枷锁》（1915）和《月亮和六便士》（1919）等小说的问世，评论界对毛姆作品关注的焦点一直集中在人类的精神探索和寻求自由等主题上，这也始终是一代代西方文学家们竭力探寻的话题。毛姆的笔触自然流畅，极富习语化，尽显"清晰、简洁、音律和谐"[①] 的创作特点。

在近几十年的毛姆作品研究中，毛姆的短篇小说赢得了其最高艺术成就的赞誉。在我国，《天作之合——毛姆短篇小说选》的编译者在序言中提到："毛姆写的短篇小说的特点在于：结构严谨，语言精练，情节既曲折动人又合乎情理，往往结局出人意料，耐人寻味。"[②] 正如毛姆的朋友、传记作家、评

---

① Maugham S W. The Summing Up[M]. New York: Arno Press, 1977: 30.
② 毛姆. 天作之合: 毛姆短篇小说选[M]. 佟孝功, 刘希武, 郑举福, 等, 译. 长沙: 湖南人民出版社, 1983: 1.

论家理查德·柯德尔（Richard A. Cordell）评价毛姆："与作为剧作家、长篇小说家和评论家的毛姆相比，作为短篇小说家的他享有更高的知名度。"①

在一次记者采访中，毛姆这样说道："任何有一定理性的作家，都会去描写他生活过的、自己熟悉的环境。除此之外，他还能是其他什么方面的权威呢？"② 这番话在毛姆漫长丰富的生活阅历、异彩纷呈的艺术成果上得到了最好的验证。他在法国巴黎生活的经历，以及对法国自然主义作家作品的熟知，极大地影响到他的创作风格和写作手法。他赋予作品古典意义上的形式感和清晰感，一种对人性的弱点和讽刺的事物事不关己的冷漠态度。伦敦的学医经历为他提供了描述身边事物的真实材料。之后为寻求新的创作背景、环境以及生活方式，毛姆频繁出国游历，为他的写作带来了源源不断的素材。他以简练且精准的笔法描绘异域东方的景象；他以愉悦、宽容的心态和洞察一切的眼光，观察到诸多离奇迥异的插曲以及人性的荒唐行径，见证了怪异的、矛盾的和出乎意料的芸芸众生相。毛姆在他的长短篇小说和剧本中表达了他的创作主题，即"人际关系中的个人戏剧"。

在毛姆的部分作品中，毛姆笔下的人物是为追寻自我而放弃正常人生活的白人形象。他们的做法并不是为了遵从上帝的意志，而是寻求不同的生活方式和自己的精神家园。主人公无不受到心魔的驱使：《月亮和六便士》中的斯特里克兰德痴迷绘画而抛弃物质世界；《刀锋》中的拉里致力找寻永恒的真理，"沦落"成凡夫俗子眼中的"逃避主义者"，因为他渴望理解宇宙的意义，并愿意将生命投入寻找智慧而不是聚敛财富上。当然，这样的人物为发现、追随真我而无所顾忌、我行我素的同时，也带着顽固不化和主观偏见，他们为此做出绝对的、残酷无情的选择，更给他人造成了极大的伤害。

毛姆善于塑造的另一种典型形象是通过书中若即若离、冷静清醒的叙述者实现的。当代表善恶的意志开始较量、邪恶的力量常常胜出的时候，主人公往往做出自私自利的决定，并将个人利益置于一切之上。毛姆在他的《总结》中说，他觉得就人类而言，最令他惊诧的莫过于他们没有常性。他从不知道有谁能做出始终如一的事来。看到最矛盾的性格特点竟存在于同一个人身上，而

---

① 转引自 Makolkin A. Semiotics of Misogyny Through the Humor of Chekhov and Maugham[M]. New York：The Edwin Mellen Press，1992：11.

② 转引自 Willy M. William Somerset Maugham：Overview[M]//Kirkpatrick D L. Preface Guide to English Literature. Donver：St. Jones Press，1991：1.

## 第一章 绪论

且居然产生了几近和谐的效果，着实令他着迷。在短篇小说《现象与实质》中，毛姆以诙谐的语调表达了一位法国参议员在两性问题上的看法。参议员看上了年轻、貌美的莉莎特并供养着她，然而他却同意她嫁给她的情人——一个只有在周末才会来巴黎的销售员。这样，他就可以声称自己的情人是位令人尊敬的女士了。小说《路易丝》的同名主人公由于一次生病损伤了心脏，就以身体状况为借口要挟家人。讲述者是这样评价她的："我认为你已经进行了二十五年的愚蠢的欺骗。我认为你是我结识的女人当中最自私、最毒辣的人。你剥夺了你那两个可怜的丈夫的生命，现在你又想毁灭你女儿的一生。"①

毛姆对女性所持的态度，大多数文学批评家都困惑不解。有评论家将其称为"毛姆的癖好"②，还有的评论者在相关表述中不置可否。柯德尔将毛姆对女性人物的处理方式描述为"毫无浪漫气息可言"，并承认其做法势必会"惹恼数百万的女性读者"。③ 他在作品中写到了"厌女主义"一词，但是并未指向毛姆。他谈到了毛姆在青年时代"单相思"的经历，以及一位善于冷嘲热讽的妇产科教授对毛姆的影响。这位教授总结说："没有哪个男人能像一位有修养的女士那样愤世嫉俗。"④ 不过，触及毛姆性别取向这类敏感的话题，柯德尔只是谨慎地提出问题而已。他质疑毛姆对女性的独特态度是否是"一位有理性的男士对维多利亚时代完美女性的抗拒"，而且没有回答。特德·摩根（Ted Morgan）主要从一个简单的角度，即毛姆的性取向来评判其两性观念。不过，详尽地罗列出一系列传记素材的同时，摩根也为读者留下分析思考的空间。

由此，将毛姆对女性的态度绝对地归咎为单纯的性倾向是不科学的。"厌女主义作为一种生物学状况的呈现，是以一种文化上的符号体现出来的"⑤，也是综合原因作用的结果，其中诸如社会文化传统与个人生活经历等都是需要考虑的因素。

---

① 毛姆. 天作之合：毛姆短篇小说选[M]. 佟孝功，刘希武，郑举福，等，译. 长沙：湖南人民出版社，1983：28.

② Makolkin A. Semiotics of Misogyny Through the Humor of Chekhov and Maugham[M]. New York: The Edwin Mellen Press, 1992：11.

③ Cordell R. Somerset Maugham: A Biographical and Critical Study[M]. Bloomington: Indiana University Press, 1961：81.

④ Raphael F. Somerset Maugham[M]. London: Thames O. Hudson, 1976：82.

⑤ Makolkin A. Semiotics of Misogyny Through the Humor of Chekhov and Maugham[M]. New York: The Edwin Mellen Press, 1992：14.

# 第二节　本书研究的理论支持

## 一、女性主义文学批评介绍

20世纪70年代，女性主义批评已经成为西方文艺批评研究中的重要力量。批评家们支持女性在政治、经济、社会、心理以及个人美学方面享有与男性同等的权利。从20世纪80年代早期开始，女性主义文艺批评得到了长足的发展，并且分化成不同的研究方向，如今已成为一个全球化的主题。

最早期或者最简单的女性主义批评方式，是评论家们对一直以来被忽略的女性作家作品的关注和再认。在《一间自己的房间》中，弗吉尼亚·伍尔夫特别提到了从未被评论界重视过的女性作家的作品。在20世纪六七十年代的妇女运动中，女权主义的话题是：女性在男权社会中遭受过种种不幸——她们的呼声无法发出，她们的生活被歪曲误解，她们关注的一切都是无足轻重的。①

从女权主义立场出发的女性主义文学批评，通过对文学作品、文学历史和文学传统的细读和研究，对其中贬低、歧视女性的成分进行评价和批判。在西方女性主义的经典之作《第二性——女人》中，西蒙娜·波伏娃从社会学、心理学和生理学角度入手，论证了女性沦为第二性的根源在于男权文化。② 在传统的父权语境下，女人是"第二性"，处于"缺席"或者"沉默"的从属地位。在男性作者的笔下，所有与女性相关的文字，全部是女性作为"他者"的话语，完全丧失了对女性认同的女性话语特征。"法国女性主义文学批评在分析了西方理论话语中妇女的地位之后得出结论：所有的父权制——包括语言、资本主义、一神论——只表达了一个性别，只是男性力比多（libido）机制的投射，女人在父权制中是缺席和缄默的。"③

---

① 彭珍珠.乔伊斯笔下的女性[D].广州：广东外语外贸大学，2002：11.
② 张翠萍.西方女性主义文学批评研究[D].郑州：郑州大学，2002：9.
③ 张翠萍.西方女性主义文学批评研究[D].郑州：郑州大学，2002：24.

## 二、女性主义文学批评理论

法国女性主义文学批评以剖析西方传统文化为切入点,合理扬弃了男性中心哲学,确立了女性主义文学理论。其理论的核心表现在:"①建立两性在文学象征中的平等关系;②解构男性中心;③创立女性的阅读与写作体系。"[①]

女性主义要求在理论和批评中引入并确立性别范畴。她们研究文本中否定或歪曲的女性形象,并分析作品在语言方面性别歧视的成分。在人类文学创作的历史长河中,厌女倾向早已有之。通过展示男性作家的厌女话语,"女性主义者抨击不公正的性别权力关系,用女性主义观点重新解读和评价男女角色的文本形象,唤醒广大妇女的女性意识"[②]。解构主义认为,现代社会是"菲勒斯中心"社会,也是"词语中心"社会。这一中心社会的语言是人们掌握事物的本质和总结客观规律的必要工具。法国解构主义大师雅克·德里达(Jacques Derrida)将这两个术语合并成一个复合词——菲勒逻各斯中心主义,即世界是在男性中心思维模式统治下的社会。

女性主义将解构理论应用到批评中,反对男女两性二元对立的思维方式,瓦解代表父权制的象征秩序,并提出新的整合的思维模式,如以多元模式代替二元对立,建立差异的政治模式等。在男权思维的控制下,即便女性作家也会无意识地、想当然地将作品中女性人物的悲剧与其注定遭遇的命运联系在一起。女性应该以她本身的性别角度来阅读,即"女性阅读",以摒弃从男性角度出发的阅读模式,确立文本的以女性角度为出发点的价值,从而消灭传统的性别差异。

## 三、女性形象批评

自 20 世纪 60 年代中期到 70 年代初,女性主义批评侧重于妇女形象批评。批评家们从解读、分析男性作品中的女性形象入手,揭示了男性至上的存在方

---

① 张翠萍.西方女性主义文学批评研究[D].郑州:郑州大学,2002:25.
② 张翠萍.西方女性主义文学批评研究[D].郑州:郑州大学,2002:26.

式,强烈地撼动着父权制的根基。女性主义批评家认为,某些文学作品中的女性刻画缺乏真实性。神话中如夏娃之类的女性人格不是被美化,就是被歪曲,是消极的、自主意识缺失的低等客体,是服务于男性需要和欲望的"他者"。男权社会为了维护统治地位,从主观需要和社会利益出发,将自身的性别歧视植入女性人物之中,使其具有类型化、典型化的特点。

以"女性形象"批评的理论为根据和出发点,西蒙娜·波伏娃在《第二性》中通过剖析知名男性作家如蒙特兰特、劳伦斯和克劳代尔等的作品,指出:"在女性形象的塑造中存在着两种主要模式,即贤妻良母式的天使类和娼妓荡妇式的妖精类。这两种形象看似对立,实则都以潜移默化的方式影响妇女的心理和品质培养,以便造就符合父系社会需要的温顺妇女,并对不肯就范的妇女在舆论和形象上进行无情封杀、残酷围剿。"①

凯特·米利特(Kate Millet)在《性政治》中分析了劳伦斯、梅勒、米勒及热奈特的作品中关于性的幻象和意识,总结出"他们的作品宣扬的是阳具崇拜和男人的性力,在性活动中女人始终处于被控制的地位,男人是绝对的操纵者"。② 在《阁楼上的疯女人》(The Madwoman in the Attic)中,吉尔伯特(Gilbert)与格巴(Gubar)研究了但丁作品中的贝雅特里奇、歌德笔下的葛雷特、玛甘泪和考文垂,以及帕特莫尔《屋内的天使》中的女性③,认为男性认可的理想女性不仅外表要美丽漂亮,还要在内心深处依附、听命于男性,心甘情愿地为其奉献一切。在男性作家的作品中,理想的女性被讴歌赞美,主要在于她们对男性的臣服态度和献身精神。

琼·麦卡斯在文章《安泰的避难所:战争、疯狂和女人——存在着女性崇拜》中,以"一战"中女性的经历和贡献为例,对比并批判了海明威、欧文、劳伦斯等作家在作品中对女性失真的描写。贝蒂·弗里丹(Betty Friedan)在《女性的奥秘》(The Feminist Mystiyue)中首次抨击了父权社会推崇的"家中的天使"形象。④。在《思考妇女》一书中,玛丽·艾尔曼将传统的、负面的女性形象分类延伸为"不定型性、被动性、不稳定性、封闭性、虔诚性、

---

① 王建成.启蒙变奏下的生存与张扬:女性主义女学批评管窥[D].济南:山东师范大学,2004:13.
② 王建成.启蒙变奏下的生存与张扬:女性主义女学批评管窥[D].济南:山东师范大学,2004:13.
③ 王建成.启蒙变奏下的生存与张扬:女性主义女学批评管窥[D].济南:山东师范大学,2004:13.
④ 王建成.启蒙变奏下的生存与张扬:女性主义女学批评管窥[D].济南:山东师范大学,2004:14.

物质性、圣洁性、非理性、屈从性、固执性"①。

可见,女性主义批评在"女性形象"批评阶段以男性作家作品中的女性形象为对象,分析在男性文学中女性如何被描述成"他者",她们的文学形象是怎样反映出男性统治下的社会规则,并探寻女性在文学作品中是否被视为客体、弱者或是悍妇,揭露父权社会编织的种种虚伪神话,从而确定所研究的对象作家是否为厌女主义者。

## 第三节　毛姆作品在国内外研究综述

### 一、毛姆作品在国内的研究概述

国内评论界对毛姆的评价要追溯到 20 世纪 20 年代末。据国内学者秦宏的研究②,新中国成立以前,除了赵景深在 1929 年《小说月报》第 20 卷第 8 期发表《二十年来的英国小说》一文,赞扬了毛姆 20 年来持之以恒的创作精神,并肯定了其作品的质量,此外,其他文学批评对毛姆的提及比较有限,例如:在 1937 年出版的《英国文学史纲》中,金东雷将毛姆列入英国社会派小说家;在《西洋文学的研究》(1946)中,柳无忌在提及王政复辟时期的作品时,讲到毛姆是风俗喜剧家的代表。1930 年,南京大学陈嘉教授在美国威斯康星大学攻读英国文学专业,并以《英国二十世纪戏剧家毛姆的戏剧评论》为毕业论文。③ 虽然毛姆在 20 世纪二三十年代作为杰出的戏剧家已享誉世界,但是关于毛姆的评价在当时国内论及较少。

改革开放之后,毛姆长短篇小说的编译在中国掀起了研究毛姆的热潮。随着毛姆作品的译文和译著相继发表、出版,国内对毛姆的研究和评论也层出不穷。在文学教材和文学史作品中,比如,1997 年外语教学与研究出版社出版的王佐良主编的《英国 20 世纪文学史》,2001 年上海外语教育出版社出版了侯维瑞的《现代英国小说史》,1999 年青岛出版社出版的阮炜的《20 世纪英

---

① 王建成.启蒙变奏下的生存与张扬:女性主义女学批评管窥[D].济南:山东师范大学,2004:14.
② 秦宏.毛姆作品在中国的译介与研究[J].广东外语外贸大学学报,2008(2):58.
③ 秦宏.毛姆作品在中国的译介与研究[J].广东外语外贸大学学报,2008(2):58.

国文学史》,都将毛姆列入英国文学的代表作家之中①。

侯维瑞在《现代英国小说史》中指出,"他(毛姆)的作品虽然并不十分受到学术界的青睐,但流行世界、影响深远,确实引起过不同国家和不同阶层许多读者的兴趣,而且这种兴趣至今不衰"②。陈惇在主编的《外国文学史纲要》中指出:"毛姆的多数短篇作品结构紧凑,情节别致,充满五光十色的异国情调,具有经久不衰的艺术魅力,是世界文学短篇小说中的瑰宝。"③ 潘绍中称毛姆的语言风格奠定了他作为当代英语语言大家的地位。④

在创作手法所属的流派上⑤,国内部分学者认为毛姆属于自然主义作家,比如,侯维瑞在《现代英国小说史》和阮炜在《20世纪英国文学史》中将毛姆归为自然主义者。还有一部分学者认为毛姆的作品体现了现实主义的特点,以客观现实为主题来针砭时弊,比如,何仲生主编的《欧美现代文学史》(2002)和王忠祥主编的《外国文学史》(2000),均将毛姆列为现实主义作家。

最近20年间,国内对毛姆作品的研究主要集中在以下几个方向。

第一种是作品思想内涵、主题意义的研究。这些也是研究得最多、最普遍的方向,其中类似"精神探索""自由""人性"的表述在研究题目中出现的频率较高。比如,华中师范大学吴亮的硕士学位论文《毛姆小说中的人生悖论和精神救赎》,在中国知网硕博论文库中被引率较高。该论文对毛姆小说的主题思想挖掘较深,从灵与肉、精神与物质、理想与现实、艺术追求和世俗生活等方面揭示了毛姆小说中对立统一的人生哲学,以及精神救赎的探索。接着作者又从现实主义和现代主义两种写作手法入手,来分析毛姆小说中的人生悖论是如何体现的。论文在最后提到,毛姆通过宽容冷静的视角描述复杂多变的人性,并始终以一种哲学的、客观的态度来看待矛盾的人生。

与先前通过文本研究挖掘人性主题的方式不同,以其他学科为媒介探索主题成为新近研究的主流。比如,李迎霞在硕士论文《毛姆小说〈月亮和六便士〉的人性主题研究》中引入了哲学、心理学视角,探讨人性的本质和生命

---

① 秦宏.毛姆作品在中国的译介与研究[J].广东外语外贸大学学报,2008(2):58.
② 侯维瑞.现代英国小说史[M].上海:上海外语教育出版社,2001:121.
③ 陈惇,何乃英.外国文学史纲要[M].北京:北京师范大学出版社,1996:401.
④ 潘绍中.在国外享有更大声誉的英国作家:萨默塞特·毛姆[J].外国文学,1982(1):64-65.
⑤ 秦宏.毛姆作品在中国的译介与研究[J].广东外语外贸大学学报,2008(2):60.

的意义。类似的论文还有从存在主义、叔本华思想、自然主义倾向、文学伦理学批评、精神分析、女性主义、现代主义、虚无主义等多学科出发综合分析传统的命题。比如，丁霞在硕士论文《从精神分析和女性主义角度解析〈月亮和六便士〉中主人公的出走》中，根据弗洛伊德的"本我""快乐原则"两个理论，结合"厌女"倾向来解释斯特里克兰德出走的原因，而后又以女性主义角度为出发点，对斯特里克兰德的出走做了补充分析。

胡永华发表在《外国文学》上的《从〈月亮和六便士〉看艺术家的生产》一文，围绕"主人公斯特里克兰德为什么是艺术家"这一问题展开论述。文章以《月亮和六便士》为蓝本，勾勒出毛姆"生产出"像斯特里克兰德这样一位有代表性的艺术家的过程与动机，其研究具有一定的深度和跨度。论文首先从西方美学领域传统的命题"艺术品是什么"（即"艺术家是什么样的人"）入手，指出毛姆创造的艺术家斯特里克兰德在多数批评家看来缺乏真实性和足够的人性：他既与画家高更在性格思想上差别迥异，又与高更的画风截然不符，而且缺乏道德感，因而很多评论家认为斯特里克兰德作为艺术家的形象塑造得不够成功。随着西方美学转向对艺术品成因的研究，该文作者也将分析的视角定位在"艺术家的形成原因"上。对于斯特里克兰德因何和如何被造就成艺术家，文章从几个方面进行了分析。

首先，毛姆在小说中引入了艺术界人士对斯特里克兰德作品的评价，确立了他作为艺术家的地位。然后毛姆着重刻画了斯特里克兰德的个性，即他一反伦理道德的人生态度和"为艺术而艺术"的追求。他无视亲情、爱情、友情，抛弃一切枷锁去实现自己的艺术理想，而这也是现实世界中的高更没有达到的。毛姆之所以刻画了如此极端的艺术家，源自18世纪浪漫主义对于艺术家形象的定位：艺术家可以是贫穷的、孤独的，也可以违背常理和道德。随着艺术家地位的被认可和提升，具有独特个性的艺术家逐渐成为文学作品表现的对象。值得借鉴的是，该文作者认识到毛姆在推崇一个"为艺术而艺术"的画家纯粹的精神追求的同时，也暗示了唯美主义带来的伦理危机，理性、客观地评价了毛姆的创作动机。继而在文章的第二部分，作者根据法国社会学家布迪厄的"艺术场"理论（作家与艺术家以同盟的关系建立一个独立自由的、非世俗的世界），解释了毛姆创作斯特里克兰德的另一动机。作为艺术家的同盟者，作家有必要维护、支持纯艺术的至高无上，以及艺术场的特殊地位。在《月亮和六便士》中，毛姆的代言人、小说的叙述者是一位青年作家。通过这位作家的介绍、分析、引导,读者一步步对艺术家的创作之路有了整体的认识。同时,该文章的作者还提到了毛姆对艺术和创作的崇拜与他不得不面对的经济利益之间的矛盾。最后,论文作者从读者需求方面解释了毛姆创作斯特里克兰德的另一个原因。西方文明对个性的压抑促使读者更期待具有桀骜不驯等独特、叛逆性格的艺术家出现,而毛姆正是迎合了公众的这一口味和需求,才独具慧眼地定制了特立独行的艺术家斯特里克兰德。该论文将毛姆关于艺术家主题的作品与艺术理论结合在一起,从艺术家、艺术界、艺术场等层面总结了作家创作艺术家的成因,其创作视角独特、论证兼具深度与广度,具有极高的科研价值。

在主题研究中,对于女性的研究也层出不穷。关于"婚姻""爱情""情爱""女性主义"等研究充分体现了女性自我意识的增强。较早论及毛姆小说中的婚姻、爱情主题的是辽宁师范大学杨锐的硕士论文《从毛姆小说中的婚姻爱情景观看毛姆的精神探求》。作者首先列举了毛姆长短篇小说中的一系列爱情闹剧和悲剧,说明爱情是脆弱的、可怕的,而关于婚姻的故事大多也是不圆满的,是一种世俗的交易,体现了毛姆对于婚姻爱情的失望、不安和惶恐。而后作者探究了毛姆婚爱观的形成原因,其中包括他童年的不幸导致孤僻的个性,爱情失意以及婚姻的失败等。论文的亮点是作者将毛姆推崇的斯宾诺莎关于爱与婚姻以及自由的论述,与毛姆作品中的人物如何挣脱感情枷锁、寻求永恒的自由真谛结合在一起,以突出斯宾诺莎的思想对毛姆创作观的影响。论文在最后提到了逃离女人和逃向女人,即对女性既否定又肯定的女性观。毛姆期待的女性,是服务于男性的女性,也是父权文化对女性的期待。综合来看,这篇论文既体现了毛姆的婚爱观,又将其与人生探索的主题相结合,而二者联系的纽带是一种哲学思想,同时作者对毛姆女性观的论述也上升到一定的高度,具有立意鲜明、构思巧妙的特点。

李钰铮在硕士论文《毛姆小说中的情爱伦理观》中分析了女性情爱伦理观的变化,以及情爱视角下的男性伦理观,挖掘出隐藏在这一观念背后的菲勒斯主义,接着作者又将毛姆接受的如叔本华、斯宾诺莎、斯宾塞等哲学家的理论学说应用到毛姆情爱伦理观的解释中来,达到了一定的研究高度。秦宏发表在《南京师范大学文学院学报》上的《试析毛姆作品中的女性形象》则把毛姆作品中的女性分为多数反感的和少数赞美的,并将毛姆对女性的态度归因为其个人生活中的创伤、爱情和婚姻、同性恋等因素。作者认为,对于毛姆反感的女性,《月亮与六便士》中的斯特里克兰德太太虚荣、伪善、世故,《寻欢作乐》中的德里菲尔德太太同样有着黑暗的内心。而毛姆欣赏的女性,当属《寻欢作乐》中虽然生性风流但真诚坦率的罗西,以及《人生的枷锁》中坚强独立、宽容无私的诺拉。与国内外某些评论含糊其词、模棱两可地评述毛姆的同性恋取向不同,该篇论文作者明确了毛姆的同性恋身份,以及同性恋者由于狭隘的世界观导致其作品缺乏情感、主题的深度的结论。这也说明毛姆之所以对女性持有偏见,是因为他缺乏对人类(包括对女性的)的博爱和信心,加之个人生活的不幸,影响了毛姆笔下女性创作的基调。

第二种研究方向是对作品写作方式、方法的研究,其中毛姆长短篇小说的叙事特点、毛姆的文学观等是研究的重点。天津师范大学梁仙凤的硕士论文《论毛姆小说的叙事艺术》以叙事学的理论来论述毛姆小说的叙事技巧。文章首先分析了毛姆作品采用的叙述视角,即传统、全知的第三人称视角,以及作为人物——叙述者的人物叙述视角。接着作者论及毛姆小说的叙事结构模式,包括召唤—启程—历险—归返式的、"单元神话"的叙事模式,波浪形的线状叙事结构,反高潮和呼应的叙事技巧。文章最后提及了言语反讽和情景反讽在毛姆作品中的恰当运用,以及毛姆开创的新的叙事技巧的意义。

朱慧芳的硕士论文《毛姆小说叙事特征研究》在阐述毛姆文艺观的基础上,于"叙述论"中利用热奈特的叙述者划分理论,分析了毛姆小说中的叙述者形象,在"情节论"中分析了毛姆长篇小说的情节类型,即由线性时间型转变为非线性空间型。短篇小说的情节则由"处境—纠纷—解结"构成。在"人物论"中,作者分别运用"功能性"人物理论和"心理性"人物理论分析小说中的人物形象特征,全方位地将毛姆小说的叙事特点论述得科学且独到。

第三种研究方向是对毛姆东方主义的研究,见于毛姆与中国、毛姆异域游记研究等。例如,庞荣华的博士论文《毛姆异域游记研究》以毛姆的游记《在中国屏风上》《客厅里的绅士》《西班牙主题变奏》为分析对象,追寻了毛姆独特的异域文化追寻之路,并挖掘出毛姆思想中理想化的文化原始主义。张艳花在博士论文的《毛姆与中国》第二章"毛姆笔下的中国"中,从英国文化中的中国形象入手,结合《在中国屏风上》和《彩色的面纱》呈现的中国人的形象和特征,指出"毛姆笔下的中国形象,美好与邪恶、光明与黑暗并存,它并非现实的中国情形,而是毛姆对中国'他者'的一种意象和体现,表达了作家毛姆对自我的梦想和追求、焦虑与恐惧等不同时期的精神生活的本质,真实地体现了毛姆一贯的亦此亦彼又非此非彼的复杂矛盾的文化心理特征"①。

童银银在《外国文学研究》上发表的论文《跨文化的吸引——论毛姆小说中的东方文化》(1998),论证了毛姆小说中的"异国情调"、东方文化、土著文化等非西方文化的价值和意义。文章首先从毛姆短篇小说《患难之交》和《雨》入手,指出在与西方文化截然不同的东方文化背景中,人性的丑恶、西方文化的堕落更能鲜明地体现出来,并反映出毛姆对西方文化的反感。接着,作者揭示了东方文化更深层次的意义。在《月亮与六便士》中,"异国情调"的塔希提岛为被西方文化所不容的艺术家斯特里克兰德创造了宽容、自然、和谐的创作环境,使之在平和的心态中自由发挥艺术的灵感和潜能,创造出伟大的艺术。在《刀锋》中,西方文化熏陶下的主人公拉里更是在东方文化中找到了人生和生命的真谛,从而认识到自身的价值。可以说,这篇论文是国内比较早的对毛姆东方题材、东方文化小说的研究,其立意新颖独到,论证科学充分,具有一定的学习价值。

第四种研究方向为毛姆与其他作家的比较分析,如两位作家的作品比较,以及作家之间的比较等。常见的比较分析研究是毛姆作品与中国作家作品的研究。例如,在赵晓丽、屈长江的《毛姆的审美理想与魏晋风度》中,作者认为毛姆在揭示人性险恶的背后,追求一种超脱的、回归伊甸园式的自我完善模式,与我国魏晋时期的阮籍、嵇康、陶渊明的思想与艺术主张不谋而合,体现了人类觉醒过程中东西方文学思潮的共性和差异。

以"毛姆"作为题名,在中国知网下载率最高的,当属陈娟的博士论文《张爱玲与英国文学》。其中第七章以"喜欢毛姆的短篇小说"为题,分析了毛姆小说艺术创作的手法、异国情调等对张爱玲小说的影响。作者经过文本对比分析,认为在塑造异域他者形象方面,张爱玲高出毛姆一筹,即张爱玲将殖民者的形象加以细化的内心呈现与分析,体现出其人性中令人怜悯的一面,因而"具有更广阔的世界情怀"②。

第五种研究方向是关于毛姆研究现状的研究。如申利锋在《20世纪80年

---

① 张艳花.毛姆与中国[D].上海:复旦大学,2010:64.
② 陈娟.张爱玲与英国文学[D].长沙:湖南师范大学,2011:190.

第一章　绪论

代以来的我国毛姆研究》（2001）中以短篇小说、长篇小说作为毛姆研究分类的依据，尤其引用了作品译介中译者或者编者的权威性的评价来突出作品的特点。相比之下，秦宏的《毛姆作品在中国的译介与研究》（2008）从更广阔的角度，更详尽地梳理了有关毛姆研究。在时间跨度上，作者逐一展示了新中国成立之前毛姆研究的珍贵资料，而在改革开放之后，国内的毛姆研究又从长篇小说、短篇小说、毛姆介绍、比较研究、叙事特点研究、某一创作特点研究等多角度为出发点，体现出国内研究方向的类型化。不仅如此，作者还就"毛姆现象"问题介绍了国内外作家的不同观点，对其作品的思想内容和艺术特色的评价进行归类与总结。自 20 世纪 80 年代至今，在国内逐渐广泛开展起来的毛姆研究中，这是一篇比较综合地整理了其研究成果的介绍，为国内研究者提供了宝贵的研究资源。

辛红娟、郁宏福发表在《中国翻译》（2016）上的论文《毛姆在中国的译介溯源与研究潜势》可以说是对毛姆作品在国内译介研究方面最新的成果。文章总结了申利锋、秦宏发表在核心期刊上的国内毛姆研究综述的论文，并着重论述了毛姆翻译研究的潜在空间。论文首先追溯了"五四运动"以来国内出版的毛姆作品的译本及介绍，从 1978 年之前无序的、零散的译介，到改革开放之后翻译的几乎毛姆创作的所有类型的作品，包括长短篇小说、戏剧、散文、游记、评论等。鉴于国内 20 世纪 80 年代出现的"毛姆热"，作者还提供了当时国内出版社出版的所有毛姆作品译著清单，并列出了国内知名的毛姆作品的译者。关于毛姆研究的学者，作者列举了最早研究毛姆的、比较有影响力的专家。此外，作者还对国外毛姆研究的书籍做出梳理，其中介绍了毛姆传记的所有作家，以及毛姆研究方面的代表性成果，包括毛姆作品的评论集、毛姆短篇小说评论等。然而作者接着又指出，相对于毛姆作品译著的激增，国内对毛姆译著研究的成果较少，在这一领域存在很大的研究空间。作者还以三位译者对"chink"的不同翻译为例，说明翻译研究应该不仅局限在以语言、文学为基础的内部研究，还要从文化、政治、社会等角度进行综合分析，译出最符合国家社会当前状况的、读者更能接受的版本来，从而为汉语读者认识、研究毛姆及其作品服务。总的来说，这篇论文更全面地涉及毛姆译介的相关信息，如国内知名译者、权威出版社等，以及国外的毛姆传记作家也均一一列出，为涵盖毛姆译介研究在内的毛姆研究提供了宝贵的信息资源。在文章的最后，作者提出的毛姆翻译研究相对稀缺也为国内学者在毛姆研究领域指明了一定的研究方向。

## 二、毛姆作品在国外的研究概述

毛姆是享誉世界文坛的英国作家。除了诗歌以外，他运用多种文字形式进行创作。在20世纪的英国作家中，他的作品流传最广，最受欢迎，可以说是文坛的天才。他的读者遍布世界各地，作品也被翻译成各国文字广泛传播。毛姆是法国读者喜爱的英国小说家之一，被看作是福楼拜和莫泊桑的继承人。在美国，他的作品发行量很大，而且经常脱销。

名誉的光环验证了毛姆作为"技巧大师"和"伟大的艺术家"的创作天才，但是学术界并没有给予毛姆与其声誉同样高度的评价。毛姆在读者和在批评家心中的地位很不相称。一直以来，毛姆被文学界视为"二流作家"而不是严肃作家，甚至在英国文学史的经典著作如《诺顿英国文选》(*The Norton Anthology of English Literature*)、《英国文学新编》(*British Literature*)、《牛津英国文学简史》(*The Oxford Companion to English Literature*) 中也是被一笔带过。不过，1948年，阿尔伯特·鲍夫（Albert C. Baugh）编辑的《英国文学史》(*The Literary History of England*) 中提及了毛姆。①

国外毛姆研究的著作主要是关于他的传记，为毛姆作传的作家有特德·摩根（Ted Morgan, 1980）、罗宾·毛姆（Robin Maugham, 1966, 1978）、理查德·柯德尔（1961）、杰弗瑞·梅耶尔斯（Jeffrey Meyers, 2005）、安斯尼·柯蒂斯（Anthony Curtis, 1974, 1977）、罗伯特·考尔德（Robert Lorin Calder, 1989）、费而菲（K. G. Pfeiffer, 1959）、盖森·坎宁（Garson Kanin, 1996）、弗雷德里克·拉斐尔（Frederic Raphael, 1976）、福雷斯特·伯特（Forrest D. Burt, 1985）、赛琳娜·黑斯廷斯（Selina Hastings, 2010）等。其中当属特德·摩根（Ted Morgan）的传记《人世的挑剔者——毛姆转》最有影响力。1980年5月3日，英国《经济学家》杂志刊登了评论："摩根对他自己所写的传记人物具有深刻的同情……但作者对毛姆一生做了直率的描写——并没有美化他。摩根的这部传记特别有价值。因为没有谁能够看到这么大量的关于毛姆

---

① 蒋丽. 威廉·萨默塞特·毛姆短篇小说中的异化[D]. 长沙：湖南大学，2015：3.

的档案材料,这样得心应手地直接引用毛姆著作中的原文。"①,罗宾·毛姆作为毛姆的侄子在 Conversation with Willie, Recollections of W. Somerset Maugham 中聚焦毛姆晚年的生活,从更亲近、自然的角度写出了毛姆真实的个性。毛姆研究的其他作品还有 W. Somerset Maugham: the Critical Heritage (1987)、William Somerset Maugham: Some Aspects of the Man and His Work (1977)、W. Somerset Maugham—A Study of the Short Fiction (1993) 等。

还有一些毛姆研究通过分析,并结合毛姆的小说与本人的经历和思想来探究作家的精神世界。法国作家波伊尔(Boyle,1987)将毛姆描述为"天堂的恶魔",意即毛姆性格上的双重性。阿奇·罗斯(Archie Loss)的 Of Human Bondage: Coming of Age in the Novel (1990) 以时间为线索,评述了《人生的枷锁》中主人公菲利普的困惑与挣扎。斯万·阿诺德·詹森(Sven Arnold Jensen)的 William Somerset Maugham: Some Aspects of the Man and His Work (1977) 试图根据毛姆对生命、爱情和人性的态度来分析《人生的枷锁》中毛姆的精神探求。② 除了传统的命题,在某一特定领域的研究还有安娜·马克尔金(Anna Makolkin)的专著 Semiotics of Misogyny Through the Humor of Chekhov and Maugham,作者运用符号学原理,将毛姆和契科夫短篇小说中的女性人物进行对比分析,验证了两位小说家的厌女倾向。

毛姆的短篇小说一直被评论界认为是毛姆最高的艺术成就,其中表现异国情调的东方题材占主导地位。用同性恋的理论来分析毛姆的部分短篇小说,评论家找到了解释毛姆笔下人物异化性存在的新线索。菲利普·赫尔顿(Philip Holden)的专著《男权倾向,民族倾向》(Orienting Masculinity, Orienting Nation) (1996),从全新的角度将同性恋和后殖民主义理论融入毛姆作品(《月亮与六便士》《树叶的震颤》《在中国屏风上》《彩色的面纱》《马来故事集》等)的诠释中,拓展了毛姆研究的领域。在"原始想象:《月亮与六便士》"中,作者确立了塔希提岛对于小说男主人公斯特里克兰德的意义,以及岛上的土著女性与作家生活中的白人女性的不同性格定位。"怀旧的小屋:《树叶的震颤》"部分阐述了毛姆的叙事原则,即该小说集中的故事多以作者的代言人的身份、从第三人称的叙述视角来铺设情节。同时,作者还将南太平

---

① [美]特德·摩根.人世的挑剔者:毛姆传[M].梅影,舒云,晓静,译.长沙:湖南人民出版社,1986:3.
② 蒋丽.威廉·萨默塞特·毛姆短篇小说中的异化[D].长沙:湖南大学,2015:3.

洋岛国的原始性与西方社会的文明与现代性进行对比，指出毛姆此部短篇小说集中的作品很大程度上体现了原始之于文明的胜利。生活在东方原始氛围之下的西方文明之士在此大多腐化堕落，屈从于原始的欲望。根据蒋丽的研究分析，在"《木麻黄树》"部分，菲利普·赫尔顿从压抑、同性恋与堕落、男子气概与同性恋的关系等角度，重新解读了部分故事。该结论在其之后的论文 *Colonizing Masculinity：The Creation of a Male British Subjectivity in the Oriental Fiction of W. Somerset Maugham*（1994）中也有提及①。

安斯尼·柯蒂斯（Anthony Curtis）高度赞扬了毛姆的短篇小说，认为它是"英语或者任何语言中最优秀的小说之一""在南太平洋和东印度殖民地侨民的生活区域内，他发现了最合适不过的主题"②。在 *The Pattern of Maugham：a Critical Portrait* 一书中，安斯尼·柯蒂斯（Anthony Curtis）指出，毛姆南太平洋小说的共同主题是人物性格决定命运，小说的缺陷在于作者只是将命运与阶级等同起来。接着，他指出欧洲人在亚洲的生活是"一个堕落的过程，或者是正在逐渐被腐蚀的过程"③。罗伯特·吉什认为毛姆是吉卜林的继承者之一，"延伸了异域情调的主题，拓展了现代短篇小说的范围，并且加深了人们对异化的理解"④。

杰弗瑞·梅耶尔斯（Jeffrey Meyers）对康拉德的《胜利》和毛姆的《雨》中的妓女形象进行了对比分析，发现作品都具有"热带地区白人男性的堕落"这一共同主题。⑤ 矛盾与对立也出现在毛姆的小说中，如文明与原始、精神和物质、理想与现实等，再现了毛姆对人性本质的揭露。约翰·汤姆斯·迈克盖尔（John Thomas McGuire）将《信》和改编的电影之间的差异进行分析，指出英国殖民者曾经在社会和道德中的优越感已转化为种族主义。⑥

---

① 蒋丽.威廉·萨默塞特·毛姆短篇小说中的异化[D].长沙:湖南大学,2015:5.
② Curtis A. The Pattern of Maugham:A Critical Portrait[M]. London:Humish Hamilton,1974:158.
③ Curtis A. The Pattern of Maugham:A Critical Portrait[M]. London:Humish Hamilton,1974:175.
④ Gish R. The Exotic Short Story:Kipling and Others[C]//The English Short Story1880-1945:A Critical History,Boston:Twayne 1985:24.
⑤ Meyers J. Tis Pity She's a Whore:Conrad's Victory and Maugham's 'Rain'[J]. Notes on Contemporary Literature,2012,42(1):41-44.
⑥ 蒋丽.威廉·萨默塞特·毛姆短篇小说中的异化[D].长沙:湖南大学,2015:5.

## 第四节　研究方法与本书的论点

从语篇的层面讲，女性主义读者应该认同文学作品中的女性形象和她们的关注，以此为男性中心的假设做出评价，并对存在于以男性为中心和主导的文学作品中的父权形象和观念进行分析。

正如女权主义理论呈现出不同的形式那样，对于文本的女性主义分析方式也是分门别类的。然而，无论作者选择将何种理论和批评方法运用到文本中，文本分析都可以从几个基本问题入手：

> 如果这部作品的作家是男性，那么他是如何创作女性形象的？其作品中的女性角色属于那种类型？作家对于女性所持的态度如何？他是否贬低过女性？作者的文化层次是如何影响他的观点的？他所处的时代和他身边的女性是如何影响他的思想观念的？以上问题的答案会帮助女性主义读者解读男性作家的文本。[1]

20世纪六七十年代女权主义崛起，蓬勃发展的女性主义批评中的一个分支是对男性作家作品的评论。作为享誉世界的英国作家毛姆，是否在其作品中如实地体现了女性的生活？而当时的社会和自身因素是否对毛姆的性别观念产生过重要的影响？

由此，本书将以女性主义批评理论中的一个分支——"女性形象批评"为研究方法，重新解读毛姆作品中的某些女性形象，并总结出毛姆对女性的态度，即毛姆的女性观。既然文学作品总是受其创作时间和地点的局限，毛姆作品中的女性人物的展现也不可避免地被社会和历史因素所影响，因而本书将以社会—传记的分析方式，运用叔本华的哲学理论、弗洛伊德的心理分析理论和荣格的集体无意识理论来探寻毛姆女性观念形成的原因。

---

[1] 陈晓兰.女性主义文学批评与文学诠释[M].兰州:敦煌文艺出版社,1999.

# 第二章　毛姆笔下的负面女性形象

生活在父权社会中的文人墨客代表着男权制度的文化取向,必然会传承哺育过他们的文化传统。"作家会创造虚幻的世界,从而为他代表的文化服务。在他的小说中,现存的社会价值被再次认可,他很有可能写出他应该说的话,也就是那些在他之前被不断重复过的事件。"① 在一个父权社会中,既然歧视女性始终是一则占主导地位的话题,那么,其中的作家肯定会感同身受,认同父权社会的固有观念,相信女性就是"他者",并在创作过程中写入约定俗成的性别偏见。

作为声名显赫的通俗作家,毛姆必然无法摆脱文化和社会所限定的主导模式。然而在文学评论中,毛姆作品中的女性主题却被审慎地涉及。本章通过分析毛姆作品中的负面女性形象,即女性被看作愚蠢丑陋者、性欲驱使者、固执任性者、冷酷残暴者、危险善变者、控制欲强烈者,或者是不甘寂寞的舞文弄墨者,使女性主义读者能够清晰地辨明毛姆创作观中的性别取向。

## 第一节　愚蠢丑陋的女性

屡次出现在文学文本中的动物影射是"以同样的形式显现在各种文化中的普遍象征"②。虽然世界文化的表现方式迥异,但是在不同文化中的自然环境之下的某种动物意象却代表着类似的特征。在文学文本中,当人物被描绘成带有动物的特点时,读者无须发挥过多的想象力便能将二者等同起来,辨识出作者的意图。如果女性被视为低于男性的低等生物,那么,她们与动物无异。

---

① Makolkin A. Semiotics of Misogyny Through the Humor of Chekhov and Maugham[M]. New York: The Edwin Mellen Press, 1992: 103-104.

② Winner I P. Semiotics of Culture[C]//Deely J, et al. Frontiers of Semiotics. Bloomington: Indiana University Press, 1986: 181.

在毛姆的某些作品中,女主人公几乎是愚蠢无知、知性欠缺和思想狭隘的"动物"性化身,被无情地贬低为"他者"。

## 一、《雨》中的戴维森夫人

《雨》是毛姆短篇小说集中最知名的一篇。故事发生在南太平洋上的帕果帕果,记录了传教士戴维森夫妇与医生麦克费尔夫妇在此逗留的生活,并围绕戴维森先生试图救赎妓女汤普森小姐的活动为主线展开。小说真实地描述了传教士夫妇的言行举止,以及他们在萨摩亚布道传教的经历,鲜明地勾画出他们独特的个性,并流露出作者的嘲讽之意。戴维森夫人的容貌是这样的:

> 她身着一袭黑衣,颈上戴着金项链,上面挂着个小小的十字架。这是个身材矮小的女人,暗淡的褐色头发梳理得一丝不乱,不起眼的夹鼻眼镜后面是一双向前突出的蓝眼睛;一张绵羊般的长长的脸蛋,但并不给人愚蠢之感,相反会让人觉得极为机警。她动作敏捷,如鸟儿一样。①

戴维森夫人带给作者的第一印象是她如绵羊一般笨拙。不过用绵羊来比拟一位传教士的妻子似乎冒犯了上帝和神灵,于是,戴维森夫人看上去更像一只灵活敏捷的小鸟。"鸟儿"的比喻可谓一语双关。鸟儿在天空飞行,从某种意义上说更接近于天堂和上帝,更适合而不是诋毁戴维森夫妇作为上帝的使者的角色。然而从另一方面看,"for the birds"也是一则美国俚语②,意思是"荒唐可笑的,沉闷无聊的,毫无价值的,只能骗那些轻信的人的"。很显然,作者对戴维森夫人的印象是后者。

安娜·马克尔金认为,相比之下,如果仅是为突出作者意欲贬损的效果,"绵羊"比"鸟儿"的比喻更直接,更有力量,也更具说服效果。在动物王国中,绵羊虽然无害,但是不够聪明。如果用绵羊比拟一位女士,其头脑的愚钝和身上的傻气显而易见。不过,读者恐怕很难将绵羊和传教士相提并论,感觉

---

① 毛姆. 爱德华·巴纳德的堕落[M]. 孔祥立,译. 南京:译林出版社,2015:2.
② Makolkin A. Semiotics of Misogyny Through the Humor of Chekhov and Maugham[M]. New York:The Edwin Mellen Press,1992:21.

那样有悖于上帝的侍者的形象。毕竟作为连接神与世俗人类的纽带，传教士应该受到足够的尊重和肯定。① 思虑缜密的作者随之选择了较温和、隐晦的"鸟儿"象征。实际上，不管被视为"绵羊"还是"鸟儿"，戴维森夫人都逃离不了动物的意象——低于人类的"他者"。虽然"鸟儿"在文化意义上更容易被读者接受，但是与其相关的短语暗含的愚蠢之意仍可以被联想到。

作者在描绘戴维森夫人的肖像时提到，她长着"绵羊"般的长脸，但是"并不给人愚蠢之感"。仅从外表和视觉印象判断，戴维森夫人并不是看上去愚蠢呆板的女性。然而随着人们深入地接触，戴维森夫人被证明是最不被男士认可的女性。她说话的声音、思想和行为，都令作者和麦克费尔医生压抑、反感。乍一听到戴维森夫人说话，任何人都会烦躁不安起来："她身上最不寻常之处便是她的嗓音，调门高，如金属般没有任何转调；当尖厉单调的嗓音传到你的耳鼓时，像无情的风钻噪声一样，让你的神经不胜其烦。"②

单纯听戴维森夫人讲话就足够是一种折磨，可是她谈论的内容更令人无法接受。跳舞作为一种娱乐方式，在任何社会和阶层都是被广泛认可的。然而戴维森夫人接受的跳舞，是丈夫和妻子之间的跳舞，此外任何陌生男女之间的跳舞都是不合适的。她不无自豪地告诉麦克费尔医生："自结婚以来一步都没跳过。"③

不过，戴维森夫人对于西方世界白人社会交际活动中的跳舞还是持宽容态度的。他们夫妇强烈反对的，是当地土著人疯狂热衷的舞会。在戴维森夫人的思想意识中："当地人跳舞完全是另外一回事，跳舞本来就不道德，而且显然会导致伤风败俗。"④ 作为一种表达和发泄情感的方式，舞蹈自远古时代就已出现，而人类文明发展到 20 世纪，居然还有人质疑它的本质和意义，可见这是何等荒谬无知的偏激之谈。戴维森夫人对事物狭隘、愚蠢和固执的认知方式，令读者鄙夷不屑。

对于社会发展尚停留在原始状态的当地土著部落，舞蹈不仅是他们社交活动中不可或缺的部分，是表达个体内心世界的方式，也是作为人类宣泄自然

---

① Makolkin A. Semiotics of Misogyny Through the Humor of Chekhov and Maugham[M]. New York: The Edwin Mellen Press, 1992: 21.
② 毛姆. 爱德华·巴纳德的堕落[M]. 孔祥立, 译. 南京: 译林出版社, 2015: 2.
③ 毛姆. 爱德华·巴纳德的堕落[M]. 孔祥立, 译. 南京: 译林出版社, 2015: 4.
④ 毛姆. 爱德华·巴纳德的堕落[M]. 孔祥立, 译. 南京: 译林出版社, 2015: 4.

的、本能的欲望的需要。对他们来说，舞蹈更是生命中至关重要的一部分。然而，极端的传教士戴维森夫妇竟将土著人钟爱的跳舞彻底铲除了。"八年来在我们的教区没有一个人跳舞，这样说我认为没错。"① 可以想见，传教士夫妇以何等的意志和手段才得以扑灭教区内土著人的热情之火。

不仅在跳舞方面，戴维森夫人还反对热带地区土著人的穿着——缠腰布。她认为人们穿得少会有伤风化，做出不道德的事情来。"'这种服装太不像话了，'戴维森夫人道，'戴维森先生认为法律应该禁止如此穿着，身上什么都没有，就腰间裹着块红色棉布片，你还指望人讲道德吗？'"② 戴维森夫妇思维僵化，根本不从事物的实际情况出发看待问题。实事求是地讲，尽量穿得少是生活在高温之下的人们最佳的也是唯一的选择。戴维森夫妇无视人们的客观需要，硬是将身体的暴露和道德沦丧联系在一起，体现出其狭隘的观念和顽固的意识。

可悲的是，土著人传统的、自然的习俗正在被这些自鸣得意和固执己见的西方侵略者践踏。"'在我们那些岛上，'戴维森夫人用她的尖厉嗓音继续说道，'我们把缠腰布几乎全部消灭了。几个老人还在穿，但也就那么多了。女人们喜欢上了长罩衣，男人则穿裤子和汗衫。'"③ 听到戴维森夫人对再普通不过的缠腰布的尖刻评价，麦克费尔医生不禁擦了把头上的汗。

此时，船上的乘客们已经弃舟登岸。虽然是清早时分，人们仍感受不到一丝微风和清爽，反而挣扎在难耐的酷暑中。作者刻意描写帕果帕果的炎热天气，与戴维森夫妇强行将教区内的土著裹上"体面"的外衣形成了鲜明的对比，体现出传教士夫妇愚昧无知的想法得以实施之后的残酷结果，令读者不禁心生怜悯，并憎恶反感戴维森夫妇的一意孤行。

麦克费尔医生是作者毛姆在小说中的代言人。听到戴维森夫人的一席话，他不由自主地擦了把头上的汗。这里的"汗"被赋予了双重含义。一方面，医生自己验证了帕果帕果的高温热度，他的头上不可避免地冒着汗，同时也说明长期生活在高温之下的人们穿着"得体"无异于受罪。从另一个角度讲，戴维森夫人对于缠腰布的鄙视和"消灭"它的做法，让连经历过战争洗礼的麦克费尔医生也不禁倒吸了一口凉气，惊诧不已，甚至头上冒出了冷汗。世间

---

① 毛姆.爱德华·巴纳德的堕落[M]孔祥立,译.南京:译林出版社,2015:4.
② 毛姆.爱德华·巴纳德的堕落[M]孔祥立,译.南京:译林出版社,2015:5.
③ 毛姆.爱德华·巴纳德的堕落[M]孔祥立,译.南京:译林出版社,2015:5.

竟然还有如此荒唐的想法,以及愚蠢十足的行径!

生活中不再有跳舞和穿裹腰布的土著人是否就此道德高尚,进而减少罪恶的发生?传教士夫妇的做法无疑是徒劳无益的。可是他们仍然沉浸在盲目自大、毫不动摇的信念里。"很明显,戴维森夫妇是上帝最卑贱的奴仆,他们的脚上拴着沉重的脚链。对上帝狂热的信仰剥夺了他们的自由和个性。"① 特别是自以为是、盲目追随丈夫的戴维森夫人更加招人反感。"她是一个极度自律和禁欲的女人。"② 尽管像作者表述的那样,从外表上看她并不显得愚笨,但是她的想法和做法超乎常人,相比之下显得更荒谬无知,不切实际。可以说戴维森夫人是个最愚蠢不过的女人。

## 二、《机会之门》中的安妮

虽然《机会之门》中的女主人公安妮是位受人喜爱的女士,但还是免不了一副猴子相:

> 人们宽恕安妮,是因为她是个丑陋的小东西——这是她对自己的蔑称,然而事实却并非如此,如果非要说她丑的话,也是最有吸引力的那种丑。她像是只小猴,但却是那种很甜、很人性的猴子。她的身材很匀称,这是她最大的优点。还有她的眼睛:她有一双又大又深邃的深褐色的眼睛,清澈而又闪亮。那眼睛充满了乐趣,并且当她对人们产生了同情之时,那眼睛还可以更为温柔。她卷曲的头发近乎黑色,皮肤也是黑黝黝的;她有个不大但却很丰满的鼻子,鼻孔却很大,还有一张过大的嘴。然而她为人却是机警又活泼。③

如果单纯审视这段文字,读者很可能以为它是对某种动物的描述——安妮的外貌被荒谬地比拟为一只猴子的肖像。看到诸如"黑色""大嘴""卷毛""大鼻孔""清澈而闪亮的大眼睛"等描写,读者不禁联想起再熟悉不过的猴子形象。与将女性比作小鸟或绵羊的比喻相比,毛姆以如此荒诞的意象勾勒一

---

① 蒋丽.威廉·萨默塞特·毛姆短篇小说中的异化[D].长沙:湖南大学,2015:15.
② 蒋丽.威廉·萨默塞特·毛姆短篇小说中的异化[D].长沙:湖南大学,2015:15.
③ 毛姆.马来故事集[M].先洋洋,译.南京:译林出版社,2014:49.

位女士的外表，无疑达到了更显著的效果。他无须喋喋不休的赘述，仅凭借视觉迁移的手法就足以使安妮的"丑"相一目了然。[①] 同时，"非常像人"的猴子形象具有多重含义，说明安妮应该是介于猴子和人之间的另类存在，是进化程度较低的生物，构不成真正意义上的人。

相貌丑陋的安妮为人处世的态度像猴子一样灵活。她善于随机应变，掩饰内心真实的感受。比如，她可以饶有兴致地听身边的白人女性谈论丈夫和孩子，赞美男人们早已讲过多少遍的故事，是个让朋友们舒心愉快的倾听者。然而实际上，自恃清高的安妮觉得自己比这些市井之人高贵、聪明、勇敢，因为他们夫妇热爱文学、艺术和音乐，所以，"他们不知道的是，背地里她会如何取笑他们。他们绝不会知道，她认为他们狭隘、粗俗又自命不凡"[②]。

因为处理暴乱的决策失误，安妮的丈夫阿尔班成为整个地区的笑柄，被总督解职。而后安妮被总督夫妇邀请去家中喝茶。总督表示对阿尔班离职的歉意，安妮轻快地打断了话茬，接着开心地同他们聊了起来。她的表情中不仅没有丝毫的愁楚，还带着回家的兴奋和期待，时不时开些小玩笑。不过在夫妇俩登船离港之际，看到有人赠送他们的巨大的粉扑（当地的官员们取笑阿尔班为粉扑，即花拳绣腿之人），尽管在心中痛骂这群俗人市侩，安妮在丈夫面前的表演却很得体。虽然默默地咒骂他们的无情，安妮还是强装笑颜。丈夫出去后，安妮愤恨不已地将粉扑掷向大海。安妮在任何人面前的表演都是恰到好处的，足以说明她"聪颖过人"。

在开往伦敦的客轮上，安妮每天都重复着自己的决定——离开阿尔班。可是她的丈夫毫无察觉。安妮如聪明机警、随机应变的"猴子"一般的举止言行掩饰了其内心的不满、愤怒和仇恨，也蒙蔽了阿尔班的眼睛。终于，当他们回到伦敦，住进一间小旅馆后，抑制不住满腔怒火的安妮显露出了动物一般的残忍，"她不必再戴着冷漠与骄傲的面具了，她开始抛开所有的矜持与自制。那些恶毒的话接二连三地从她那颤抖的嘴唇间奔涌而出"[③]。此时此刻，安妮的表情像极了一只抓狂的猴子。

---

[①] Makolkin A. Semiotics of Misogyny Through the Humor of Chekhov and Maugham[M]. New York:The Edwin Mellen Press,1992:23.
[②] 毛姆.马来故事集[M].先洋洋,译.南京:译林出版社,2014:49.
[③] 毛姆.马来故事集[M].先洋洋,译.南京:译林出版社,2014:73.

## 三、《昂蒂布的三个胖女人》中的苏利夫太太、里奇曼太太和希克森小姐

贪吃是一桩罪。就毛姆作品中的这三位女士而言，暴饮暴食不仅受到了肥胖的惩罚，还被刻画成低等的动物。在《昂蒂布的三个胖女人》中，三个四十来岁的胖女人因肥胖相聚。其中一位叫作"箭头"的苏利夫太太当年就像箭头一样苗条，可是现在，她的"胳膊腿儿粗粗大大的，屁股也肥大不堪，要找件称心的衣服让自己满意比登天还难"①。

还有一位里奇曼太太，身形高大，热衷美食，"吃面包喜欢涂上黄油，还爱吃奶酪、土豆和板油布丁。一年中的十一个月，想吃啥就放开去吃。在卡尔斯巴德（减肥治疗）的一个月就减量"②。治疗之后她的体重都会减轻，而后她便不由自主地重新拾起旧的嗜好，放开胆子胡吃海塞。这样体重不仅没有恢复正常，还增加了不少，因而她的肥胖逐年增加。

第三位则是个老姑娘希克森小姐。她说话时瓮声瓮气，脸色土黄，一双小眼睛闪着光芒。与前两位不同，她不喜欢打扮自己，从来不戴帽子和首饰。去游泳的时候，她会穿连体泳装，日常会穿男士的鞋子和衬衣。走在路上，她就像男人一样把手往裤兜里一插，点上一根雪茄烟，显得慵懒又傲慢。她倾向于把自己打扮成男人的模样，因为这样能吸引更多人的目光。她还喜欢在街上闲逛，"身体强健如牛，曾扬言说，打球时没几个男人能比她投得更远。她说话直来直去"③。她的真名叫弗兰西斯，但是人们一般都会叫她弗兰克。她擅长为人处世，性格外向大方，意志坚定，还善于团结伙伴。

在短篇小说的开始，毛姆描述了三个胖女人的外表：一个有着肥大的臀部，一个想吃什么就吃什么。看到这里，读者眼前浮现的绝对不是注重餐桌礼节的娴静淑女，而是如猪一般贪食的动物。另一位作为三人的中心，无论从说话的声音，还是外貌、身材、脾气、举止和个性上看，都像极了一头牛。更有趣的是，这三位对食物有着共同爱好、又因为食物缔结友谊的胖女人处处形影不离，喜欢群居生活。她们一起吃饭、喝水、散步、洗澡，并且做运动。群居

---

① 毛姆.爱德华·巴纳德的堕落[M].孔祥立,译.南京:译林出版社,2015:200.
② 毛姆.爱德华·巴纳德的堕落[M].孔祥立,译.南京:译林出版社,2015:201.
③ 毛姆.爱德华·巴纳德的堕落[M].孔祥立,译.南京:译林出版社,2015:202.

的动物有着共同的生活习性。毛姆对三个胖女人的讽刺挖苦可见一斑。

这三个女人之所以要好的另一个原因，就是她们必须一道承受减肥的折磨，控制贪吃的冲动。她们相互监督，超重的时候只能喝医生开出的蔬菜汤。平日里的点心仅是小小的减肥面包干，每餐的食物也只局限于低脂低能的肉蛋和蔬菜。她们想喝酒的时候，只能喝点儿加水的白兰地，因为医生说过，这种饮料的脂肪含量最低。

所以，当弗兰克的表弟媳妇莉娜出现在她们的餐桌旁，她无所顾忌的饮食方式强烈地刺激了三个胖女人。她们争吵不休，差点放弃了友谊。不过好在莉娜两周后终于离开，三个女人又和好如初——不是因为诱惑被解除，而是诱惑确实太诱人。"碧翠斯前面放着一盘牛角面包、一碟黄油、一罐草莓酱、咖啡和一大罐的奶油。她把黄油厚厚地涂在香喷喷、热乎乎的面包上，然后抹上草莓酱，再整个抹上一层浓稠的奶油。"① 碧翠斯愤怒地向弗兰克抱怨莉娜，说看到莉娜那副风卷残云的吃相，她简直气炸了肺，气得她非大吃一顿才肯罢休。

弗兰克也难过地流下了眼泪。她渴望被人抚慰，于是感伤地指了指面前的美食，叹了口气，便旁若无人地大吃起来。看到弗兰克和碧翠斯扑向食物，"箭头"无法相信自己的眼睛。"上帝！"她叫道，"你们两个野兽、猪……这两位女士吃什么就给我上什么。"② 在故事的最后，毛姆重现了三个胖女人的贪吃相，并再次提醒读者，小说的主人公似乎不像是三位衣食无忧的中年女士，不过是几只贪吃的动物罢了。

## 四、《一个有良心的人》中的玛丽·露易丝

当毛姆试图表现对于男性无害的一类女性时，她们仍然以某种动物形象示人。这样的女性在身体上无法对男性构成威胁，在经济上也无从掠夺他的财产③，但是她弱小得令人生厌。在短篇小说《一个有良心的人》中，芳龄十八的法国美女玛丽·露易丝就是典型：她美丽动人，性格也十分随和。

---

① 毛姆.爱德华·巴纳德的堕落[M].孔祥立,译.南京:译林出版社,2015:213.
② 毛姆.爱德华·巴纳德的堕落[M].孔祥立,译.南京:译林出版社,2015:214.
③ Makolkin A. Semiotics of Misogyny Through the Humor of Chekhov and Maugham[M]. New York:The Edwin Mellen Press,1992:23.

她的身材娇小玲珑。她长着一双灰色的、大大的眼睛，皮肤显得有些苍白，头发是柔软的、老鼠灰一般的颜色。她极像一只小老鼠。虽称不上漂亮，她还是美丽可爱的。从那古雅、娴静的风格来看，她的身上存在着某种魅力。她容易与人相处，思想单纯，也不矫揉造作。你不禁会觉得她是个可以信赖的女子，并能成长为一位好妻子。①

西方传统文化中的女性应该是"沉默、不显眼的，并且听命于人"，甚至可以被比拟为老鼠。② 玛丽·露易丝俨然就是一只小老鼠的化身。聚居在巢穴的鼠类只在黑夜里才出洞窜来窜去，不仅损坏粮食、污染食物，还到处传播疾病，对农业生产、居家生活和卫生健康等方面构成了极大的威胁。鼠类是祸害的象征，人类对于鼠类的唯一态度便是将其逐之杀之。尽管毛姆试图以宽容和同情来看待柔弱的女性，但他并未将玛丽·露易丝比喻成一只举止优雅、性格温和、为民除害的猫，反之选择了人人喊打的"灰色的老鼠"，从而含蓄地表达了如下信息：女人就是家中的瘟疫，最好像消灭老鼠那样清除掉。③

在丈夫让·沙尔万的眼中，妻子玛丽·露易丝是个愚蠢无趣的女人。虽然她性格温和，节俭持家，却沉默寡言，平静得没有激情。结婚之前，让·沙尔万还觉得玛丽·露易丝沉静的性情是一种魅力，然而时间一长，他越发感觉妻子缺少热情与内涵。有时她会动笔写写小说，可都是虎头蛇尾，不了了之。

玛丽·露易丝的兴趣范围也很有限，除了一些小事儿之外，她脑子里装不下别的想法。最令让·沙尔万反感的，是妻子的心思总是聚焦在无足轻重的小事上。这是她的愚蠢之处，也是她招致杀身之祸的真正原因。向作者追忆过去的时候，让·沙尔万反复提及妻子玛丽·露易丝就像一只老鼠。她总是出人意料地在意一些微不足道的、没有意义的琐事，并乐此不疲。让·沙尔万不得不承认，玛丽·露易丝是个令人乏味的、无聊的女人。

不止如此，玛丽·露易丝的冷漠和自私更使丈夫让·沙尔万由厌生恨。玛

---

① Maugham S W. William Somerset Maugham: Collectd Short Stories[M]. London: Pan Books Ltd., 1976: 216.
② Makolkin A. Semiotics of Misogyny Through the Humor of Chekhov and Maugham[M]. New York: The Edwin Mellen Press, 1992: 23.
③ Makolkin A. Semiotics of Misogyny Through the Humor of Chekhov and Maugham[M]. New York: The Edwin Mellen Press, 1992: 24.

## 第二章 毛姆笔下的负面女性形象

丽·露易丝曾经与让·沙尔万的挚友瑞里相爱并打算结婚。然而瑞里没有找到工作，只能远赴他乡。其间瑞里留在法国唯一的机会被好友让·沙尔万破坏了，因为让·沙尔万也疯狂地爱恋着玛丽·露易丝。瑞里离开法国之后，让·沙尔万如愿以偿地与玛丽·露易丝成婚。

婚后，让·沙尔万逐渐讨厌起妻子的性情，后悔不该为了一个愚蠢的女人而断送了朋友的前程。五年之后，瑞里在国外死于伤寒，让·沙尔万痛苦万分，内疚不已。这个噩耗同样打击了玛丽·露易丝。尽管"她去瑞里父母的家中吊唁，但是依旧吃得开心，睡得香甜"①。妻子的平静与冷漠惹恼了丈夫。对前男友的离世，玛丽·露易丝非但不报以同情，反而尽说些瑞里的不是："可怜的家伙，他总是那么兴高采烈。他一定很憎恨死亡，但是他为什么到那儿去呢？我告诉他那里的气候很糟糕……他的想法太多以至于一事无成，他没有你性格坚定，以及你的聪明才智。"②

丈夫让·沙尔万明白，玛丽·露易丝明显地抱着一种幸灾乐祸的心态。如果她跟随瑞里前往东印度和中国，不就会年纪轻轻地守寡么，那么她也只能靠母亲过世留下的一点遗产过活。她很幸运地逃脱了这一厄运，并庆幸自己明智的选择。玛丽·露易丝狭隘的自我意识与缺失的同情心加深了丈夫的仇恨。"就是为了她，他才做了那件令人羞耻的事情。她是一个什么样的女人？一个平庸、普通、相当会算计的小女人。"③

"让·沙尔万不再认为玛丽·露易丝漂亮而可爱，相反他知道她是个极度愚蠢的女人。"④ 瑞里过世十个月之后，他的父母为女儿订婚举行了聚会。玛丽·露易丝执意前往，然而她对亡人长辈的讥讽再次暴露了她的丈夫所憎恶的愚蠢个性。"'瑞纳尔德夫人不喜欢花钱，但是在像这样的场合中她不得不牺牲自己了。'想到瑞纳尔德夫人拉开钱包拉链的情景，玛丽·露易丝不由得诡异地咯咯笑了起来。"⑤ 沉浸在对好友的思念和良心谴责之中的让·沙尔万不仅无法认同妻子的想法与行为，还顿生反感憎恶。

晚会之后的第二天早上，玛丽·露易丝坐在梳妆台前梳头。刚刚起床的

---

① Maugham S W. William Somerset Maugham:Collectd Short Stories[M]. London:Pan Books Ltd. ,1976:221.
② Maugham S W. William Somerset Maugham:Collectd Short Stories[M]. London:Pan Books Ltd. ,1976:221.
③ Maugham S W. William Somerset Maugham:Collectd Short Stories[M]. London:Pan Books Ltd. ,1976:222.
④ Maugham S W. William Somerset Maugham:Collectd Short Stories[M]. London:Pan Books Ltd. ,1976:222.
⑤ Maugham S W. William Somerset Maugham:Collectd Short Stories[M]. London:Pan Books Ltd. ,1976:222.

让·沙尔万看到她的背影,不由得再次心生厌恶。她的头发剪得非常短,从后面看就像个男人一样。她的头发刚刚剪过,留在脖子上的发茬还清晰可见,看上去很不自然。这时,玛丽·露易丝放下梳子,开始往脸上涂粉。她故伎重演,邪恶地小声笑了起来。

"你在嘲笑什么?"我问。
"瑞纳尔德夫人。她(昨天)穿的衣服就是在我们婚礼上穿的那件。她把它染了颜色并且改做了一下;但是那逃不过我的眼睛。在任何地方我都能认出它来。"
这是何等愚蠢的谈资,它令我恼羞成怒……①

玛丽·露易丝善于在无足轻重的琐事上做文章,喜欢嘲笑讥讽他人。从常理来看,这仿佛也符合女性爱闲谈、注重细节的特点。平日里,家庭主妇们聚在一起说些家长里短倒是常见的现象,也无可指摘。但是在让·沙尔万的意识中,妻子身上常见的小毛病被主观地夸大了,使玛丽·露易丝显得愚蠢且不可救药,直至丢掉了性命。

在小说的最后,作者论及了故事的真实性。虽然是虚构的作品,作为现实主义者的毛姆还是着力寻求逼真的效果。他小心谨慎地尽量避免不合常理的、异想天开的表述,使小说更加真实可信。当然,这是一个离奇的故事,作者只是将让·沙尔万向其讲述的情节加以整理。他告知读者,至于此事是否真正存在,即这个犯人说出的话是否事实,除非亲眼见证,否则是无从判断的。不过毛姆又讲到,从让·沙尔万最后一次与"我"见面提到的对未来的打算中,整个杀人案还是有一定的可信性。根据安娜·马克尔金的推断,既然故事的情节可能是真实的,那么一则危险的信息就会传递给读者:女人的愚蠢是致命的。②

## 五、《现象与本质》中的莉莎特

思想肤浅的愚蠢女性不仅会招致男性的憎恶,也是被他们利用和玩乐的对

---

① Maugham S W. William Somerset Maugham:Collectd Short Stories[M]. London:Pan Books Ltd. ,1976:223.
② Makolkin A. Semiotics of Misogyny Through the Humor of Chekhov and Maugham[M]. New York:The Edwin Mellen Press,1992:106.

象。《现象与本质》中的莉莎特就是一个甘于被男性玩弄的愚蠢女人。她是巴黎一家豪华时装店的女模特儿,每天的工作就是不断地穿脱衣服,为顾客展示时装。她的身材优美,无论穿上长裙、运动服、睡衣,还是泳衣,都显得合身得体,散发出无穷的魅力。

模特儿的表情看上去都是高傲的,也是一种职业需要。"她从容不迫地走了进来,然后慢悠悠地转过身去,带着一副目空一切的神情(这和骆驼的姿态是那样的相似),轻飘飘地走了出去。"[1] 毛姆笔下的女性被再一次贬低成一只动物。然而,在众目睽睽之下,作为模特儿的莉莎特的冷傲是一种表象。虽然她长得美丽秀气,身段苗条匀称,却是一个徒有其表、思想简单、极易被引诱的女人。

在服装店的时装秀上,莉莎特被国会参议员勒·斯瑞尔看中,并受到金钱和物质的诱惑,很快便成为他的情人。可是她并不甘心做一个老男人的情人。在某个周末,参议员非常规造访时,揪出了莉莎特的年轻的情人。参议员自觉受到了欺骗,大发雷霆,准备狠狠惩罚背叛他的莉莎特。

莉莎特却不以为然:"男人在这类事情上真有点怪,他们受了愚弄就耿耿于怀,这是因为他们的虚荣心太强了。本来是无关紧要的小事,他们却看得很重。"[2] 可以看出,莉莎特在两性关系上的态度是随便的,她并不认为有必要忠诚于为她提供优越条件的参议员,而是有权利拥有自己的情人。不过听到参议员本打算给她一笔钱,为了保住眼前富足的生活,挽救参议员丢失的面子,莉莎特自以为是地建议道:

"假如他是我的丈夫,而你是我的情人,你就会认为这是非常自然的事了。"

"那还用说,要是那样,就是我在欺骗他,我就不会丢面子了。"

"那么,一句话,我只要和他结婚,就万事大吉了。"[3]

---

[1] 毛姆.天作之合:毛姆短篇小说选[M].佟孝功,刘希武,郑举福,等,译.长沙:湖南人民出版社,1983:533.

[2] 毛姆.天作之合:毛姆短篇小说选[M].佟孝功,刘希武,郑举福,等,译.长沙:湖南人民出版社,1983:545.

[3] 毛姆.天作之合:毛姆短篇小说选[M].佟孝功,刘希武,郑举福,等,译.长沙:湖南人民出版社,1983:545-546.

莉莎特的情人是一个推销员，只能周末回到巴黎。即便他们结了婚，参议员还是可以在平时体面地与莉莎特约会，而且不至于招人耻笑。看上去莉莎特聪明过人，找到了一举两得的容身之策。实际上，成为推销员的妻子之后，她依旧是供参议员消遣的情人，并且堂而皇之地背叛丈夫。从莉莎特的所作所为来看，她的无知和随便成就了作为掠夺者的参议员的好事，最终将伤害到自己。

在小说的开始，毛姆解释了题目"现象与本质"的由来，并随之评价了女主角莉莎特。

> 毋庸置疑，说莉莎特是个哲学家是有其特定的含义的，即在一定意义上说每个人都是哲学家；莉莎特在处理客观存在的问题时，总是注意发挥主观意识的作用。并且，她对事物的表面现象既真诚地予以赞同，又对其实质有入木三分的理解。几乎可以说，她已经使哲学家们多少世纪以来所寻求的、使不可调和的事物和谐一致的夙愿付诸实现！①

毛姆明显以反讽的手法来强调莉莎特与真正的哲学家截然相反的思想意识。哲学家聪慧睿智，然而莉莎特却是一个反面的"哲学家"，是不会思考、彻彻底底的傻瓜。她的想法是不科学的，她混淆了客观与主观，辨不清现象和本质，使本来无法相容的事物从某种角度看实现了共存。对莉莎特来说，混乱的思维导致了错误的决定，而她居然乐在其中，愚蠢地乐于充当参议员偷情的对象，必将自食其果。

## 六、《居利亚·拉匝勒》中的居利亚·拉匝勒

如果说上述被描绘成小鸟、猴子、老鼠、骆驼、猪和牛等动物的女人仅仅是男性世界中可有可无的异性，那么还有另一种女性，她们的愚蠢程度足以威胁男性。《居利亚·拉匝勒》的女主人公居利亚·拉匝勒是一位在英国各地巡

---

① 毛姆.天作之合:毛姆短篇小说选[M].佟孝功,刘希武,郑举福,等,译.长沙:湖南人民出版社,1983:533.

## 第二章 毛姆笔下的负面女性形象

回演出的舞蹈演员,实则是个间谍。居利亚不是毛姆欣赏的金发碧眼的女人。她皮肤黝黑、发黄,失去了年轻时的光泽,除了明亮有神的大眼睛之外,作者看不出她对她的情人有什么魅力可言。此刻在列车上,被捕获的居利亚是阿申登继续抓捕她的印度情人、间谍商德勒的诱饵。

作为演员的居利亚不漂亮,"黑皮肤""皱纹""偏黄",不符合西方人的审美观。她的模样也只有印度人即东方人才看得上。毛姆看得出来,居利亚应该是个蹩脚的舞蹈演员。她的"大个头"跳起舞来肯定显得笨重。同样地,身为情报人员,居利亚表现笨拙,证明她并不适合做间谍,因为那是凭借男性思维和智商才能胜任的工作。处于严密监视之下的居利亚居然打算逃往瑞士,但她没有护照,被拒绝登船。她解释说自己忘记带护照了,并竭尽全力地说服官员允许她上船——在第一次世界大战期间的欧洲,这是多么荒谬可笑的做法。不仅如此,她还打算贿赂负责的相关人员。看得出对手是个明显愚蠢、幼稚的傻瓜,阿申登松了一口气。

在居利亚临时居住的房间里,尽是些低档、脏兮兮的化妆品。从她的生活状况来看,毛姆感觉她不仅愚笨迟钝,而且俗不可耐,根本不具备间谍的素质。为了诱捕她的情人商德勒,阿申登以口授的方式要居利亚写信。信写完后,阿申登有些担心它的真实性,不过看完信后他释然了。居利亚受教育的程度不高,她写的信倒是证明了她的文化水平。她出卖了她的情人,以此换得免受十年牢狱之苦。毛姆以鄙夷的语气写出了居利亚的背叛。而在故事尾声处,居利亚鄙俗的本质更是被毛姆彻底地揭露出来。听到情人的死讯,阿申登感觉居利亚悲痛得难以自已,精疲力竭。然而正当阿申登准备离开之际,没想到居利亚请求他帮忙,要他把之前她送给商德勒的圣诞节礼物——一只价值十二镑的手表拿回来。

这个悲痛欲绝的女人居然还去索要她送给情人的手表。毛姆以夸张的、戏剧性的结尾暴露了女间谍居利亚最丑陋的人性——自私、虚伪和欺骗。从外表看来,她不招人喜爱,显得粗大笨重,同样她的想法也是愚蠢的。她足够幼稚地贿赂官员,文字功底薄弱,性格怯懦得经不起敌方间谍的一点点恐吓,她还自私地出卖深爱她的情人,而她最后的表现又是那么冷漠无情。在这篇小说中,毛姆以阿申登的视角再现了真实生活中女性对手的丑陋和无能,使读者逐渐地讨厌、最后憎恨起女间谍居利亚来。

## 七、《叛徒》中的凯伯夫人

另一位间谍型人物是短篇小说《叛徒》中的凯伯夫人,她是妇女解放运动影响之下的新时代的女性。她是德国人,在海德堡大学读过书,是个女性性格鲜明的人物。她的身上带着日耳曼人的高傲。凯伯夫人长相一般:皮肤既不光滑,眼睛也不明亮,她年近四十,毫无魅力可言。"你不难相信,直至她遇上他(英国人凯伯)为止,这个短粗而平凡的女人,带着那一身的呆钝、实际和欠缺幽默感的特点,是得不到太多男人的崇拜的。"①

凯伯夫人是既能操持家务,又识文断字的时代新女性。这类德国女性不仅见识广博,户外运动也很在行。阅历丰富的阿申登预感到,与知识女性周旋是一件相当棘手的事。出于工作原因,阿申登要与凯伯夫妇有更多的接触,于是凯伯夫人便成了阿申登的德语老师。

一想到每天与这个沉闷的德国女人周旋,阿申登竟烦恼害怕起来。他不得不想方设法找点由头与她纠缠。在精明机警的德国女间谍面前,阿申登感觉他的处境受到了威胁。这表明毛姆面对与自己经验、知识水平相当的女性的紧张与不安。当凯伯夫人准时如约而至,叩打阿申登的房门时,他居然有些胆战心惊地为她开门。阿申登明白,自己面前的这个德国女人足够精明并且我行我素,应该小心谨慎才是。

在与凯伯夫人的近距离接触中,阿申登对她有了深入的了解。她狂热的爱国主义激情,对纯粹德国事物的盲目迷恋已经愚蠢到了几乎歇斯底里、不辨是非的程度。"她的理想乃是一个德意志的世界,在这个世界里,一切属国将在一个比古罗马更伟大得多的庞巨联盟之下,拜受德国在科学、艺术与文化方面的恩赐沾溉。"② 然而,盲目的国家崇拜只会使凯伯夫人成为政治的牺牲品和旁观者的笑料。

凯伯夫人的骄傲自大和狂热信仰是一种愚昧无知:崇拜德国的一切,鄙视他国文化,尤其是英国文化。她认为德国人在任何事情上都高人一等,并且她特别痛恨英国和英国文化,因为正是英国阻碍了德国意识的发扬光大。谈论音

---

① 毛姆.英国特工[M].高健,译.上海:上海译文出版社,2013:164.
② 毛姆.英国特工[M].高健,译.上海:上海译文出版社,2013:161.

乐的时候，她鄙视英国人不懂音乐，当然也不懂艺术。

尽管凯伯夫人是个极端的德国爱国主义者信徒，从本质上来说，她仍是一个作为"他者"的女性。故事发展到最后，毛姆终于证明他的第一印象是靠不住的。她的丈夫、英国的叛徒凯伯被引诱回英国之后，焦急等待消息的凯伯夫人换了副模样：看上去她不再那么傲慢自大，而是愚蠢呆笨；她脸色蜡黄、眼窝深陷、蓬头垢面，连走路都晃晃荡荡。得知丈夫的信件还没有到，她发出了撕心裂肺的哀嚎，脸面扭曲得不堪入目。接着，她的眼泪模糊了双眼，整个人呆在那里，就像木雕泥塑一般。

演员出身的居利亚愚钝庸俗，明显不是阿申登等男性间谍的对手，可是凯伯夫人的精明与执迷令阿申登望而生畏。为了表明男性依旧高人一等，毛姆不仅把凯伯夫人刻画成一个思想极端的崇拜者，被人讽刺嘲笑，还为她设计了悲惨的结局。安娜·马克尔金相信，作为女性间谍，凯伯夫人注定要失败，因为她站错了位置，是男性世界的入侵者。①

虽然人与动物属于不同的范畴，但由于人们认识到动物的形象和习性等本质特征与人在社会中的某些表现具有惊人的一致，动物的特性便被影射到人的身上。无疑，人与动物在很多方面相似，而外表特征的类似则最明显地体现在人和动物的身上，使人一目了然，这种动物性的隐喻方式也最奏效。为使读者认可女性处于低等生物的地位，毛姆将隐喻的手法精准地运用到女性人物外表的描述中，促使读者在阅读的同时产生预期的联想，即她们均类似于动物的形象：绵羊、鸟类、猴子、老鼠、猪、牛，抑或是愚笨呆板的女间谍，而后者的无能和盲目，或威胁到男性或自取灭亡。

# 第二节 受性欲驱使的女性

弗洛伊德在他的《文明与缺憾》中表达了对女性的观点："女性代表家庭和性生活的趣味，而文明的创建也越来越成为男性的事情。它促使他们承担更

---

① Makolkin A. Semiotics of Misogyny Through the Humor of Chekhov and Maugham[M]. New York: The Edwin Mellen Press, 1992: 114.

加困难的任务,并迫使其臣服于女性无法轻易达到的本能之中。"①。毛姆与弗洛伊德的看法不谋而合,认为女性更接近于自然和原始,对于本能性欲的需求是女人的天性。在弗洛伊德看来,女性萌生出的所有情感问题都是由情欲所致,因而婚姻中有规律的性生活是一切情绪问题的唯一解药。② 作为洞悉人性的作家,毛姆或是隐晦或是露骨地再现了众多被力比多困扰的女性。

在中东、北非和西亚,人们普遍承认:"女性的性欲强大得超出男性二十倍,而从其对社会稳定性的破坏程度上来讲,也是男性的二十倍。"③ 在北非国家的社会意识中,人们认为女性尤其容易冲动,在性问题上随心所欲④。对于女性性欲问题的关注和评述,无论是被心理学家和哲学家研究论证,还是体现在不同种族、民族、宗教的思想意识之中,都归结为近乎一致的、不容争辩的事实与定论。被动物般的、无休无止的性欲驱使的女性,是男性气质、生命、事业的最大威胁。

## 一、《冬天的航行》中的里德小姐

毛姆的短篇小说《冬天的航行》是弗洛伊德对女性偏见的最好例证。女主人公里德小姐就是弗洛伊德笔下被性欲折磨的女性,并且接受了弗洛伊德式的治疗方式。里德小姐一直未婚,在英国西部某著名的风景区开了一家茶社,她热情好客地招待客人。按照惯例,一到冬季茶社就会关门,因为里德小姐需要外出旅游。很明显,她出游的目的并不在游山玩水,而是可以抓住唯一一个寻觅男伴的机会。⑤

当时里德小姐如此寂寞难耐⑥,以致登上了一艘只有十二名船员的货船

---

① 转引自 Makolkin A. Semiotics of Misogyny Through the Humor of Chekhov and Maugham[M]. New York:The Edwin Mellen Press,1992:34.

② Makolkin A. Semiotics of Misogyny Through the Humor of Chekhov and Maugham[M]. New York:The Edwin Mellen Press,1992:34.

③ Antoun R T. On the Modesty of Women in Arab Villages[J]. American Anthropologist,1968(70):692.

④ Geertz C,Geertz H,Rosen L. Meaning and Order in Moroccan Society[M]. New York:Cambridge University Press,1979:332.

⑤ Makolkin A. Semiotics of Misogyny Through the Humor of Chekhov and Maugham[M]. New York:The Edwin Mellen Press,1992:34.

⑥ Makolkin A. Semiotics of Misogyny Through the Humor of Chekhov and Maugham[M]. New York:The Edwin Mellen Press,1992:35.

## 第二章　毛姆笔下的负面女性形象

"弗雷德里克·韦伯"号，货船上除了里德小姐之外，其他人全部是男性船员。逐渐地，他们发现里德小姐总是缠着他们问这样那样的问题，而后她的絮叨和啰唆竟然变本加厉起来。他们简直烦透她了。

> 她是个不折不扣、了不起的讨厌的人，简直叫人难以忍受；说话的语调一成不变，你根本无法把她打断，因为那么一来她会再从头说起。她如饥似渴地想获得知识，并且在餐桌上从不漏掉一个临时插句嘴、提出各式各样问题的机会。她是个伟大的理想家，并且总是把她的理想叙述得啰里啰唆、惹人厌烦……沉默不是她的天性。[①]

里德小姐的言行举止迫使船长承认她的确令人厌恶，甚至他一气之下都打算把她扔进大海。如果继续这样下去，他把她干掉也是有可能的。此前，里德小姐可是个招人喜欢的高贵客人，不过现在船上的每个人都对里德小姐避之不及，因为她实在太令人厌恶了。

目前对于里德小姐的啰唆与唠叨，包括船长在内的所有船员都无计可施。毕竟船长还是懂礼节、讲礼貌的，他不能让随意之间的一句暗示，伤害了里德小姐的自尊心。可是无论对里德小姐使出什么办法来，都阻止不了她无休无止的谈吐。她的执着与坚持就像自然规律一样不可抗拒。最后当他们束手无策，对里德小姐的无趣表达厌烦时，德语便派上了用场。不料老小姐立刻阻止了他们，因为她听不懂德语就不能跟他们交流了，而且船员们也需要同她练习说英语。

货船上的德国船员们远离家乡，在茫茫的大海上漂泊，他们思念故土，特别是圣诞节即将到来，他们不希望这个重大的节日被里德小姐搞得一团糟，扫了他们的兴致。万般无奈之下，船长只得请求船上的医生帮忙分析里德小姐的病情，并找出治病的良方。医生得出了与弗洛伊德同样的结论："她这老姑娘倒也不坏，她所需要的只是个情人。"[②] 船员们听后无不震惊：里德小姐早已不是谈婚论嫁的年轻女子！不过医生的话解释了一切：

---

[①] 毛姆.天作之合：毛姆短篇小说选[M].佟孝功,刘希武,郑举福,等,译.长沙：湖南人民出版社,1983：401.

[②] 毛姆.天作之合：毛姆短篇小说选[M].佟孝功,刘希武,郑举福,等,译.长沙：湖南人民出版社,1983：405.

特别是她那样的年龄，那种毫无节制的谈吐、那种对知识的渴求、无尽无休的问话、千篇一律的语调、那永远讲不完的话——所有这一切都是未婚女人爱唠叨的特征。一个情人可以给她带来平静，使她那喋喋不休的神经缓和下来，至少她会安静一个小时。生活中需要的深深的满足能够抑制她那多言多语的中枢神经，那样我们就可以获得安宁了。①

对于医生的诊断和给里德小姐开的药方，船员们感到既滑稽可笑又欢欣鼓舞。眼下的问题是由谁来执行这桩"任务"。医生拒绝了船长的建议，他说他是治病救人的医生，跟女人来不得半点瓜葛，虽然他是个单身汉，但是都60岁了，怎么能承担此项重任呢？医生郑重其事地建议：年轻和美貌才是胜利的法宝。

从相貌上看，里德小姐还不算是个又老又丑的女人。她看上去并不精明，脸颊瘦长，但是棕色的眼睛又大又漂亮，加上棕色的头发、恰到好处的体型和肤色，给人的整体印象就是，这个女人还够年轻、够迷人。只是与外貌不相匹配的是她不节制的啰唆与纠缠。船长郁闷之极，他渴望安安静静地度过圣诞节，不愿让里德小姐扰乱他们过节的好心情。

终于，大家想到了船上的报务员，标准的雅利安人。报务员年仅21岁，今年刚刚订婚。从外形上看，年轻的报务员非常适合向孤独的里德小姐表达殷勤。之后的第二天就是圣诞节，船员们一直在翘首期盼里德小姐的到来。他们围坐在点着圣诞蜡烛、摆着圣诞树的桌旁，准备开启圣诞大餐。直到这时，里德小姐才在众人瞩目之下出现。她走进客厅，船员们向她致以问候，然而她只是鞠了个躬，并没有答话。席间，里德小姐一反常态，一句话都没说过。难得安静的、舒心的晚餐过后，船长不无感慨地对医生说："您的处方奏效了。"②

里德小姐的持续沉默令船员们既好奇又惊诧。在之后，里德小姐也几乎不言不语，就连对大家谈话的内容，她都表现出一副既冷漠又不屑的神情。里德小姐的不言不语尽管出人意料，但对船上每个神经得到舒缓的男性来说，还是

---

① 毛姆.天作之合:毛姆短篇小说选[M].佟孝功,刘希武,郑举福,等,译.长沙:湖南人民出版社,1983:405.

② 毛姆.天作之合——毛姆短篇小说选[M].佟孝功,刘希武,郑举福,等,译.长沙:湖南人民出版社,1983:413.

由衷地感到欣慰的。可见毛姆对絮叨多嘴的女性何等反感。正如 Hodge 和 Kress 所表述的那样："毛姆的文字是社会性文本的体现,其中女性必须保持沉默。"① 她可以进行身体的活动,但是不能有思维的活动。

不过与里德小姐沉默寡言的变化相比,"治疗"之后,她的胃口出奇的好,不仅吃了不少圣诞大餐,还多吃了些炒肉丝。医生告知船长,里德小姐"如饥似渴"的好胃口已经被调动起来,看来她非常满意了。可见里德小姐多言多语的中枢神经得到了缓解,新的刺激也激发了她身体的其他潜能。

医生还注意到,在圣诞之夜的庆祝活动中,里德小姐时常带着迷惑不解的眼神望着报务员,居然还带着低低的嗓音加入了大家的欢唱。不仅里德小姐心情大好,船上的其他成员也享受着随之而来的难得的平静与惬意。圣诞节那天,她还赠送给每个旅伴一件小礼物,让船员们有些羞愧不安。"疾病"被治愈之后,里德小姐重新得到了认可,货船上的正常生活也复旧如初了。

在旅程结束、离船登岸之际,里德小姐向甲板上的报务员频频挥手致意。回到家的里德小姐向她的朋友普林斯小姐袒露了这次旅行的感受:"这种事情有趣、让人意想不到、相当美好。无疑,旅行是一次奇异的教育。"② 可见毛姆开具的弗洛伊德的"药方"的确达到了事半功倍的效果。

在本篇小说中,里德小姐的旅程也是一个"疾病"被治愈的过程。在前一种生活中,里德小姐喋喋不休的言行令人厌烦,而后"情人"的安慰和陪伴缓解了她焦虑和错乱的神经,恢复了她正常女性的状态。对里德小姐来说,性的渴望是隐藏在潜意识之中的首要需求,只不过她未曾认识到罢了。也只有毛姆的代言人、小说中的医生才能客观、直白地对这一病症做出诊断。安娜·马克尔金认为,从这一意义上讲,里德小姐代表弗洛伊德理论下的女性——她们是人类原始性欲的承载者。③

## 二、《满满一打》中的女性

传统的两性关系将女性置于从属的地位,而在毛姆的短篇小说《满满一

---

① Hodge R,Kress G. Social Semiotics[M]. New York:Cornell University Press,1988:37.
② 毛姆.天作之合:毛姆短篇小说选[M].佟孝功,刘希武,郑举福,等,译.长沙:湖南人民出版社,1983:417.
③ Makolkin A. Semiotics of Misogyny Through the Humor of Chekhov and Maugham[M]. New York:The Edwin Mellen Press,1992:37.

打》中，作者将这种关系倒置过来：女性不再是男人购买的商品，男性才是女人花钱买来享乐的"奴隶"。从两性关系的角度来讲，男性通常扮演追逐者的角色，女性是男性试图网罗的对象，而如今的女性却像猎人一样，四处寻觅合适的男人以满足欲望。《满满一打》讲述了包括老姑娘和寡妇在内的几位女性，与专门以结婚为职业的重婚犯——莫蒂麦·埃利斯之间的故事。

重婚犯是个瘦小枯干的男人，个子不高，身上的衣衫不整，戴着的呢帽和黑色手套也破烂不堪。他的长相更是一无是处：鼻子并不挺拔，两眼也无神气，脸上皱纹丛生。难怪毛姆无法判断他的年纪，可能三十多岁，也可能年近六十。他觉察出小个子浑身上下散发着寒酸之气，猜想他可能刚刚大病初愈、不善言辞，或者妻子去世、生活贫困。从外表和举止上看，莫蒂麦·埃利斯既称不上是高雅的绅士，又不是英俊的美男子，基本不符合女士择偶的标准。

在故事的开篇，毛姆有意引出了女主角波齐斯特小姐，以期读者感受二人身份、地位、相貌和财富等诸方面的极大反差，为富有戏剧性的结局埋下伏笔。波齐斯特小姐是个地地道道的美人：身材修长、气质迷人、眼睛湛蓝、鼻子挺拔。乍一看上去，这位相貌靓丽、高雅俊俏的女士俨然是一位女神。不过当作者拉近了距离，才发现她的发型是按照旧时的样式梳理的，衣着款式也不时尚。毋庸置疑，波齐斯特小姐是位老姑娘，因为她仍然穿着姑娘的服装。读到此处，读者无论如何也不会将上述一男一女联系在一起。

随着故事的发展，主人公的真实身份也一点点地显露出来。在闲聊中，莫蒂麦·埃利斯向作者透露了实情：他是一个时期以来英国社会上下关注的焦点，他就是那个声名狼藉的重婚犯。他大言不惭地承认自己结了十一次婚，有些遗憾的是"十一"是个单数，如果要凑成整整一打就圆满了。本来他准备同一位总共有两千英镑战争公债券的阿伯德小姐结婚，以缔结第十二桩婚姻，然而结婚当天他被以前的老婆撞见，于是就锒铛入狱了。毛姆了解到重婚犯的惯用技巧：

> 显然，他用不了多长时间就能结识一个女人，不是寡妇就是老处女……她们在证人席上都声明是在海边上跟他头一次见面的。一般是在半个月之内向她们求婚，随后不久就结婚。他要弄花招劝诱她们把自己的积蓄交给他来保管；几个月后，他借口得去伦敦办点公事，就

## 第二章　毛姆笔下的负面女性形象

这样一去不复返了。①

　　这些女人都有一定的身份和社会地位：有的是医生的未婚女儿，有的是牧师家的老小姐。其中某些人也有一定的收入：有的开办寄宿公寓，有的继承了丈夫的遗产。她们衣食无忧，唯独缺乏体贴入微的丈夫。出于缔结婚姻的单纯目的，虽然交往的时间不出几个星期，重婚犯的前妻们还是宁愿冒险信赖莫蒂麦·埃利斯，将财产交给他掌管。事实上，不管她们有多少财产，最后都被重婚犯的甜言蜜语骗得精光，落得个一贫如洗。

　　体面的寡妇或者老小姐愿意倾尽所有钱财来满足孤独难耐之下的欲望。在法庭上，她们一致承认他是个好丈夫。不仅有三位前妻居然恳请法官对重婚犯从轻发落，还有一位在证人席上说，如果他愿意的话，她还准备跟他一起生活。很明显，重婚犯屡屡得逞的原因是老女人们为他创造了条件，是她们在婚姻和欲望方面有所需求。

　　莫蒂麦·埃利斯深谙其中的奥妙。他知道她们不需要幽默风趣的男人，还有靠不住的帅气潇洒的男人，显然她们文静体面的身份不适合那种类型。她们觉得那样的男人不可靠，感情不专一。她们期待沉着稳重的男人，不管他的经济状况、社会地位和相貌外形如何，只要再殷勤、沉稳一些，就会是她们眼中不折不扣的好丈夫。莫蒂麦·埃利斯也的确做到了：在每桩婚姻中，他的老婆都很满意。

　　自信十足的重婚犯莫蒂麦·埃利斯不愧是个女性心理学家。在二三十年的"婚姻生涯"中，他春风得意，每每得手，在"买卖婚姻"的市场中占得先机，无疑是个情场高手。可以说，他比他的女人们更了解她们的渴望：

　　　　女人个个都巴不得结婚啊。不管她们多么年轻，或是老掉了牙，个儿高也好，个儿矮也好，黑头发也罢，黄头发也罢，都有一个共同点，那就是要嫁人。您别忘了，我每次都是在教堂里跟她们结婚的。只有在教堂里举行婚礼，女人才真正感到放心……即使我只有一条腿或者是个驼子，也照样可以找到不少女人会抢机会嫁给我咧。她们在

---

① 毛姆.天作之合:毛姆短篇小说选[M].佟孝功,刘希武,郑举福,等,译.长沙:湖南人民出版社,1983:282.

乎的不是那个男人，而是嫁人。这是她们所犯的一种狂热，一种病态。①

可见，正是社会、传统和习俗的压抑，年老、未婚女人心中的"狂热"和"病态"才会迸发得如此荒唐，从而成为重婚的牺牲品。对莫蒂麦·埃利斯来说，他不仅了解女人的"结婚"心理，还掌握各类老女人的"求偶"标准。如果他遇到一个老姑娘，他会告知对方自己是个鳏夫，因为老姑娘喜欢懂得男女之事的男人。如果遇到一个寡妇，他便会声称他从来没有结过婚，因为寡妇不喜欢熟知男女之事的男人。结果这一秘方就像魔法一样频频奏效。

重婚犯对他的罪行并不悔过，他骄傲地声明十一次婚姻没什么了不起，还没有凑上一打，如果他愿意，他满可以结"三十"次婚。对于报纸将他指责为"流氓坏蛋"的说法，他不仅不屑一顾，还替自己鸣不平。他质问法官为什么不站在他的立场上分析问题，他认为他们只看到那些女性受到重婚的欺骗，却没意识到她们得到了什么。

重婚犯正在为自己辩护，他指责法庭和社会只看到了女性受骗的表象，并没有从他的角度考虑问题。听到这里，旁听席或者读者不禁维护起女性的权益，谴责重婚犯骗财骗色的卑鄙伎俩。莫蒂麦·埃利斯立即理直气壮地反驳说，他拿走她们的钱是一种等价交换，他也得维持生活，他出卖的是自己浪漫的爱情。毋庸置疑的是，毛姆借重婚犯之口道出了对男性同胞的同情——他们才是女性原始欲望的受害者。

接着重婚犯继续辩护，好像他比法庭更了解这些女人，更能维护她们似的。他的一席话讲出了他作为男人和丈夫的价值，也是老女人们宁愿鲁莽地贡献资财与其"喜结连理"的真正原因。她们被封闭在狭小的生活圈子里，失去了与男性交往的机会；她们的生活黯淡无光，枯燥乏味；她们从未感受过丈夫的支持和温情。他莫蒂麦·埃利斯才是她们的救世主，才能满足她们作为女人和妻子的"渴望"。正是嫁给了他，可怜的老女人们的生活才重见天日，多姿多彩起来。她们开心兴奋，对自己有了新的认识，也重新树立了自信与自尊。

---

① 毛姆.天作之合:毛姆短篇小说选[M].佟孝功,刘希武,郑举福,等,译.长沙:湖南人民出版社,1983:286.

虽然重婚犯以同样怜悯的口吻呈现了老女人们的内心世界，但他真正为之愤愤不平并寻求同情的，是他个人的遭遇。他感觉他才是真正的受害者。在这篇小说中，毛姆一反传统，将文学作品中描写的弱势群体——女性刻画成花钱买乐的阔绰主顾。她们以从男性那里继承下来的财产作为筹码，换得"性欲"上的满足。毛姆越来越同情故事中十一次出卖自己的男人，甚至还给了他两张一英镑的钞票。

当故事接近尾声，波齐斯特小姐与重婚犯一道私奔之时，掌握实情的毛姆既未道出真相，也没向波齐斯特小姐的家人表示同情。纵容重婚犯的毛姆安慰她的舅父："别慌，他会跟她正式结婚的。他一向会的。他会在教堂里跟她举行婚礼的。"① 直到这时，读者才判断出毛姆心中的天平倾向于谁：被性欲驱使的女性不惜以金钱为代价盲目地满足欲望，这是毛姆厌恶鄙视的，而迫于生计不得已出卖身体和情感的男性受害者才是值得同情的对象。

## 三、《简》中的简·福勒

与莫蒂麦·埃利斯满满一打的妻子类似，《简》中的女主人公简·福勒是个上了年纪的、阔绰的寡妇。不过幸运的是，简在婚姻中受益匪浅并占得了先机，最终竟嫁给了海军元帅。

作者最初通过简的嫂子托尔太太认识了简。那时的简在别人眼里虽然是个善良的女人，但是穿着却邋里邋遢，看上去，老气横秋。在之后与简的初次接触中，作者的确验证了这一点：

> 福勒太太看起来至少有四十五岁。她是个高大的女人，戴着一顶阔边草帽，一袭黑色的面纱从帽檐垂到肩膀上，披着一件古怪的集庄重与烦琐于一身的斗篷，身穿一条黑色连衣长裙，那鼓鼓囊囊的样子就好像里面穿了好几件衬裙似的，脚上还蹬着一双敦实的靴子。②

看到简的装扮，人们肯定能判断出她是个令人尊敬的、乡下工厂主的妻

---

① 毛姆.天作之合:毛姆短篇小说选[M].佟孝功,刘希武,郑举福,等,译.长沙:湖南人民出版社,1983:297.
② 毛姆.毛姆短篇小说精选集[M].冯亦代,傅惟慈,陆谷孙,等,译.南京:译林出版社,2012:311.

子。不过让托尔太太更加不屑、震惊的是,简宣布了结婚的决定。在嫂子看来,简的未婚夫一定是个身高马大、肥头大耳、大腹便便、俗不可耐的财主或者商人。然而走进来的简的未婚夫却出乎所有人的预料:他的年纪不超过二十四岁。

  看到此情景,毛姆的第一反应就是,这个男孩儿一定是简的未婚夫的儿子,来告诉她父亲因身体不适不能来吃饭了。读者可以从此处看出作者风趣的写作手法强调了如下事实:简的未婚夫实在太年轻了!他们之间的年龄差距足足有二十七岁。难怪托尔太太过后暴跳如雷,怒气冲天地质问简是否明白吉尔伯特与她结婚是看上了她的钱。她一定是一时糊涂才答应嫁给这么年轻的穷光蛋的。可是简却平静地告诉嫂子,她觉得这个小伙子倾慕于她。然后她讲到了此前在乡下时从未听到过的、弗洛伊德的观点:"他们跟我说,有个叫弗洛伊德的男人,一个奥地利人,我相信……"①

  于是,毛姆小说中的另一位女主角也接受了弗洛伊德的诊断和治疗。她不顾托尔太太的强烈反对、谴责、警告,嫁人的意志坚定不移。她坦言自己守寡很久,生活平静又平淡,所以想"换个活法",况且之前从未有同龄的男人这么执着地向她求婚。她搬出了弗洛伊德,给这桩极不合适的婚姻找了个合理的借口。

  简·福勒的新丈夫吉尔伯特是个建筑兼服装设计师。在巴黎度蜜月的时候,他就请女装裁缝为简量身定做服装,还和雇来的法国女仆教她如何穿衣打扮。如今,度完蜜月的简已经改头换面,随处都能赢得人们的赞叹和艳羡。这无疑是吉尔伯特的功劳。在本篇小说中,作为男性的吉尔伯特不仅是简的生活伴侣,还是她的形象设计师。他不仅满足了简的欲望与需求,还帮助她提升了时尚品位,成为一位美感十足的尊贵女士。吉尔伯特就像神话中的仙女,将丑小鸭变成了白天鹅。②

  然而现实中的白天鹅却没有感激之心。婚姻、爱情和美丽使她魅力四射,人人为之倾倒。很快她便找到了更适合自己的意中人——海军元帅雷金纳德·弗洛比歇爵士。当然,她要首先同吉尔伯特离婚,等判决一旦生效,她就会缔结另一桩婚姻。

---

 ① 毛姆.毛姆短篇小说精选集[M].冯亦代,傅惟慈,陆谷孙,等,译.南京:译林出版社,2012:317.
 ② Makolkin A. Semiotics of Misogyny Through the Humor of Chekhov and Maugham[M]. New York:The Edwin Mellen Press,1992:76.

## 第二章 毛姆笔下的负面女性形象

作为这场婚姻的另一方,吉尔伯特是个不折不扣的牺牲品。他深爱着简,向她求了五次婚——简真实、幽默的个性深深吸引了他。然后他便费尽心思地打扮简,简最终成为男人倾慕的对象。当简宣布离他而去的时候,他的"脸色苍白,神情狂乱"①,并告诉托尔太太那是他最不情愿做的事。

有趣的是,虽然托尔太太尽力安慰吉尔伯特,谴责简的背叛,可是这个年轻人就像中了魔咒似的,对于简的要求想法,他都言听计从。而后简来到了托尔太太家,被指责做了对不起吉尔伯特的事,如果没有他的帮助,简将不再是时尚界的宠儿。简说吉尔伯特会成为她的时尚设计师和形象顾问。她不认为自己心肠狠毒,背叛爱情,并告诉托尔太太,她从来没有真正爱过吉尔伯特,他们的婚姻持续得够长了。显而易见的是,作为一个寡妇,简渴望被爱,性欲是她嫁给年轻的吉尔伯特的唯一原因,然而当情欲的渴望得到满足之后,她便从其他人身上寻找机会去了。

可以说,吉尔伯特是简玩弄的一颗棋子。当简是个俗气的乡下老寡妇的时候,她需要吉尔伯特的陪伴、温情,为她设计造型。一旦麻雀变成了凤凰,她便抛弃了吉尔伯特另觅高枝了。当初简在谈论与吉尔伯特结婚的理由时,搬出了弗洛伊德做借口,并且声称自己喜欢吉尔伯特,但是不爱他,还有一个解释就是她"可不会乐意嫁给一个一只脚踩进坟墓的男人"②。

不过现在简的想法变了,她的举止模样俨然上流社会的贵妇人,成了豪门显贵追逐的对象,于是她抛弃旧爱,另觅喜欢。在诸多的文学作品中,作家将男性刻画成见异思迁的"负心人"形象似乎更符合传统,而在本篇小说中,简的丈夫吉尔伯特倒更像是被利用、被抛弃的弱者形象。

在小说的最后,毛姆更是以幽默的语气讽刺了简所谓的"善良"。她和未婚夫为吉尔伯特找了个新女伴——元帅的侄女,还说他们"天生一对",等他们一结婚,简就会邀请他们过去同住。这样一来,简说:"如果他们坠入情网,我可一点儿都不会惊讶。"③

简善变的婚姻态度和她择偶原则的两面性也是毛姆着力讽刺的。她在与年轻的吉尔伯特结婚时曾约定,"但凡有谁想要自由了,另一方就不能挡他的

---

① 毛姆.毛姆短篇小说精选集[M].冯亦代,傅惟慈,陆谷孙,等,译.南京:译林出版社,2012:331.
② 毛姆.毛姆短篇小说精选集[M].冯亦代,傅惟慈,陆谷孙,等,译.南京:译林出版社,2012:315.
③ 毛姆.毛姆短篇小说精选集[M].冯亦代,傅惟慈,陆谷孙,等,译.南京:译林出版社,2012:333.

道"①。在简意欲抛弃丈夫之际,对方按照当初的约定履行了承诺,而在简与坐镇地中海指挥部的海军元帅谈到如此约定时,简引用元帅的话说:"但凡是好东西,他一望便知,他不会乐意娶别人,而如果有谁想娶我——他的旗舰上有八门十二英寸口径的大炮,他会在近距离讨论这个问题。"② 前后矛盾的是,简对未婚夫的态度不仅不反对,还欣然地接受了。

在整篇小说中,毛姆虽然没有以犀利尖刻的口吻直接批驳简的无情,对吉尔伯特的可怜无助也施墨甚少,但正是在作者貌似肯定、温和的语气中,简自私自利、虚伪势力的本质被读者揭露出来。人们不禁对付出一切的吉尔伯特的未来忧心忡忡,对弃他而去、另觅新欢的简倍加鄙视。在读者眼里,简简直成了女魔头的化身和被仇视的对象。鉴于毛姆对于女性的偏见,"简……是那种从不会要你记住她,但是持有偏见的读者却总是难以忘却她的人"③。

## 四、《舞男和舞女》中的女性

在短篇小说《舞男和舞女》中,毛姆讲述了曾经的舞男和舞女、现在的杂技演员夫妇悉德·科特曼和丝拉特的悲惨境遇,也再现了贫富差距扭曲人性的残酷事实。"与他们纯洁、真挚的爱情相比,有钱人奢华腐败的生活映衬了上流社会的伪善、自私、冷酷。"④ 丈夫悉德是个标准的美男子,虽然个子不那么高大,也不再年轻,但是无论从身材和长相来看,他仍不失当年的俊朗潇洒。他的头发乌黑浓密,眼睛大而有神;他举止优雅得体,说起话来带着地道的伦敦腔。

实际上,悉德过去是个舞男。由于"他黝黑的西班牙人模样显得英气逼人,生气勃勃,中老年妇女都乐意跟他跳舞,从没失过业"⑤。和从英国到欧洲大陆上的各个国家,从冬天的里维埃拉,到夏天的法国海滨,悉德辗转于旅游度假区的一家家宾馆酒店,陪一个个失去身材与青春的老女人跳舞。每当傍晚来临,舞男们便会赶往这些宾馆,坐在舞厅的凳子上,"睁大眼睛,用犀利

---

① 毛姆.毛姆短篇小说精选集[M].冯亦代,傅惟慈,陆谷孙,等,译.南京:译林出版社,2012:318.
② 毛姆.毛姆短篇小说精选集[M].冯亦代,傅惟慈,陆谷孙,等,译.南京:译林出版社,2012:333.
③ Dodd W. Six Stories Written in the First Person Singular[M]//Curtis A,Whitehead J. William Somerset Maugham:The Critical Heritage. London:Routledge and Kegan Paul Ltd,1987:193.
④ 王鑫.毛姆短篇小说人性问题研究[D].济南:山东师范大学,2001:24.
⑤ 毛姆.爱德华·巴纳德的堕落[M].孔祥立,译.南京:译林出版社,2015:247.

的目光搜寻可能跳舞的主顾。他们都有些常客"。①

那个时候，年轻帅气的舞男们的生意很好。跟一般的女人跳舞，他们最多会赚100法郎，遇上一个出手阔绰的女人愿意出钱专门与一个舞男多跳几个晚上，那么他能挣到1000法郎，而有时候，如果有的中年妇人提出要某个舞男在她那里留宿，那这个幸运的家伙就会赚得2500法郎。"悉德的一个朋友跟其中一位结了婚，她足可以做她的母亲，但送了他一辆汽车，还为他提供赌资，两人住在比亚里茨漂亮的别墅里。"② 可见，舞男的工作无非是提供陪舞和性服务。

悉德与丝拉特相爱结婚之后，为了生计，他们还得隐瞒结婚的事实，因为老年女性喜欢跟没有结婚或者妻子不在场的舞男跳舞。不过随着年龄的增长，年近30的悉德很难再赢得中老年女人的青睐，"有什么好事，也让那些年轻人抢去了。你我都知道，那些老娘们儿是些什么人，她们要的是小伙子"③。

阔绰的中老年女性喜欢把钱花在小伙子身上。她们看上了他们的年轻和活力，以及能满足她们无限欲望的可能。弗洛伊德认为，女性是低于男性的生物种群，她们自然的本能使其更接近于自然。性的本能活动是她们从心理上自我弥补的一部分。④

如今，这个年老色衰的昔日舞男只能靠为妻子当助手过活。小说虽然讲述的是作为妻子的丝拉特为了生活不得不冒着生命危险跳水、又惧怕死于非命的痛苦挣扎，但也从侧面勾画出曾经炙手可热的舞男的遭遇——他们凭借年轻和精力吃着青春饭，成为有钱有势的老女人的"玩物"，而当他们魅力不再的时候，就被无情地抛弃，成为风月场上的牺牲品。

在这篇小说中，毛姆以写实的手法呈现出从事低级服务行业的小人物的艰难生活。值得思考的是，毛姆一反作家们惯常的做法，只写出了作为舞女的丝拉特如何拼命挣钱，以摆脱困窘的生活状况。在体现丝拉特矛盾心理的过程中，毛姆穿插地写出了丈夫悉德往日的得意和今天的落魄，反衬出置他们于如此境地的女性，特别是对舞男有所需求的老女人的自私、贪婪和无情，而被她

---

① 毛姆.爱德华·巴纳德的堕落[M].孔祥立,译.南京:译林出版社,2015:247.
② 毛姆.爱德华·巴纳德的堕落[M].孔祥立,译.南京:译林出版社,2015:248.
③ 毛姆.爱德华·巴纳德的堕落[M].孔祥立,译.南京:译林出版社,2015:250.
④ Makolkin A. Semiotics of Misogyny Through the Humor of Chekhov and Maugham[M]. New York:The Edwin Mellen Press,1992:39.

们花钱取乐、利用、包养,直至被一脚踢开的舞男们则成为钱色交易之下的牺牲品。

## 五、《尼尔·麦克亚当》中的达里娅

尼尔·麦克亚当是瓜拉·索洛尔的博物馆馆长安格斯·蒙诺新聘任的馆长助理。他刚刚从爱丁堡大学毕业,怀着对生物学的热爱来到婆罗洲准备与科学家蒙诺一起进行野外考察。蒙诺的妻子达里娅是个俄国女人。小说以尼尔为视角,讲述了他和蒙诺一家工作和生活的经历。如果说毛姆隐晦地写出了《冬天的航行》中的里德小姐和《简》中的女主角对性欲的渴望,那么,达里娅便是一个赤裸裸的性欲追求者。

为了不招致英国女性读者的批评,毛姆刻意将性欲的渴望定位在一个异域女子身上。达里娅是一个三四十岁的女人,面色和眼睛都显得十分苍白。"她的头发比较凌乱,从中间分开,并在她的颈项处绾了一个结,有点像蛾的特征,并且那苍白的褐色显得很奇特。"① 苍白、白色的蛾子通常是令人讨厌的飞虫。达里娅带给人的第一视觉印象,就像一只不是飞来飞去、就是黏在身上的恶心的蛾子。人们看到飞蛾的自然反应便是尽快将其置于死地。

达里娅的想法、个性与一般女性大不相同。她生性懒散,不懂得珍惜时间,尼尔在没见到她的容貌之前,就被达里娅的论调吓住了:"还有什么东西能比时间更不重要呢?"② 而后尼尔又看到,达里娅喜欢整日里躺在沙发上看书,并不停地抽烟,大量地喝茶。她无比崇拜俄国文学,并蔑视其他国家的文明。她认为尼尔应该好好读读她们国家的那些伟大的作品。野外考察的时候,达里娅并不考虑其他人的喜好,做了一顿纯俄国式的早餐,令尼尔十分不满。总之,达里娅对祖国的热爱达到了近乎极端的程度,而她对文学和艺术的激情在常人看来也十分荒唐可笑。

达里娅不注重外表,不善于做家务。她的胃口特别好,饭量超过了丈夫和尼尔的总和。她吸着尼尔吸过的香烟,尼尔感到非常恶心。与陌生人初次见面,达里娅并不表现出矜持与羞涩,她的亲近和直接令人尴尬。她唐突地询问

---

① 毛姆.马来故事集[M].先洋洋,译.南京:译林出版社,2014:219.
② 毛姆.马来故事集[M].先洋洋,译.南京:译林出版社,2014:218.

尼尔是否有灵魂,并直截了当地说出一些不堪入耳的话。达里娅是尼尔接触到的最特殊的女性。

达里娅的非同寻常远非如此。她是一个无所顾忌的性掠夺者。在尼尔之前,达里娅与城里许多年轻人都有过暧昧关系,因而臭名昭著。女人们鄙视她,不愿与他们一家交往,可达里娅依旧我行我素。

达里娅与尼尔刚一见面,便盯上了猎物。她"若有所思地盯着他看了好久……她那苍白的蓝眼睛专注地看着他。不像尼尔那样单纯的男人可能就会留意到,她看上了自己的身形和青春活力,还有光亮的鬓发以及可爱的皮肤"①。相处时间一长,达里娅便对尼尔动手动脚,不是抚摸他的头发,就是他的脸颊。为了与尼尔有更近的接触,达里娅主动要求跟随丈夫去野外考察。蒙诺外出的时候,达里娅试图引诱尼尔,尼尔不为所动。尼尔发烧患病,达里娅不顾他的反对坚持日夜照顾他。她向尼尔表白,尼尔认为她是疯子。此时的达里娅就像一只失控的野兽。

> 接着,她一边叫着,一边笑着,瘫倒在尼尔脚边。她的喉咙里发出了奇怪的、并不像人类所发出的声响,并且全身一阵地抽搐和颤抖,就像是受到了一波接一波的电流冲击。尼尔不明白,这究竟是歇斯底里的兴奋,还是癫痫症发作。②

像动物一样的达里娅开口咬住了尼尔的手,他反拳回击。被激怒的尼尔已经忍无可忍,向丛林奔去。欲火熊熊燃烧的达里娅忘记了丛林的神秘可怕,她追上了尼尔,进入到密林深处。达里娅阴险狡诈,拿出了邪恶女人的惯用伎俩,她威胁尼尔要在蒙诺面前告发他侵犯过她,尼尔打伤她的痕迹就是证明。年轻的尼尔害怕了,恶魔一样的达里娅控制了他。"毛姆对于原始人性的表达特殊意义,正是在于他不遗余力地表现非理性因素对人物行为的影响。不论是沉沦情欲者、道德扭曲者还是人格畸形者,他们的行为动机都有关情欲、嫉妒、恐惧、愤怒等潜意识下不易被察觉和承认的情感和本能。"③达里娅的狡

---

① 毛姆.马来故事集[M].先洋洋,译.南京:译林出版社,2014:218-219.
② 毛姆.马来故事集[M].先洋洋,译.南京:译林出版社,2014:257.
③ 张歆雪.毛姆短篇小说中的英国侨民形象探析:以马来题材故事为中心[D].天津:天津师范大学,2018:31-32.

猾、情欲、疯狂正是人类本性的真实体现。

然而猎物也不会轻易地束手就擒。出于逃避的本能，尼尔发疯般地向远处奔去，就像刚被捕获的猎物夺路而逃一样。他要逃离凶险邪恶的达里娅。幸好他带着罗盘，辨别了方向，并顺利回到了营地。忽然之间，尼尔想到达里娅还在丛林里，肯定会迷失其中，便立刻起身打算回去找她。但是转念一想，愤怒的尼尔放弃了救她的念头。"她是个可恶的女人，如果她有什么不测，那也是罪有应得。"① 果然，经过一整夜的搜索，人们没有发现达里娅。

"不同于排遣孤独的男性对情欲的理性追求，毛姆笔下的女性对待情欲有着一种疯狂的偏执，这种偏执将她们行为中的非理性部分放大，最终不可自控。"② 毛姆借上帝之手惩罚了达里娅。他同意尼尔的想法，也认为达里娅是自作自受，死有余辜。在毛姆的小说里，如此肆无忌惮地袒露性欲的女性是罕见的，也自然得到了最严厉的惩罚。在此前的同类短篇小说中，毛姆仁慈地满足了性欲缺失的女性的渴望，然而在《尼尔·麦克亚当》中，极端的欲望追逐者不仅没有得逞，反而落得个葬身丛林的下场。况且，达里娅的死对于宽厚仁和的蒙诺来说未免不是一件好事。达里娅鲁莽随性、自以为是、咄咄逼人的风格，与毛姆对理想女性的既定看法大相径庭。他描绘达里娅的激情以及推崇的文学和艺术，也充满了无情的讽刺与蔑视。在思想和艺术领域中如此强势的女性竟同时也要掠夺男性的性力，是最危险、最致命的人物。

在这则短篇小说中，毛姆突出了丛林的意象和人迷失在丛林中的恐惧。丛林中疯狂生长的植被被作者反复提及，使丛林具有原始的特征。生活在原始状态下的人们，会不受理性控制地任凭原始的欲念膨胀，从而酿成恶果。19世纪末20世纪之初，在贫穷落后的英属马来亚殖民地，人们不仅随处可见原始的自然环境，而且还保留着原始的生活方式。那里的英国侨民"只得被迫接受原始的环境和原始的生活方式……由于长时间被隔离于文明世界之外，在文明世界里被压抑的原始人性就这样在原始环境的影响下复归，人潜意识下的肉体、本能、欲望等曾被文明压抑的生命本体冲动也由此被激发"③。

---

① 毛姆.马来故事集[M].先洋洋,译.南京:译林出版社,2014:261.
② 张歆雪.毛姆短篇小说中的英国侨民形象探析:以马来题材故事为中心[D].天津:天津师范大学,2018:10.
③ 张歆雪.毛姆短篇小说中的英国侨民形象探析:以马来题材故事为中心[D].天津:天津师范大学,2018:32.

文学史中的爱情小说一直以来都遵循着这种模式——女性常常被刻画成情爱的受害者。她们的情感单纯而真挚，可最终都免不了被男性引诱、被社会遗弃的命运。然而在毛姆的小说世界里，扮演受害者角色的往往不再是女性，而是男性，即男性是女性性欲驱使下的牺牲品。[①]《冬天的航行》中的里德小姐不断地以无聊至极的问题骚扰船上的男性船员，直到错乱的神经被性欲平息。《满满一打》中优雅端庄的波齐斯特小姐和一位叫阿伯德的小姐毫不犹豫地带着嫁妆嫁给了只有几面之缘、衣衫褴褛、容貌丑陋的重婚犯，而《简》中的女主人公嫁给了比自己年轻27岁的小伙子，充分享用了他的爱情和设计天赋之后离开了他。《尼尔·麦克亚当》里的达里娅更是人类本性的直接体现者。这些女性是受到性欲驱使的、以肉欲为乐的低等人性的化身。在毛姆的小说里，她们就像以满足身体欲望为存在目的的动物，以纠缠或者钱财作为筹码迫使男性就范，从而成为读者讽刺鄙视的对象。

## 第三节　固执任性的女性

### 一、《插曲》中的格蕾丝·卡特

格蕾丝·卡特是伦敦大学的学生，毕业之后准备从事教师职业。她出身于中产阶级家庭。她的父母通过不断努力做上了布匹生意，并成为雇主。他们将女儿送上大学，并对她寄予厚望：希望唯一的女儿日后嫁给医生、律师或者金融人士，从而跻身上流社会。不料，格蕾丝·卡特在某一日遇见了热情洋溢、帅气性感的邮差弗雷德·梅森。二人最终坠入了爱河。

格蕾丝·卡特本是个乖巧的女儿，父母从来没有为她担心过。可是作为独生女，格蕾丝·卡特性格中的固执任性在关键时刻显现出来。她与弗雷德·梅森爱得如痴如醉，打算结婚。她本来就明白弗雷德·梅森并不是父母中意的女婿，还是执意要带他回家。格蕾丝先发制人，告诉父母她已经与梅森订了婚，

---

[①] Makolkin A. Semiotics of Misogyny Through the Humor of Chekhov and Maugham[M]. New York: The Edwin Mellen Press, 1992: 73.

梅森将在周末来家中拜访。听到女儿谈恋爱并订婚的消息,格蕾丝的父母有些震惊。详细了解梅森的情况后,卡特夫妇坐不住了:

> 卡特太太叫道:"你是在开玩笑吧,我们让你接受了这么好的教育,你可不能就嫁个普通的邮差啊!"
> "你妈说得对呀,闺女,"他(卡特先生)憋了半晌终于爆发出来,"你不能这样子自暴自弃啊。嗐,这简直太荒唐啦。"①

当问及梅森的家庭背景,格蕾丝"故意挑衅似的"告诉父亲,梅森子承父业,父子俩都是为邮局工作的工人阶级。拗不过女儿的执意要求,格蕾丝的父母同意与梅森见面,并逐渐认可了这个准女婿。然而好景不长,梅森因被发现窃取信件中的钱财被判入狱,卡特夫妇再次排斥梅森。他们认为梅森就是个肮脏的窃贼,格蕾丝可以利用这个"好机会"摆脱他。他们哪里想到,格蕾丝竟认为梅森是为了让她约会时感到开心和满意才盗窃的,是为了他们的爱情付出的代价。格蕾丝毫不在意父母对梅森的指责,对爱人的痴迷和执着让她义无反顾。

> "我不在乎。"她愠怒地道。
> "你不在乎?你这话是什么意思?"
> "就是我说的这个意思。我要等着他,等他一出狱我就嫁给他。"
> ……
> "不许再叫他贼,"格蕾丝尖叫道,狂怒得直跺脚,"他的所作所为完全都是因为他爱我。我不在乎他是不是个贼。我现在比以前更加爱他。你根本就不知道什么是爱。就为了一个老太太有可能留一笔钱给你,你就肯等上十年才嫁给爸,你好意思把那个也叫爱?"②

从母女的对话中,读者可以看到格蕾丝对母亲的言语冲撞。"不许……""你根本就……""你好意思……"等表达本身就是对母亲权威的挑战,也暴

---

① 毛姆.毛姆短篇小说精选集[M].冯亦代,傅惟慈,陆谷孙,等,译.南京:译林出版社,2012:345.
② 毛姆.毛姆短篇小说精选集[M].冯亦代,傅惟慈,陆谷孙,等,译.南京:译林出版社,2012:349.

## 第二章 毛姆笔下的负面女性形象

露出娇生惯养的格蕾丝被父母溺爱而形成的任性骄横的性格。对于母亲的劝说和父亲的忠告,格蕾丝完全听不进去,并且语气强硬,态度坚决。她对卡特先生说:"你以为事到如今我还会放弃他吗?我已经说过等他一出狱就会嫁给他,你还要我跟你说多少次?"① 为了捍卫爱情,格蕾丝已经不再是听命于父母的乖乖女,而"勇敢地"顶撞起父亲来。一气之下,卡特先生要格蕾丝离开这个家,并且永远不要回来。格蕾丝更是倔劲儿十足:"我很高兴这就走。"②

于是,格蕾丝真的乘父母不在家的时候,收拾东西离家出走了。正如她声称的那样,她将在百货商店做销售员,自食其力,断绝与父母的关系。同时,这也说明格蕾丝放弃了伦敦大学的学业,以及毕业后的教师职业,从而自降了社会地位。不过只要和梅森彼此相爱,只要有与他团聚的希望,格蕾丝绝不后悔。她让监狱的囚犯监察员奈德转告梅森:"告诉他只要他爱我,我什么都不在乎。告诉他如果有必要的话我会等他二十年。告诉他我一天天都在数着日子,他一出狱我马上就跟他结婚。"③

意志坚定的格蕾丝向梅森承诺,会等他二十年。可是人的情感是有限的,炽热的爱情之火不会长久地燃烧。在这一方面,女性往往比男性更加执着与专一。由于在狱中表现良好,梅森的刑期被缩减,他可以提前出狱了。格蕾丝省吃俭用,为他们安置了一个简单温馨的小家。她不辞辛苦地工作,节省开支,"结果把自己给煎熬得苍白而又消瘦"④。对此,格蕾丝并不抱怨。相反,由于信使奈德的存在,他们的爱情依旧甜蜜并充满激情。

不巧的是,梅森即将出狱前的几个星期,奈德的老毛病犯了,不得不离开监狱一段时间,故事的讲述也暂时停止。此处作者故意留下一处空白,为小说的结尾做出铺垫。康复后的奈德来到监狱,还没等恭喜梅森提前获得自由,就被对方告知不与格蕾丝结婚的打算。梅森说出了自己的感受:"十八个月以来我日日夜夜、无时无刻不在想念着她,现在我已经对她厌烦死了。"⑤ 看来即使再真挚、猛烈的情感也有保质期。激情燃尽之后只剩下冰冷的灰烬。无论奈

---

① 毛姆.毛姆短篇小说精选集[M].冯亦代,傅惟慈,陆谷孙,等,译.南京:译林出版社,2012:350.
② 毛姆.毛姆短篇小说精选集[M].冯亦代,傅惟慈,陆谷孙,等,译.南京:译林出版社,2012:350.
③ 毛姆.毛姆短篇小说精选集[M].冯亦代,傅惟慈,陆谷孙,等,译.南京:译林出版社,2012:353.
④ 毛姆.毛姆短篇小说精选集[M].冯亦代,傅惟慈,陆谷孙,等,译.南京:译林出版社,2012:355.
⑤ 毛姆.毛姆短篇小说精选集[M].冯亦代,傅惟慈,陆谷孙,等,译.南京:译林出版社,2012:366.

德怎么劝说，梅森依旧坚持初衷，不肯与格蕾丝见面。无奈之下，奈德向满心期待的格蕾丝吐露了实情。

坚守爱情的格蕾丝怎会想到梅森的离弃。她没有等待梅森二十年，反而在一年半之后就遭到了爱人的抛弃。"在毛姆的小说中，在特定的时间和地点，爱情的威力是压倒一切的。它可以被瓦解，可以多变，也可以被压抑致死。"① 格蕾丝无法理解，更难以承受，选择了自杀。格蕾丝与家庭决裂，放弃了优越的生活和学习条件，辛苦挣钱并等待与梅森团聚。如果说她的做法体现出一个女性对爱情的忠贞不渝，那么她选择自杀便是其过于任性执拗的性格所致。每个人都有选择、放弃爱情的权利。格蕾丝对梅森的爱情过于执着，她也的确不无辛苦地等待，以至于一旦出现变化时无从应对。梅森与格蕾丝都是年轻人，从相知相爱到等待也不过几年，然而格蕾丝盲目的爱情成为她生命的全部。"爱情不仅不可靠而且还很危险，势不可挡的激情控制并毁掉了她。"② 其实，接受过高等教育的格蕾丝应该更加理性，能够思考、理解并尊重梅森的选择，而不是在感情的道路上一意孤行，成为毫无意义的爱情牺牲品。

## 二、《梅布尔》中的梅布尔

如果说《插曲》中的格蕾丝热切等待的婚姻是一场白日梦，那么，《梅布尔》中的女主人公梅布尔凭借超乎常人的执着与勇气成功地嫁给了与她订婚七年的乔治。梅布尔的未婚夫乔治是在缅甸工作的英国人，他们的结合被家事和战事一拖再拖。梅布尔等了乔治七年，可当乔治将结婚事宜准备就绪，梅布尔乘坐的轮船即将抵达港口的时候，乔治犹豫了。"这时，乔治突然紧张起来。他已有七年没见梅布尔，连她的模样都记不清了，纯粹和陌生人一样。他的心仿佛掉进无底深渊，两条腿开始发颤。"③

乔治与梅布尔的相爱、订婚已经是七年之前的事了。爱情之火无论如何猛烈也会枯竭。况且他们天各一方，乔治对于梅布尔的感情很可能已经微乎其微，维系他们的恐怕只有当年的婚约了。从乔治的立场来看，他惧怕即将到来

---

① 蒋丽.威廉·萨默塞特·毛姆短篇小说中的异化[D].长沙:湖南大学,2015:28.
② 蒋丽.威廉·萨默塞特·毛姆短篇小说中的异化[D].长沙:湖南大学,2015:28.
③ 毛姆.天作之合:毛姆短篇小说选[M].佟孝功,刘希武,郑举福,等.译.长沙:湖南人民出版社,1983:616.

的婚姻也是情有可原的。不过对于爱情和婚姻，女性的忠诚和执着远远胜过男性。

作为一个男人、一名绅士，乔治不忍心直接拒绝、伤害投奔他的梅布尔。情急之下，他登上了即将启航开往新加坡的船只，并给梅布尔发去了电报，告知他自己尚不明确以后的去向，建议她返回英国。没想到，乔治刚到新加坡就接到了梅布尔的电报，而她也在赶往新加坡的途中。乔治突然意识到梅布尔在追踪他。小说以幽默诙谐的笔调记叙了这场纵横亚洲大陆、水陆并行的追逐战。乔治就像犯案的罪犯四处逃窜，躲避未婚妻梅布尔的跟踪追击。梅布尔抱着不抓住逃犯誓不罢休的既定信念，以坚忍不拔的毅力和无所畏惧的勇气，战胜了重重艰难险阻，完成了女性的光荣使命。在路上，梅布尔不仅胆量非凡，还足智多谋。她就像一个老道的警长，善于搞心理战，警告罪犯法网恢恢，疏而不漏，尽快伏法才是正路。

得知梅布尔将在新加坡与他会合，乔治立刻"跳上"开往曼谷的火车。到了曼谷，他"还是坐立不安"，便搭乘一条法国轮船赶往西贡。哪料刚到西贡的旅馆，乔治就接到了梅布尔的电报，说明她已经完全掌握了乔治的去向。乔治不由得惊出了"一身冷汗"[1]。接着，他乘船赶到香港，觉得香港也不安全，又奔向马尼拉。"但那儿也不吉祥"，他只好来到上海。"在上海，他整天心烦意乱，提心吊胆；每每走出旅店，好像随时都有可能落入梅布尔的手心。"[2] 无奈之下，乔治逃往横滨，竟在旅店又接到了梅布尔的电报，告诉他她已到马尼拉。现在，梅布尔肯定在去往上海的路上。

为了躲避梅布尔警官的追捕，远离那致命的婚姻，乔治决定顽抗到底——继续逃。这一次，乔治选择了交通不便的中国内地。他先是"穿过了（长江）的急流险滩"，到达重庆，又顺着"土匪肆意侵扰"的公路，来到成都。最后，乔治看到了"西藏的雪峰"[3]。如果有必要，乔治是连雪山都肯爬的。一连几个星期，乔治没有接到梅布尔的电报。他暗自庆幸：纵使梅布尔再顽强，也会惮于中国西南地区的天堑险阻，不得不望而却步了。看来成都真是乔治的福地。

---

[1] 毛姆.天作之合:毛姆短篇小说选[M].佟孝功,刘希武,郑举福,等,译.长沙:湖南人民出版社,1983:616-617.
[2] 毛姆.天作之合:毛姆短篇小说选[M].佟孝功,刘希武,郑举福,等,译.长沙:湖南人民出版社,1983:617.
[3] 毛姆.天作之合:毛姆短篇小说选[M].佟孝功,刘希武,郑举福,等,译.长沙:湖南人民出版社,1983:618.

出乎乔治意料的是，梅布尔还是追上来了。在半个月的时间里，她冲破重重艰险，终于成功地堵截住逃犯乔治。虽然曾跋山涉水，乔治面前的梅布尔依旧衣着得体，精神状态良好，完全看不出旅途的劳累。在小说的尾声处，梅布尔与乔治相见的情景不像是恋人的久别重逢，倒像走投无路的罪犯束手就擒的场面，令读者忍俊不禁。

> 乔治惊得目瞪口呆，脸色苍白。这时，梅布尔走上前。
> "你好，乔治。我是多么害怕再次失掉你呀。"
> "你好，梅布尔。"他声音颤抖地回答说。
> 乔治神色慌乱，真不知说什么才好。①

梅布尔"抓住"乔治后并不罢休，还要求立刻与他成婚。至于婚后的生活如何，作者没有讲述。不过在小说的开始，作者听到了乔治和俱乐部的秘书正在谈论梅布尔。现在梅布尔不在丈夫的身边，明显是有事务在身，因为乔治提到梅布尔非常忙碌，并渴望她休假。虽然收到了妻子安慰他的信件，乔治还是像个怨妇。他对"我"说："您知道，这还是第一次同我老婆分开。没有她，我简直成了丧家之犬。"② 很明显，梅布尔在与乔治的婚姻中扮演了男性的角色。她有能力外出工作，还是丈夫的精神支柱，就像秘书评价的那样："梅布尔是个了不起的女人。"③

在这篇小说中，梅布尔是个内心强大、意志坚定的女性。为了婚姻，她不惜代价勇往直前，然而她辗转东亚与南亚，不远千里追寻乔治的做法完全出自个人的一厢情愿，是其固执任性的个性体现。乔治在发给她的第一封电报中就已经含蓄地说明自己身在外，"不能结婚"，任何理性的女性都会明白其中的含义。既然对方不想结婚，为什么还要穷追不舍？梅布尔执迷不悟地认为，既然有一纸婚约，就理应结婚，或者她还是一如既往地爱恋着乔治。她不考虑、也不尊重乔治的决定，固执己见，坚决"挖出"乔治与他成婚，充分表明她思想的偏执和内心的强大。在婚后的生活中，梅布尔始终是家庭的中心，还外出工作，明显地

---

① 毛姆.天作之合:毛姆短篇小说选[M].佟孝功,刘希武,郑举福,等,译.长沙:湖南人民出版社,1983:618.
② 毛姆.天作之合:毛姆短篇小说选[M].佟孝功,刘希武,郑举福,等,译.长沙:湖南人民出版社,1983:615.
③ 毛姆.天作之合:毛姆短篇小说选[M].佟孝功,刘希武,郑举福,等,译.长沙:湖南人民出版社,1983:615.

## 第二章 毛姆笔下的负面女性形象

扮演起丈夫的角色。从表面上看,梅布尔被认为"了不起",被男性赞美,实际上她正是包括作者毛姆在内的男性讽刺否定、避之不及的对象。

在《插曲》和《梅布尔》中,毛姆笔下的男性试图逃离他们无比厌恶、惧怕的女性和婚姻。安娜·马克尔金认为,他们的行为再现了如巴布亚新几内亚 Kaulong 男性的内心焦虑。Kaulong 男性直到年老体衰、面临死亡之时才会尝试结婚。在这个部落传统的意识中,女性是男性的真正杀手,担心被女性吃掉的恐惧构成了男性长期焦虑的基础。① 与之相类似,生活在地中海地区的男性面临的一个问题是惧怕或者憎恨妻子。② 他们不信任已婚女性的忠贞或者对男性家族理念的忠诚。特别是当她们炫耀性能力的时候,瞬间就会毁掉男性的声誉。对女性或者婚姻的惧怕和憎恨通常是共生的。罗马讽刺作家和诗人朱文诺、奥维德都写过关于婚姻陷阱的小册子。③ 在现代文学中,婚姻恐惧症同样存在。托尔斯泰的《克莱采奏鸣曲》讲述了一个资产阶级贵族杀害妻子的残酷故事,体现出作者对女性的否定态度。

男性惧怕女性的原因,除了神话中女性代表邪恶的力量,在现实生活中,还在于她们性格的执拗和内心的强大。就像梅布尔一样,她的精神力量甚至征服了亚洲的山河与森林。她所向无敌,神秘莫测,吓得猎物闻风丧胆,仿佛身怀超常的魔力。小说的亮点是将乔治像逃犯一般狼狈逃窜的描写,以及他每到一处胆战心惊、惶惶不可终日的心理挣扎。还有梅布尔电报中的短短几行字,将一个沉稳执着、势在必得的追捕者的谋略表现得淋漓尽致。

男性拒绝婚姻,是因为他们惧怕、厌倦或者憎恶即将与之结合的女性。这些女性可能意志坚定得连男性都撼动不得。《插曲》中的格蕾丝在梅森出狱之前"要他(奈德)保证把她添置的每一样东西都详详细细讲给弗雷德(梅森)听"④。《梅布尔》中的梅布尔每到一处,都要郑重其事地给逃亡路上的未婚夫乔治拍一份电报。在虚构的小说世界里,毛姆负面地夸大了现实中女性对爱情和婚姻的执着忠诚,既体现了男性对婚姻生活中强势女性的焦虑和不满,又在提醒他的男性同胞:选择或承诺婚姻,一定要谨慎冷静。

---

① Makolkin A. Semiotics of Misogyny Through the Humor of Chekhov and Maugham[M]. New York: The Edwin Mellen Press, 1992: 98.
② Stewart F H. Honor[M]. Chicago: Unicersity of Chicago Press, 1994: 108.
③ Wilson K M, Makowski M E. Wykked Wives and Woes of Marriage: Misogamous Literature from Juvenal to Chaucer[M]. Albany: State University of New York Press, 1990.
④ 毛姆. 毛姆短篇小说精选集[M]. 冯亦代,傅惟慈,陆谷孙,等,译. 南京:译林出版社,1983:365.

# 第四节　冷酷残暴的女性

乔治·拉科夫（George Lakoff）在 *Women, Fire and Dangerous Things* 中提到："作恶源自于女性那恶魔般的本性。"① 女性不仅被认为是导致国家、民族和社会遭受祸患的根源，还见于某些负面现象、狭隘事物的始作俑者。在现实世界里，女性的"他者"身份通过其特有的社会角色被界定，因而社会对待女性的态度是谨慎的。然而在小说中，虚构的女性行为会被无限扩大，从而其表现更加极端，以达到作者对此类人物的情绪宣泄。在毛姆的世界里，女性就是他谴责、蔑视、评判、嘲弄和攻击的那股邪恶力量。

## 一、《赴宴之前》中的米莉森特

小说《赴宴之前》的主人公米莉森特是个自私、冷酷、残暴的女人。她的丈夫哈罗德刚刚离世八个月，她非但不悲伤难过，反而表现冷淡，不以为然。一直以来，米莉森特的脸色就很难看，热带的生活又使她涨了不少重量，皮肤也变得土黄。如今，她蓝色的眼睛失去了光彩，脖子两旁的赘肉看起来还有些可怕。

为了画出恶人的形象，毛姆着力从外表上丑化米莉森特——看上去又丑又凶，为之后讲出她的暴行埋下伏笔。她支持妹妹的穿戴，因为黑白相间的衣服不太像丧服。她觉得丈夫已经去世有八个月了，再不必为他穿着丧服。她的母亲斯金纳太太感觉女儿这么说有些不当，便反问她是否现在就脱掉丧服。米莉森特的回答更加离谱：现在社会上的情形与之前大不相同，穿服丧也是一样，想必丈夫不反对她不穿丧服。

米莉森特自从丈夫过世后就从婆罗洲回到英国，但是敏感的斯金纳太太注意到，女儿并没有在卧室里放一张丈夫的遗照，而且她的举止也颇为怪异。她比以前更沉默了，不大愿意谈起他们在婆罗洲的往事。母亲注意到女儿总是脸色阴沉，跟以前判若两人，就连与她独处时也感到很别扭，即使随便聊聊家

---

① Lakoff G. Women, Fire and Dangerous Things[M]. Chicago: The University of Chicago Press, 1987: 79.

常，她也不愿意搭腔，就像没听到一样。斯金纳太太只能自我安慰：女儿刚死了丈夫，暂时还不能从悲伤中恢复过来。

米莉森特丝毫不为丈夫的先逝感到难过。她承认是自己把摆在家中的哈罗德的照片都拿走了。母亲说还以为女儿愿意留着丈夫的照片，米莉森特就又沉默了。米莉森特爱答不理的态度，不仅母亲斯金纳太太、她的家人，就连作为旁观者的毛姆在迷惑不解的同时，也不禁心生厌烦。

穿着丧服的米莉森特告诉家人，哈罗德死于感冒，家人深信不疑。可是毛姆无意做她的帮凶：她的妹妹凯瑟琳听到了不一样的事实。从婆罗洲回来的主教告诉凯瑟琳的朋友说，哈罗德是自杀死的。阴险的米莉森特狡辩说，她不让女儿琼知道父亲死亡的真相，是为了女儿的成长着想。面对家人的质问，她还找了其他的借口：这是她个人的私事，没有必要公之于众。斯金纳太太有些难过了，觉得女儿连母亲都有所隐瞒，简直背离了亲情。米莉森特听到后竟然"耸了耸肩"。从母女间的对话和反应中可以看出，米莉森特是个内心冷漠、不重感情的女人。她与家人的关系尚且如此，对丈夫的残酷无情也可以预见。

与44岁的哈罗德订婚时，米莉森特已经是个27岁的老姑娘了。她知道好像没有人愿意娶她了。尽管米莉森特坦言，嫁给哈罗德的时候并不爱他，可是她知道这是她能抓住的最后的机会。母亲斯金纳太太觉得哈罗德谈吐不俗，大方稳重，是个有教养的人。虽然他体态偏胖，头发稀疏，脸色黝黑，那双棕色的大眼睛还是很吸引人。值得注意的是，毛姆在此处特意描写了哈罗德的眼睛，"棕色的、大大的"，是他脸上最好看的地方，而在米莉森特的脸上，同样好看的地方也是她蓝色的眼睛，只不过黯淡无光。眼睛是心灵的窗户，毛姆以对比的手法再次强调了米莉森特阴暗的内心世界，为其之后的暴行做进一步铺垫。

实际上，哈罗德曾是个酗酒成性的单身汉。为了不丢掉公职，他只得回国娶个妻子来管住自己。米莉森特对最初的婚姻生活还是很满意的：她住在驻地长官的官邸，被土著仆人恭恭敬敬地伺候着。哈罗德的长官派头满足了她的虚荣心。看到他专业、老练地审理案子，处理日常事务，对付不好管束的土著人，米莉森特不由得敬佩起丈夫来。她之所以"感觉很好"，在于土著仆人对身为长官夫人的她毕恭毕敬，以及丈夫哈罗德处理当地事务时的盛气凌人，还有她获悉丈夫堪称"婆罗洲本地通"的名声与威望。

不难看出，毛姆笔下的米莉森特不仅内心险恶，还极度虚荣。她有点钦佩丈夫的理由，不是他事情处理得多么得人心，而是那些足够可以对付土著人的手段。可是好景不长，她的敬意在两人结婚不到一年的时候被打破了。客人造访、疟疾侵袭过后，哈罗德恶习难改，很快就在办公室放上一瓶威士忌，一边工作一边喝酒了。就连米莉森特分娩，离开他的一个半月里，他仍不断地酗酒。

当米莉森特得知丈夫过去酗酒的事情后，最不能接受的是哈罗德是为了保住公职才娶她为妻的。"这一点在她心里激起一股隐隐的怨恨之情。"① 她一边讲述一边咬牙切齿地说："那时候，我知道自己恨他……我本该杀了他。"② 米莉森特是个集虚荣心和报复心于一身的危险女人。她享受着丈夫的身份和地位带来的优越感，甚至敬佩他，却因他不纯的结婚动机而心生怨恨，以致丈夫屡教不改之时，她终将所有的愤恨一并发泄而出。

为了让哈罗德戒掉酒瘾，米莉森特以女儿琼为条件威胁丈夫：如果女儿看到父亲醉酒，他就永远见不到她了。爱女心切的哈罗德决定再次戒酒。这次米莉森特的感觉很好。她很满意：他管不住自己的时候就来找她，别看他平时那么高高在上，可在她面前就像个犯了错的孩子。米莉森特获得了巨大的成就感和满足感，并且对丈夫的感情有了微妙的变化。现在她能感受到丈夫对自己和孩子的爱了。之前因为酗酒她憎恶丈夫，如今米莉森特终于对丈夫产生了感情。不过她觉得与其说他是她的丈夫，倒不如说是她为之操心的孩子。

由此可见，哈罗德夫妇间感情的天平是不平衡的。在他们的生活中，二人的关系就像猫处处盯着粮仓里的老鼠，母亲严密监视着要犯错的孩子一样，其中处于主导地位的无疑是米莉森特。她之所以对丈夫萌生了某种温情，是哈罗德对她的要求唯命是从，并在她的监管下努力地戒掉酒瘾。他们为彼此感到自豪，沉浸在成就感中的米莉森特就这样爱上了丈夫。

在带着女儿休养一周的短暂时间里，米莉森特也十分想念哈罗德。船只接她们回家时，她怀着异常激动的心情打算告诉哈罗德自己的感受。可是回到家的米莉森特失望至极。只见"哈罗德仰面朝天躺在床上，只穿了一条纱笼，身边是一个威士忌的空瓶子"③。很明显，在短短一周里，当初处于严密监视下的哈罗德失去管束，抵挡不住酒精的诱惑，重新捡起了恶习。

---

① 毛姆. 木麻黄树[M]. 黄福海, 译. 上海：上海译文出版社, 2015: 24.
② 毛姆. 木麻黄树[M]. 黄福海, 译. 上海：上海译文出版社, 2015: 24.
③ 毛姆. 木麻黄树[M]. 黄福海, 译. 上海：上海译文出版社, 2015: 27.

## 第二章　毛姆笔下的负面女性形象

米莉森特的自豪感、成就感和爱情被抛到了九霄云外，她彻底失望，甚至绝望了。"老毛病又犯了。我多年来的努力全都白费了。我的梦想破灭了。一切都没有指望了。我感到怒火中烧。"① 她不断地骂他"你这个畜生"，她愤怒得丧失了理智，忘记了自我。她不停地摇晃着丈夫。此时在米莉森特眼中，哈罗德不再那样迷人，而是个下贱的酒鬼。在家人面前，米莉森特终于道出了她的愤恨：

> 我恨他。我比以前更加恨他，因为有一个星期，我曾经用我的整个身心去爱他。他对不起我。他太对不起我了。我要告诉他，他是个多么肮脏的畜生。可是我没办法让他知道。'睁开你的眼睛，'我叫道。我决定要让他睁开眼睛来看我。②

这段内心独白是盛怒之下米莉森特的真实感受，也构成了她即将施暴的理由。她感觉自己受到了欺骗，因为她真真正正地爱了他一个星期，而在这段她爱意浓浓、胜券在握的日子里，丈夫却恶习难改，不再臣服于她。"在文明社会，人必须遵守一定的社会规则，因而他的行为是相对温和的。文化是遮盖他们脸面的面具。人类的本性是看不到的。但一旦置身于原始的环境中，人们肯定认为没有必要再屈从于传统规范的束缚了。他们的怪癖就有机会在没有监督的情况下发展起来。"③

殖民地本来就是未完全开化的半原始地带，缺少社会文明和规范的制约。米莉森特外出以后，哈罗德在无人监管之下自然重拾恶习。此外，"具有原始特征的炎热气候对侨民的行为方式产生着隐秘的影响……炎热的气候就像东方特有的'不和谐'的单调旋律，引发人的焦躁情绪"④。米莉森特的母亲追问哈罗德酗酒的原因时，女儿只简单地回答"气候"二字。在潮湿炎热的殖民地生活，人的心情也常常烦闷不安，免不了时而喝点酒提提精神，长此以往便酿成恶习。可见，"一个白人，哪怕稍微有一点屈服于他周围环境的影响，他

---

① 毛姆.木麻黄树[M].黄福海,译.上海:上海译文出版社,2015:27.
② 毛姆.木麻黄树[M].黄福海,译.上海:上海译文出版社,2015:28.
③ 王鑫.毛姆短篇小说人性问题研究[D].济南:山东师范大学,2001:62-63.
④ 张歆雪.毛姆短篇小说中的英国侨民形象探析:以马来题材故事为中心[D].天津:天津师范大学,2018:23.

很快就会丧失自尊"①，从而助长了他非理性的欲望和本能。

不过，米莉森特之所以恨丈夫，并非出于对哈罗德意志力薄弱的失望，而是她反复提及"他对不起我，他太对不起我了"。对米莉森特来说，丈夫违背了他的誓言是小，背离了对她的承诺是大。她感觉她全部的付出直至爱情应该得到回报，而残酷的事实最后告诉她，一切已化为泡影。愤恨不已的米莉森特不仅痛骂丈夫，还要让他亲自看看她多痛恨他。米莉森特决定要丈夫睁开眼睛来看她，她也的确做到了。

"处于原始环境中的人们在潜意识下向着不可控的方向发展，不受理性的控制，环境的原始性和人行为的非理性就产生了密不可分的联系。"② 正是在马来亚的婆罗洲，哈罗德一次次地拾起了嗜酒的癖好，也正是在这原始地带，深藏在米莉森特潜意识中的仇恨、暴力本性才会暴露出来。

再迟钝的人也能猜出米莉森特是哈罗德之死的真正凶手。此时此刻，她没有哀伤，也不悲痛，更不忏悔。她带着笑意承认自己谋害了亲夫。"马来殖民地的生活让她经历了短暂的幸福，之后又将她推入了仇恨的深渊，悲喜和爱恨的不断反复最终扭曲了她的人性，把她变为了一个变态冷血的谋杀凶手。"③ 她感觉哈罗德只有死才能解她的心头大恨，补偿她付出的全身心的爱。米莉森特的仇恨得到了释放，她成功地报复了哈罗德的欺骗，显露出恶魔般的本性。

米莉森特不仅是残忍的弑夫之妇，还是个阴险狡诈的杀人逃犯。一方面她为杀死哈罗德感到痛快，另一方面她又竭力掩盖杀夫的事实，使自己免于罪责。她不仅没有丝毫的难过、痛苦和自责，反而清醒镇定，有条不紊地掩盖起罪行。她先是打开窗户叫保姆上楼来，而后又让厨师与女儿琼待在一起，不让他们走近看清真相。保姆上楼后看到哈罗德的尸体，吓得尖叫着冲出屋门。惊恐之中的保姆不可能看清事情的真相，米莉森特一声大叫换得了清白。仆人们吓得魂飞天外，慌了手脚，不敢走进哈罗德的房子。只有米莉森特沉着冷静，给外出办事的弗朗西斯先生写了封信，告知他事情的原委——"她从河口回来后发现哈罗德的喉咙被割断了"④，并请他急速返回。

---

① 毛姆.木麻黄树[M].黄福海,译.上海:上海译文出版社,2015:72.

② 张歆雪.毛姆短篇小说中的英国侨民形象探析:以马来题材故事为中心[D].天津:天津师范大学,2018:32.

③ 张歆雪.毛姆短篇小说中的英国侨民形象探析:以马来题材故事为中心[D].天津:天津师范大学,2018:11.

④ 毛姆.木麻黄树[M].黄福海,译.上海:上海译文出版社,2015:30.

老谋深算的米莉森特明白，她不可能像糊弄保姆那样骗过哈罗德的助手弗朗西斯，让他相信哈罗德是自杀而死。虽然她要他马上回来，但是为了防止尸体腐烂，必须尽快处理掉。米莉森特随即就地埋葬了哈罗德。两天之后弗朗西斯才匆匆赶回，而哈罗德的死亡事实已经与他的人一样，被盖棺论定了。处世老道的米莉森特轻而易举地蒙蔽了年轻的弗朗西斯。

米莉森特的直白置家人于尴尬的境地。她的父亲斯金纳先生是位人人敬仰的专业律师。对他来说，一边是承担起诉责任的职业道德，一边是谋杀丈夫的亲生女儿，真是进退两难。他道出了他的矛盾与无奈。可女儿米莉森特却是一副无所谓的态度。她再次"耸了耸肩"，辩解说她是被家人逼迫才说出来的，既然知道了真相就得承受折磨。米莉森特不顾及家人的感受，使他们遭受知情不报的良心谴责，可谓心肠狠毒。

当斯金纳太太表示心绪复杂、无法赴宴的时候，米莉森特还是摆出不屑一顾的表情，眼睛里充满嘲弄。现在的情况是，不只她一个人，而是更多的人开始与她分享这份煎熬，她反而感到轻松了，还恬不知耻地安慰家人，要他们慢慢适应，不要担心有什么差错。写到此处，毛姆强化了米莉森特心灵的丑恶。难怪菲利普·赫尔顿提出："英国男性作家将（英属殖民地马来亚）的欧洲女性描述为卑鄙、报复心强、种族歧视以及纵欲过度的人。"[①]

看来米莉森特坦言的折磨并不是杀人所致的良心不安，而是担心有朝一日真相大白面临惩罚。很显然，她希望家人，包括他的父亲保持沉默，不揭发她，并保证"不会有什么危险"。实际上，米莉森特设法保全自己的同时也陷害了她的家人。出于亲情，他们不会告发她，可是也由此成了哈罗德一案的帮凶。毛姆笔下的米莉森特是个恶魔，她不仅在暴怒下残忍地杀害了丈夫，还致使全家人背上良心的包袱，生活不得安宁，而自己却得到了解脱。可以说，米莉森特的家人无不深受其害。她的所作所为最终招致了亲人的反感和痛恨。正如斯金纳先生做的那样，他愤恨地瞪了女儿一眼，说她自太私。

## 二、《信》中的克罗斯比太太

米莉森特很可能逃脱了法律的制裁，可是另一位女杀手被当场抓到枪杀了

---

[①] Holden P. Orienting Masculinity, Orienting Nation: William Somerset Maugham's Exotic Fiction[M]. London: Greenwood Press, 1996: 100.

丈夫的朋友，不过她的狡诈和伪装更胜米莉森特一筹。短篇小说《信》描写了女性因妒忌、仇恨而杀人害命、肆意妄为的邪恶本质。从外表上看，女主角克罗斯比太太是个娴静、高雅的女人，然而一旦猛兽一样的本性受到刺激，她施暴的程度甚至超过了男人。克罗斯比太太连开六枪，击毙了她的情人，只因他有了其他女人，而最开始她声称自己杀人完全是自卫之举——那男人竟想强暴她。对于妻子说的话，直率坦诚却"不够聪明"的克罗斯比先生不仅深信不疑，还替她鸣不平："莱斯莉是世上最善良的女人，连一只苍蝇也不忍心打死呀。"①

小说一开始就介绍了克罗斯比先生。很明显，克罗斯比先生是那种人高马大、四肢发达、喜爱运动、头脑简单的人。不修边幅的他很难与风度翩翩的英国绅士联系在一起。他戴着破旧的毡帽，穿着卡其布的短裤和外套。虽然身材庞大，相貌平平，但是他的眼睛并没有流露出任何邪恶的神情，而是写满诚恳与真实。不难看出，克罗斯比先生并不属于帅气英俊的美男子类型，而是整日里忙碌在种植园的"农夫"。他的真诚乃至粗犷说明他是个善良的人，而这样的人往往会被假象蒙蔽。

他理所当然地认为整个事件就是一出闹剧，并且一副愤愤然的样子：他的妻子不应该入狱受审。实际上不仅是他本人，所有他到新加坡之后见到的人，都认为莱斯莉是清白无辜的。他竟然在法庭宣判之前就粗鲁地断言：莱斯莉应该杀掉这个恶棍。不过莱斯莉的律师乔伊斯先生还是冷静清醒的。他质疑她为何向强奸犯连开了六枪，而不是一枪，直到子弹完全打完为止。

对于涉世较深、阅历丰富的乔伊斯先生来说，莱斯莉被拘捕待审后表现出的自控力完全出乎他的预料，令他印象深刻：她能像平时一样阅读、运动，为了打发时间还做起了女红。她不仅穿着干净得体的衣服，头发和指甲也被细心地打理过，还不乏幽默感。与思想简单、粗线条的丈夫相比，克罗斯比太太是个风姿绰约的文雅女士。她在身陷囹圄时还保持着温文尔雅、心平气和，跟平日里的行为处事一模一样。她没有丈夫强悍的身材，也没有毛姆小说中某些女主人公的丑陋愚钝，相反，她是个柔弱温婉的女子，"她刚30出头，体质柔弱……她的手腕和脚踝都很纤细；她极其瘦弱……她是个安静、可爱、谦逊的

---

① 毛姆.木麻黄树[M].黄福海,译.上海：上海译文出版社,2015：172.

## 第二章 毛姆笔下的负面女性形象

女人。她的风度优雅,要是说她不曾受到人们的关注,那是因为她有些羞怯。"①

不仅克罗斯比先生、律师乔伊斯先生,还有所有认识他们的人,就连读者也不禁认同:这么一个弱女子肯定不会是杀人凶手。然而莱斯莉杀人的证据确凿,她自己也供认不讳。不过依旧令乔伊斯印象深刻的,还有莱斯莉每次都以同样清晰的思路、平稳连贯的语调、镇定自若地讲述着同样的细节。如果读到最后再翻过来看,细心的读者肯定会发现,与她孱弱的外表相比,莱斯莉的确是个自制力很强的女人。她的内心是如此强大,以致在枪杀情夫之后的几个小时里,她把自己关在屋子里,没有痛哭和忏悔,而是费尽心机地编造掩盖罪行的谎言。在她虚构的故事中,细节如此翔实,描述如此可信,解释如此合理,就连包括律师乔伊斯先生在内的所有人都无从质疑。

在毛姆眼中,莱斯莉这种女性构成了对男性和整个社会的巨大威胁。她不仅杀了人,还将自己描述成男性性欲的受害者、被强暴的对象。可见,从某种程度上说,莱斯莉的能力已经超越了以乔伊斯为代表的男性的理性和智慧。她就像女妖一样善于伪装,带着一副天使的面孔,摆出一种无辜的受难者的姿态。"她的镇定自若是令人惊叹的"②,也是男性为主导的世界很难掌控的。

如果没有乔伊斯律师事务所职员黄志成呈递的一封信——整个案件的转折点,莱斯莉阴险虚伪的内心世界永远也不会暴露出来。信是她杀人当天写给情夫的。她威胁对方,如果不来后果自负。故事发展到现在,读者才恍然大悟。原来莱斯莉每次准确、详细地讲给乔伊斯律师的案发经过,竟然是她自己编造的强奸未遂、自卫杀人的故事。如果没有这封信,一切都还被蒙在鼓里。

看过信件后,疑惑不解的乔伊斯先生马上去监狱找克罗斯比太太对证。如平日一样,莱斯莉还是那么泰然自若。"她还是像往常一样衣着整洁、朴素,一头浓密的淡色头发已精心梳理过。"③ 她礼貌地伸出手来同他握手,并且露出了自然的微笑。克罗斯比夫妇和乔伊斯夫妇是多年的好友,在乔伊斯先生的印象中,克罗斯比太太始终是高雅完美的化身。从待人接物上讲,她平易近人,和蔼可亲,从不矫揉造作,是位有教养的女士,令乔伊斯先生钦佩尊重。特别是现在,陷入泥沼之中的莱斯莉还是那样平静、端庄、自然,她的诉讼委

---

① 毛姆.木麻黄树[M].黄福海,译.上海:上海译文出版社,2015:174-175.
② 毛姆.木麻黄树[M].黄福海,译.上海:上海译文出版社,2015:182.
③ 毛姆.木麻黄树[M].黄福海,译.上海:上海译文出版社,2015:186.

托人乔伊斯律师不得不为之惊叹。此处毛姆重点刻画莱斯莉的沉稳文雅,旨在与她后来的表现进行对比,以撕下其伪善的面具。

当问到是否给哈蒙德(莱斯莉的情夫)写过信,顽固的莱斯莉马上矢口否认,并且强调自己完全肯定与死者近期没有交往。继而乔伊斯先生直截了当地告知:她应该最近给哈蒙德写过一封信。莱斯莉依然无动于衷,镇定自若,只是在说话之前稍稍犹豫了一下。显然,莱斯莉的内心世界发生了变化,她在思考对策。当她开始读信时,乔伊斯先生注意到,慢慢地,她的脸上发生了变化:

> 她那苍白的脸变得十分难看。她的脸色变得铁青。肌肉仿佛突然消失,只剩下一张皮紧紧地包在骨头上。她的嘴唇收缩起来,牙齿露了出来,那形象犹如一张鬼脸。她的眼睛从眼眶里鼓出来,盯着乔伊斯先生。乔伊斯先生感到眼前是一具骷髅,说着含糊不清的话语。①

这封信让莱斯莉原形毕露:往日的天使露出了恶魔的面孔。当她开始说话的时候,也"只能发出嘶哑的声音",而且"已经不是人类的声音了"②。毛姆通过乔伊斯先生的视角,将恶意杀人、诬陷他人的狠毒妇人描画成"骷髅"般的非人类。与此同时,毛姆的代言人乔伊斯先生坐在了审判席上。他的男性权威、尊严和理性震慑住了这个魔女。他要莱斯莉解释信的来历。

莱斯莉默认了信的存在,但是狡辩说她想请哈蒙德帮忙订购一支枪,作为丈夫下个月的生日礼物。对于莱斯莉的辩解,尽管疑点重重,乔伊斯律师还是认可了莱斯莉的借口,因为他为后者承担义务。不过一席话过后,律师惊诧的是莱斯莉的眼睛里竟闪烁着胜利的笑意。可见,狡诈的莱斯莉早已听出了律师的言外之意,她很快就要幸免于难了。

在毛姆的小说中,男性的代言人是不会甘拜下风的。既然某些女性是邪恶的化身,那么作为社会既定秩序和法律公正的维护者,男性终将战胜恶魔,并将其绳之以法。毛姆的乔伊斯律师将审判继续下去。他敏捷的思维、缜密的思考、合理的推断使刚刚稳住心神的莱斯莉慌了手脚。

---

① 毛姆.木麻黄树[M].黄福海,译.上海:上海译文出版社,2015:188.
② 毛姆.木麻黄树[M].黄福海,译.上海:上海译文出版社,2015:188-189.

## 第二章 毛姆笔下的负面女性形象

在证据面前，不管莱斯莉如何奸诈，内心如何强大，一番震慑将她彻底击溃了。伴着一声尖叫，她突然跳起来，面色惨白，而后身体蜷缩着晕倒在地上。苏醒过来的莱斯莉号啕大哭起来。不过过了一会儿，她又重新恢复了理智，情绪的克制力令人吃惊。老奸巨猾的莱斯莉打算去买那封置她于死地的信。为迫使乔伊斯律师就范，她还利用克罗斯比先生与乔伊斯先生的友谊和对他的同情。

虽然莱斯莉逃脱了法律和社会的制裁，作者不会轻易放过残忍虚伪的女魔头，为冤屈的受害者报仇。克罗斯比先生看到妻子写给情夫的信，明白了事情的真相。他没有陪伴刚刚解除监禁的妻子，而是将她留在乔伊斯太太身边，自己动身回家了。此时莱斯莉苍白的脸上写满绝望。

小说的最后，毛姆通过莱斯莉和律师之间的对话，将谋杀的原委讲述出来。原来，莱斯莉和哈蒙德是多年的情人，他们谨慎小心地维持着关系，避免受到怀疑。可是近一年来，莱斯莉感到哈蒙德变了心，不再爱他了，便发疯似的同他争吵不休，特别是当她听说哈蒙德已经有了新的情人——一个华人妇女，更是不可忍受，气急败坏。

看到对方又老又丑，戴着金银首饰在街上招摇，莱斯莉无法接受情夫的背叛，尤其他移情别恋的对象还是个华人。她认为她的情夫只能有她一个情人，没有权利抛弃她另觅新欢，因为她用她的全部身心爱着他。莱斯莉是个自私冷酷、占有欲极强的女人。她痛恨情夫的背叛敷衍。既然她失去了爱情，就要他加倍偿还。"可以看出，克罗斯比太太口口声声说的爱不过是一种极端偏执的情欲和疯狂的占有欲。"①

小说在尾声阶段还原了枪击案发现场的真实画面——与当初莱斯莉描述的生动的故事毫无关联。所有的情节和描述都是她主观臆造的，可见莱斯莉的本性何等狡诈与凶险。在与哈蒙德的交谈中，莱斯莉得到确认，他的确爱上了别人。哈蒙德也向莱斯莉摊了牌，说她这个人着实乏味无趣，现在既然他不用遮遮掩掩，反倒可以轻松下来了。狂怒之下的莱斯莉怎能罢休："我发疯了，怒火中烧……"②

听到这里，乔伊斯先生终于明白莱斯莉对哈蒙德连开六枪的原因了。本来

---

① 张歆雪.毛姆短篇小说中的英国侨民形象探析:以马来题材故事为中心[D].天津:天津师范大学,2018:8.

② 毛姆.木麻黄树[M].黄福海,译.上海:上海译文出版社,2015:208.

一枪就已经击中,为了掩盖自己的罪行,也是出于愤恨和报复,莱斯莉跟了出去,将哈蒙德击倒在地。不过她还不罢休,发疯般地不断向尸体射击,直至子弹用尽。莱斯莉残忍的嘴脸终于暴露无遗:"说到这里,她停了下来,激动得喘着粗气。她的脸已不再是人脸,残忍、愤怒和痛苦使它变了形。你绝对想不到,这样一位娴静、文雅的妇女,竟会怀着那种恶毒的激情。"①

一贯沉稳老练的乔伊斯先生被彻底吓坏了。他所看到的不是一张女人的脸,而是一只野兽的面具。现在的莱斯莉不是人,是一头疯狂的野兽。"情人的背叛使曾经娴静文雅的她丧失理智陷入崩溃,原本潜伏在她内心的疯狂终于脱离了理性的控制而演变成了恶毒的激情。"②

毛姆意欲向读者呈现的,不仅仅是这个女人的凶残和暴虐,更加恐怖的是,恶魔有种超强的应变能力。它施暴时是猛兽,平和时是天使;它随时都可以撕开温婉的伪装,露出狰狞的本来面目,也可以随时变回原样。听到乔伊斯太太友善、欢快的召唤,"克罗斯比太太的脸渐渐恢复了原状……那轮廓清晰的激动情绪逐渐消退,过了一会儿,她的脸变得冷静、沉着、坦然。她的脸色仍有些苍白,但她的嘴唇却露出了可爱而亲切的微笑。她又成了那位有良好教养甚至高雅的女性"③。

与《赴宴之前》的米莉森特相比,毛姆设计的莱斯莉更加狡猾阴险,也更"嫉恶如仇"。她们就像野兽一样,被激怒时凶猛无情,而莱斯莉更善于伪装。她没有表现出米莉森特阴郁的、淡漠的、轻蔑的"杀手"神情,而是换上了一副和蔼可亲、温柔高雅的面孔。正是这副天使的面孔才是毛姆担忧并急于警告他的男性同胞的。虽然她们平日里彬彬有礼、笑容可掬,其内心却凶险难测,男人们还是远离她们为妙。

"通奸是她(莱斯莉)的第一宗罪,谋杀是第二宗罪,欺骗法庭是第三宗罪。"④ 法庭宣布克罗斯比太太无罪释放的那一刻,似乎莱斯莉的阴谋又得逞了。"对于人类对情欲的追逐,毛姆更倾向于表现这种自然天性的不可抗拒,

---

① 毛姆.木麻黄树[M].黄福海,译.上海:上海译文出版社,2015:208.
② 张歆雪.毛姆短篇小说中的英国侨民形象探析:以马来题材故事为中心[D].天津:天津师范大学,2018:8.
③ 毛姆.木麻黄树[M].黄福海,译.上海:上海译文出版社,2015:209.
④ 王鑫.毛姆短篇小说人性问题研究[D].济南:山东师范大学,2001:51.

承认人的非理性情感的不可控性。"① 在以马来亚为背景的短篇小说中,英国侨民的故事大多取材真实。特德·摩根(Ted Morgan)称,《信》的女主角就是一个真实存在的人物,然而她依然逍遥法外,过着正常人的生活。她不仅与情人私通,还残忍地杀害了他。但是毛姆对莱斯莉之类人的态度却没有停留在表面的、世俗的批判,"他解释这些人物生存的状况,交代故事发生的背景和人物关系,都是为了给这些人的行为找一个合理的解释,探究他们行为的深层动机和原因。恐惧、嫉妒、情欲这些与道德背道而驰的,但都是潜伏于非理性意识中的原始本能,是被压抑的人的本性"②。

## 三、《母亲》中的拉·卡拉奇

爱恨交加的克罗斯比太太杀死了她的情人,《母亲》中的拉·卡拉奇也是出于同样的动机刺死了他儿子的情人。故事一开始,人们听到西班牙塞维利亚的一座平民小院里传来了争执声、吵骂声,其间夹杂着一个女人不停地尖叫与咒骂。不见其人,先闻其声,人们很自然地联想到即将登场的主角是个粗俗、恶毒的女人。终于邻居们看清了她的面容:"天哪!那真是一张邪恶的脸!"人们毛骨悚然,感觉就像看到了杀人犯:

> 拉·卡拉奇年届四十,面容憔悴,瘦骨嶙峋。两手和手指骨骼突出,就像秃鹰的爪子……当她张开苍白的厚嘴唇时,能看到尖尖的牙齿,跟食肉动物无异……眼睛深深地陷在眼窝里,又大又黑,发着凶光。她脸上的表情如此凶残,没有人敢走上前跟她说话。③

与描写《赴宴之前》和《信》中女主人公相貌的方式相反,毛姆在本篇小说中采用了平铺直叙的手法,直接将拉·卡拉奇的凶残相置于读者眼前,并果断地辅以否定的评价。毛姆无须读者仔细阅读文本后做出理性的分析,而是

---

① 张歆雪.毛姆短篇小说中的英国侨民形象探析:以马来题材故事为中心[D].天津:天津师范大学,2018:10.
② 张歆雪.毛姆短篇小说中的英国侨民形象探析:以马来题材故事为中心[D].天津:天津师范大学,2018:33.
③ 毛姆.爱德华·巴纳德的堕落[M].孔祥立,译.南京:译林出版社,2015:387.

直截了当地将拉·卡拉奇比拟为一只手指如爪、牙齿尖利的食肉动物,告诉读者她脸上的表情是凶残的。

接着,毛姆透露了拉·卡拉奇的过去。因为她杀死了自己的情人,入狱服刑七年,不久前刚刑满释放。尽管邻居们无从了解这起神秘的杀人案,但还是感觉到了危险。"那双邪恶、阴郁的眼睛将他们笼罩在了一片愁云惨雾之中。他们小声地嘟哝着,好像中了恶意的魔咒。""她恶魔附体了。"邻居罗莎莉亚说。① 不错,拉·卡拉奇不仅是恶魔的化身,还在人们身上施了魔法。随着时间的推移,拉·卡拉奇平静地生活着,并没有招惹是非,貌似是个无害之人。她从不跟人交往,拒绝人们的善意沟通。得知邻居们知道她是个杀人犯,她与人更疏远了。不过人们渐渐淡忘了她的危险。

然而,短暂的和平只不过让邻居们放松警惕、恶人得以喘息罢了。不过几日,拉·卡拉奇的儿子古利托来看望刚出狱的母亲,并且像中了魔咒一样喜欢上了漂亮的罗莎莉亚。她长着一双迷人的眼睛,也很性感,立刻就迷住了年方二十的古利托。在西班牙,年轻人很容易坠入爱河,况且古利托还是个追求时尚、讲究穿着、有些"早熟"的青年,对异性产生好感是再正常不过的事。

目前他们只有一面之缘。初次见面打个招呼,礼貌地笑笑也不必大惊小怪,可是母亲拉·卡拉奇早就看不下去了,她挡住了罗莎莉亚投向古利托的暧昧目光。儿子的到来使她兴奋异常,迎接儿子时,她怜惜地抚摸着儿子的脸颊,甚至还喜极而泣,可是现在,"早已被巨大的快乐扫荡无存的阴郁又像雷雨云一样使她的面孔黯淡下来。她狠狠地、阴沉沉地看着那个漂亮女孩"②。

既然年轻人谈情说爱是理所当然的事,为何拉·卡拉奇不仅不为儿子高兴,反而还阻挠反感。在《母亲》中,毛姆不再掩饰女主角的内心世界,而是将拉·卡拉奇对儿子的感情如实相告:她爱儿子爱得发狂,认为儿子就是她的生命。与此同时,她要儿子也绝对地、无条件地忠诚于她,不能爱上别的女人。虽然知道儿子不可能每天晚上都在工作,她还是从他的谎言中得到了满足和幸福。

看到儿子和罗莎莉亚眉目传情,拉·卡拉奇简直怒不可遏。她担心罗莎莉亚把儿子从身边抢走,故意阻止二人见面。出身于小市民阶层的罗莎莉亚是个

---

① 毛姆.爱德华·巴纳德的堕落[M].孔祥立,译.南京:译林出版社,2015:388.
② 毛姆.爱德华·巴纳德的堕落[M].孔祥立,译.南京:译林出版社,2015:390.

不好惹的姑娘，在她的身上，西班牙人冲动好斗的性格一览无余。看到拉·卡拉奇故意挡着儿子看她的视线，一时间，她就像中了魔法似的笑了起来，"亮闪闪的眼睛里充满了恶作剧的意味"①。她打算捉弄拉·卡拉奇，故意跟古利托接近，以挑起他母亲的愤怒——那是她胜利的标志。"你不会如此轻易打败我的。"②

罗莎莉亚决定跟拉·卡拉奇斗到底，却没想到自己惹祸上身，断送了性命。在下一个周日，也就是古利托再次看望母亲的时候，罗莎莉亚使出了挑唆、引诱的伎俩，鼓动古利托在他母亲面前跟她搭讪。年轻的古利托怎能经得住一番言语刺激。他不再胆怯，离开母亲房间的时候勇敢地同罗莎莉亚告别。拉·卡拉奇的心里再次燃起了怒火。

拉·卡拉奇是个自闭的女人，不愿与人直接沟通交流。此时的她还没有同罗莎莉亚正面交锋。她本想对罗莎莉亚说句话，但是她抑制了激动的情绪，默默地回到了房间。不过仇恨的种子已经埋在了女魔头的心间：罗莎莉亚故意跟她作对，要抢走她的儿子。看来，罗莎莉亚在两个女人争夺一个男人的斗争中初战告捷了。然而她怎么知道，自己正一步步走向死亡。

庆祝佳节的日子里，罗莎莉亚身着节日的盛装，在院子里载歌载舞。喜欢热闹、酷爱舞蹈的西班牙人都会坐在一起，分享节日的欢快气氛，古利托也不例外。他迫切地要出去寻找快乐，终于不顾母亲的阻拦来到人群中间。被儿子丢下的拉·卡拉奇兀自站着，"狂怒啮咬着她的心"③。人们看不清她的脸，因为她站在光线照射不到的阴影里。拉·卡拉奇就像躲在暗处的猛兽一样，随时准备攻击。

跳得正酣的罗莎莉亚似乎并没注意到潜在的危险。她太放纵、任性了。这次她还是故伎重演，引诱古利托就范："你不害怕见到我吗？""你当然不会跳舞的。""那来跳吧！""你是害怕吗？"④ 古利托当然立刻就同罗莎莉亚跳起舞来。这时，人们听到了有如毒蛇发出的嘶嘶的声音，那是阴影中的拉·卡拉奇愤怒发狂的声音。她注视着跳舞的两个年轻人，盯着他们的身体、动作、舞步和笑意。她的眼里冒着两团烈火——"她感觉它们像煤炭一样正在眼窝里熊

---

① 毛姆.爱德华·巴纳德的堕落[M].孔祥立,译.南京:译林出版社,2015:391.
② 毛姆.爱德华·巴纳德的堕落[M].孔祥立,译.南京:译林出版社,2015:392.
③ 毛姆.爱德华·巴纳德的堕落[M].孔祥立,译.南京:译林出版社,2015:394.
④ 毛姆.爱德华·巴纳德的堕落[M].孔祥立,译.南京:译林出版社,2015:394.

熊燃烧"①。鼓掌喝彩的人们看不到她的怒火,也听不到她的惨叫。他们怎知,这只狂怒的野兽已瞄准了它的猎物,蓄势待发。

她不愿与儿子讲话。儿子就是自己全部生命的寄托,但是她憎恶他。拉·卡拉奇的恋子情结是畸形的。她对儿子的爱竟如此疯狂,要求儿子绝对忠诚,以至于儿子表现出些许的"背叛",她就忍无可忍,由爱生恨了。为了夺回儿子,拉·卡拉奇终于主动开口,质问罗莎莉亚:"你想把我儿子怎么样?"对方反问到:"你什么意思?"②

拉·卡拉奇愤怒得颤抖起来,不得不咬手指来保持冷静。她指责罗莎莉亚要偷走她的儿子。不肯服输的女孩不仅矢口否认,还步步紧逼,搬出拉·卡拉奇的致命伤来嘲笑她:我才不会找杀人犯的儿子当情人。拉·卡拉奇开始发疯、发飙。她扑到罗莎莉亚的身上并撕扯她的头发,警告她:"如果你不离开我的儿子,我就杀了你!"③

上述对质出现在一个男人的母亲和他的爱人之间。在大多数情况下,人们只当那是一句狠话,一句发泄愤怒的表达而已,怎会联想到真正的谋杀。罗莎莉亚不知,恶魔拉·卡拉奇说到做到,从不食言。争执、撕扯过后,"拉·卡拉奇愤怒地咆哮了一会儿,像一头没能捕到猎物的野兽,然后到街上去了"④。歇斯底里的猛兽行凶未果,不免有些悻悻然,不过它绝不会就此罢休。

罗莎莉亚万万料想不到的是,更大的阴谋正向她逼来。她同意与古利托隔着铁栅栏,在小院门口幽会——这是恋爱中的西班牙青年男女普遍遵循的方式。为了约会顺利进行,古利托没有看望母亲。拉·卡拉奇痛苦万分,"她心中对他充满了怨恨——她甚至愿意看到他死在自己面前"⑤。这是何等残忍、何等自我的母亲。为了全部占有儿子,控制他的一切,她宁愿儿子死在眼前,这样他就不会招惹是非,"欺骗"她了。

过了一周,古利托仍不出现。拉·卡拉奇痛苦得难以言表,心中充满对儿子的思念和对罗莎莉亚的愤恨。虽然最后性格懦弱的古利托鼓起勇气来看她,但她已等了很久,等得不耐烦,失望了。她的爱转化成了恨。她还告诉儿子,

---

① 毛姆.爱德华·巴纳德的堕落[M].孔祥立,译.南京:译林出版社,2015:394.
② 毛姆.爱德华·巴纳德的堕落[M].孔祥立,译.南京:译林出版社,2015:395.
③ 毛姆.爱德华·巴纳德的堕落[M].孔祥立,译.南京:译林出版社,2015:395.
④ 毛姆.爱德华·巴纳德的堕落[M].孔祥立,译.南京:译林出版社,2015:395.
⑤ 毛姆.爱德华·巴纳德的堕落[M].孔祥立,译.南京:译林出版社,2015:397.

## 第二章　毛姆笔下的负面女性形象

因为他被她的情人施暴,她才成了杀人犯坐了牢。如果不是为了儿子,她宁可自杀也不肯受牢狱之苦。

可是儿子才不领情,还劝说母亲清醒一些,他已经长大了。此时此刻,拉·卡拉奇面临着人生最大的背叛——她的儿子离开了她。可悲的是,愚蠢的拉·卡拉奇不会思考,不知反省,不从自身找原因,而是将儿子的过失归咎为他人的过错。她溺爱儿子,爱得着魔,爱得自私,致使儿子怕她,恨她,并离开了她。一切都是拉·卡拉奇狂热的占有欲所致。这个女人盲目地将自己的心献给了少不更事的儿子,是何等可悲可怜。

罗莎莉亚不会想到,正是她不断地煽风点火,推波助澜,才将自己推向死亡的深渊。她不断刺激拉·卡拉奇,告诉她自己和古利托真心相爱,并打算结婚,好像以激怒这个丑陋的女人为快似的:"你认为你能阻止我们吗?你认为他害怕你吗?"① 不仅如此,她还转告拉·卡拉奇古利托说的话,说他恨她,巴不得她早点死掉,最好永远待在监狱里。

古利托是否亲口说出诅咒母亲的话,读者无从得知。不过很显然,罗莎莉亚煽动性的语言中带有夸张、主观的成分。狂怒不已的拉·卡拉奇早就丧失了理智,被罗莎莉亚恶毒的语言打击得说不出话来。可罗莎莉亚还不罢休,她高声笑着,继续挑衅拉·卡拉奇。占了上风的罗莎莉亚主动出击,最终上演了惨剧。

不难看出,拉·卡拉奇此次行凶是有备而来。如果罗莎莉亚无视她的警告,她便会履行承诺。杀死罗莎莉亚的决定早已在她的脑海中酝酿。当人们试图上前抓住凶手时,拉·卡拉奇"向后退到墙边,直视着他们,脸上的凶残表情让人不敢靠近"②。

强悍的女魔头在人们分神的一刻,看准时机逃进了自己的房间。而后赶来的警察闯了进去,与拉·卡拉奇厮打一番过后才将其押解出来。这只野兽就像了了一桩心愿似的,不顾人们的咒骂,以一副胜利者的姿态示人。为了以防万一,确认她是最终的胜者,拉·卡拉奇居然还询问医生:"她死了吗?"听到医生肯定的答案,恶魔发出了欣慰的感叹:"感谢上帝!"③

拉·卡拉奇不是初犯,她当然知道,自己肯定会因杀死罗莎莉亚再次被判

---

① 毛姆.爱德华·巴纳德的堕落[M].孔祥立,译.南京:译林出版社,2015:399.
② 毛姆.爱德华·巴纳德的堕落[M].孔祥立,译.南京:译林出版社,2015:399.
③ 毛姆.爱德华·巴纳德的堕落[M].孔祥立,译.南京:译林出版社,2015:400.

入狱,饱受更加难熬、痛苦不堪的监狱生活。然而她宁愿付出如此残酷的代价,也不能容忍夺走她儿子的罗莎莉亚的存在。她可能会幸灾乐祸,自我安慰地想:幸好罗莎莉亚被我除掉,这下没人跟我抢古利托,他又是我的了。可是,就像古利托曾经说过的"假如不是罗莎莉亚,也会是别人"①。儿子恋爱结婚是再正常不过的事,拉·卡拉奇的生命怎么可能延续到古利托的一个个爱人都被杀死呢?除非像她诅咒的那样,宁可儿子死在她的面前,她狂乱的妒火才会平息。

拉·卡拉奇对罗莎莉亚的身体造成了致命的伤害,在心理上她也毁掉了儿子古利托。多年来,他一直生活在母亲专制、独裁的管控中,目击过母亲杀死情人的残暴,还不敢与年轻女性有任何接触。母亲的溺爱与强硬使他任性、自私、懦弱,缺乏责任感。他曾告诉罗莎莉亚,他母亲的性格"简直就像魔鬼",然后又故作勇敢地说要告诉母亲她是他的情人。如今罗莎莉亚因他而死,凶手又是自己的母亲,他怎不自责痛苦。毋庸置疑的是,他终究无法摆脱悲剧性的命运,成为女性暴力的又一牺牲品。

在本篇小说中,毛姆无须像对待《信》中的克罗斯比太太那样,以过多的笔墨将其描写成伪善的淑女,也不必如刻画《赴宴之前》的米莉森特,开篇时替她隐瞒罪行。他只要以白描的手法,原原本本地画出拉·卡拉奇的模样,就足以达到讽刺的用意了。拉·卡拉奇应该是毛姆最痛恨鄙视的女性类型。她不仅是众多女性人物中最丑陋的一个,还长着一张邪恶的、凶神恶煞般的脸。她斤斤计较、言语粗俗、自我封闭、残暴成性、愚蠢无知,是个十足的社会底层女人形象。出身良好的毛姆对其直截了当的厌恶也是显而易见的。

同样,毛姆对罗莎莉亚的处理也体现了他的女性观。这个漂亮、青春的西班牙女孩喜欢惹是生非,挑拨离间,她一意孤行的做法和争强好胜的个性招致了厄运,完全是咎由自取。面对拉·卡拉奇的威胁,她不仅毫不示弱,还咄咄逼人,恶语伤人。至于她的死,毛姆的笔触中没有任何同情的表述,或者他也赞同地在背后说了一句:"感谢上帝!"

在上述三部短篇小说中,三个女性杀手出于个人目的实施了暴力杀戮:米莉森特看到丈夫"背叛"了对她戒掉酒瘾的承诺,克罗斯比太太承受不了情人移情别恋的痛苦折磨,拉·卡拉奇无法与其他女性分享儿子的爱。自私的情

---

① 毛姆.爱德华·巴纳德的堕落[M].孔祥立,译.南京:译林出版社,2015:398.

## 第二章 毛姆笔下的负面女性形象

感极易激发出潜藏在女性身上的一种本性——邪恶。无论她们像虎豹一样凶猛，还是狐狸般狡猾，都极富危险性，将男性置于岌岌可危的境地。通常来说，社会都是以法律的压制手段抑制女性身上的魔鬼般的力量，警告人们不可效法，违法必究。在虚构的小说环境下，为所欲为的女性不一定都承受法律的制裁，也可能不受良心的谴责。毛姆只是力求将人类丑恶的本性呈现给读者。

但是在男性作家的笔下，她们还是不能逃脱道德与亲情的惩罚：亲人的抱怨、丈夫的疏远、儿子的痛恨。由此可见，在毛姆的小说世界中，男性是女性生活中的牺牲品，是女性在暴力、爱情和嫉妒之下的俘虏和猎物。在男性的世界中，女性是暴力、凶险、残忍的代名词。

以极端暴力为特征的悍妇形象为什么频繁出现在男性作家的作品中？在妇女解放运动中，争取女性权益的斗争基本停留在表面而未深入触及问题的核心。因而从整个社会的层面看，女性依然是低男性一等的从属者，是他们的附属品，"是天经地义尾随在男人身后低眉顺眼的迎合者和应和者……这种对女性问题的漠视导致了女性意识的自觉与社会解放思潮有应和却不同轨、不并进的局面，也一定程度地为正统意识强化对女性的禁锢让出空间"①。因而，毛姆小说中的那些残暴、冷漠的悍妇是"男性对女性可能爆发的颠覆男权统治情形的极端性想象，蕴含其中的则是作者防患于未然的思想"②。通过对悍妇形象的塑造，毛姆意欲向男性发出警告，向女性做出警示：不管从心理上还是身体上，实施暴力的悍妇必将遭受惩罚，承担罪责，因而不得作恶、挑战并侵害男性权威。这是以毛姆为代表的男性作家的一贯做法。

## 第五节 危险善变的女性

当毛姆作品中往日娴静、可爱的女性摇身变作破坏性的人物时，男性便不幸地成为她们的受害者。向男性同胞表达同情之时，毛姆在作品中流露出对女性的不信任和恐惧之情。这些女人的本性很可能在初次接触中或是几年的时间里不被觉察。她们隐藏得如此之深，如此善变，以致倾尽某个男人的一生才会

---

① 王晓骊,刘靖渊.解语花:传统男性文学中的女性形象[M].石家庄:河北人民出版社,2001:208.
② 王晓骊,刘靖渊.解语花:传统男性文学中的女性形象[M].石家庄:河北人民出版社,2001:209.

使她们露出本来面目。多变的女人会给男人带来危险——毛姆提醒道,故而在他的作品中,赞美怜惜之词多给予男性,贬低斥责之恨则指向女性。

## 一、《无所不知先生》中的拉姆塞夫人

短篇小说《无所不知先生》讲述了从美国旧金山到日本横滨的客船上,与作者在同一舱室的无所不知先生——马克斯·凯拉达的故事,以反衬一位女士的真实面貌。对于无所不知先生本人,毛姆采用先抑后扬的手法,在文中几次提到他不喜欢凯拉达先生。首先是作者厌恶他的名字,这个名字听起来让人憋闷,毛姆不免有些垂头丧气。比起诸如"史密斯"或"布朗"等耳熟能详的英国名字来,"凯拉达"的确听上去有些怪异。

接下来在舱室中安顿行李时,毛姆再次表达了对凯拉达先生行事风格的不悦。他的模样一点都不讨人喜欢。之后的交流中,凯拉达先生的个性进一步展现出来,加深了毛姆的不满和蔑视。为了同作者套近乎,凯拉达先生声称他是英国人,还掏出了英国护照。不过见多识广的毛姆一看就看出,从英国身份上来说,凯拉达先生绝非"真品"。

很明显,凯拉达先生的表达有些言过其实了。然而毛姆诧异的是,这个人居然能在执行禁酒令的客船上搞到酒,还表现得慷慨大方:他不仅能弄到全世界的酒,作者的朋友还可以拿到这些酒。凯拉达先生也无愧于"无所不知先生"的称号。他非常健谈:世界各地、文艺政治,他无所不通,还非常热爱祖国。然而在作者看来,凯拉达先生口中的英国有些不伦不类,而且"多少有损它的尊严"①。其实凯拉达先生是想创造亲切友好的谈话气氛。

习惯于保持空间和距离的英国绅士毛姆对此不无反感。不过他能观察到凯拉达先生善于交际:他很快就和船上的人们熟识起来,主动参与船上的事务,并帮助安排、组织活动。"无所不知先生"的绰号也由此得来——"他无处不在、无时不在,肯定是船上最遭怨恨之人"②。人们当面这么称呼他,他也欣然接受。凯拉达先生自我感觉非常好。他愿意以个人意愿为别人安排事情,因为他自以为是地认为比别人见多识广。他会喋喋不休地说个没完,直到他的观点得到认可。他无所不知,从来不会出错。

---

① 毛姆.爱德华·巴纳德的堕落[M].孔祥立,译.南京:译林出版社,2015:346.
② 毛姆.爱德华·巴纳德的堕落[M].孔祥立,译.南京:译林出版社,2015:346.

## 第二章　毛姆笔下的负面女性形象

此时拉姆塞夫妇出场了。拉姆塞先生是美国驻日本领事馆的官员，身材高大且肥胖，一看便知不是精明之人。这次他将留在纽约一年之久的妻子接来日本生活。坐在同一张桌子旁，毛姆对拉姆塞夫人的第一印象极好，并高度地评价了她的美丽与谦逊：

> 拉姆塞夫人是个非常娇小美丽的人儿，举手投足都叫人喜欢，而且还颇有幽默感。领事服务处的待遇不好，她的穿戴总是很朴素，不过她懂得怎样穿衣打扮，总能达到一种娴静文雅的效果。我本来是不会特别注意到她的，但她身上散发出一种独特的气质——谦逊……你看她一眼，就不能不被她的谦卑有礼所打动，就像外套上的一朵鲜花，让她整个人都亮丽起来。①

对女性抱有偏见的毛姆初次见到拉姆塞夫人，不禁眼前一亮。她是毛姆欣赏的罕见的女性类型——谦虚懂礼。她不像饥渴的性欲驱使下的女人，也不如女杀人犯那般残暴冷酷。尽管她衣着简朴，但不失文雅，是毛姆称道认可的女子。在她的身上，一个好女人的所有美德几乎都能看得出来。无疑，顺从谦卑、温和典雅的女人是丈夫拉姆塞先生和毛姆最信赖的人。她是男人的理想伴侣，而且不会屡屡为他制造麻烦。

一次在晚餐桌上的闲聊中，客人们谈到了日本的珍珠产业。拉姆塞先生瞧不起自作聪明的凯拉达先生。他们围绕珍珠激烈地争论起来。凯拉达先生声称他是研究珍珠的专业人士，对全世界的珍珠类型了如指掌，是珍珠鉴别领域的权威。珍珠的真伪、品质他一看便知，而且还能准确地做出估价。无意间他看到了拉姆塞夫人脖子上的珍珠项链，便吹嘘说凭自己的眼力，这条项链绝对价值连城。

凯拉达先生哪里会想到，他随口说出的一句话很可能诱发一场祸事。谦逊害羞的拉姆塞夫人不禁脸色发红，顺势将项链藏进衣服里。拉姆塞先生听后好像抓住了什么把柄，打算要戏弄凯拉达先生一番。他询问项链的真正价值，对方的回答是至少三万美元。拉姆塞先生胜券在握了。他得意地告诉无所不知先生，项链是他们在离开美国前夕妻子以十八美元的价格在百货商店里买的赝

---

① 毛姆.爱德华·巴纳德的堕落[M].孔祥立,译.南京:译林出版社,2015:347.

品。虽然他没有亲自购买项链，但是他相信关于这条项链的一切信息，因为他对妻子的信赖是确定无疑的。假设项链是真的，他们的生活并不阔绰，妻子怎么可能买得起如此昂贵的首饰呢？就像妻子所说，她戴的这条珍珠项链是仿制品。为了让无所不知先生当众出丑，拉姆塞先生决定同他打赌。

拉姆塞夫人微笑着柔声反对丈夫的举动，然而拉姆塞先生不以为然，似乎一百美元的赌资马上就要纳入他的口袋。他让妻子摘下项链，供无所不知先生鉴赏。拉姆塞夫人此刻犹豫了一下，发现自己解不开项链。等着看好戏的拉姆塞先生怎会就此罢休，他跳了起来，解开项链并交给凯拉达先生。无所不知先生的确是珍珠专家，他拿出放大镜开始研究那串珍珠项链，马上便露出胜利的笑容。他对珍珠的评价得到了验证——是真品。

而正当他还回项链，打算说出观察结果，宣布自己仍然无所不知之时，突然发现拉姆塞夫人一时间像变了个人似的："拉姆塞夫人的脸色一下子变得惨白，整个人似乎要晕倒了。她睁大恐惧的大眼睛盯着他，发出绝望的哀求眼神。"①

拉姆塞夫人惊慌失措，在丈夫面前她不敢多说什么，只能以祈求的眼神向凯拉达先生示意他不要说出真相，而粗枝大叶的拉姆塞先生就像个傻瓜一样被蒙在鼓里。他对妻子深信不疑，绝对料想不到妻子此时的恐惧。当然，无所不知先生看到了拉姆塞夫人的眼神，也看懂了其中的奥秘。他接下来的言行足以证明他是整条船上真正的绅士：

> 凯拉达先生张大了嘴愣住了，脸涨得通红，你几乎能看到他内心里的激烈斗争。
>
> "是我错了，"他最后说，"非常不错的仿制品，当然，我用放大镜一瞧就看出是假的了。我想，这样的烂货也就顶多值十八美元。"②

凯拉达先生成了乘客们的笑柄，只得默默"忍受各种各样的冷嘲热讽"③。为了维护拉姆塞夫人的尊严和名声，凯拉达先生宁愿牺牲他的声誉，而名声对于一个男人来说是至关重要的。在小说的尾声处，凯拉达先生接受了良心不安

---

① 毛姆.爱德华·巴纳德的堕落[M].孔祥立,译.南京:译林出版社,2015:349.
② 毛姆.爱德华·巴纳德的堕落[M].孔祥立,译.南京:译林出版社,2015:349.
③ 毛姆.爱德华·巴纳德的堕落[M].孔祥立,译.南京:译林出版社,2015:350.

且感激不尽的拉姆塞夫人从门缝下塞进来的一百美元,并讲出他突然改口、"英雄救美"的真正原因:谁都不会单独留下娇妻去异国他乡工作。毛姆终于揭穿了真相:拉姆塞夫人有情人,价值不菲的珍珠项链是情人赠送的礼物。然而直至小说最后,毛姆还是尚未表露对拉姆塞夫人背叛丈夫的半句微词,反倒强调了凯拉达先生蒙受的"不白之冤":"没人乐意被当作一个大傻瓜。"①

毛姆很少介意女性对丈夫不忠的事实,可是一旦女性要以损毁男性的声誉为代价换来她的好名声,就是毛姆所不容的了。在短短一年的时间里,一个谦逊质朴的女人竟能轻而易举地找到情人并蒙蔽丈夫,其善变的天性和险恶的内心让毛姆心惊胆寒,尤其她还使男性丧失了尊严,成为被嘲笑挖苦的对象,更是毛姆鄙视痛恨的。这是一类想法变幻无常的、不可信赖的女性,势必损害男性的声誉和利益。

## 二、《旧情与俄国文学》和《美商命运》中的安娜塔西亚

基于1919年8月到10月间在俄国"十月革命"前夕作为英国间谍的经历,毛姆在小说《旧情与俄国文学》和《美商命运》中讲述了安娜塔西亚的故事。正如整个欧洲大陆无不追随着俄罗斯的小说、舞蹈和音乐一样,毛姆也无限崇拜起俄罗斯模式来了。他就像追求明星一样,爱上了一个名叫安娜塔西亚的俄国女人,并且打算与她结婚,只是不堪忍受早餐的炒鸡蛋而逃之夭夭。几年之后再次相见,毛姆才发觉这位女性并非传统的贤妻良母,而是个危险、善变的对手。

为了模仿俄式风格,人们纷纷将座椅换成靠垫,墙壁上挂起名人画像。模仿俄国成为时尚。人们读着契诃夫的小说,争相欣赏芭蕾舞剧。毛姆觉得,无论是俄国的烈酒,还是其鲜艳的颜色和炽热的风格,都不足以对西方人士构成十足的危险。他明确指出,尽管社会主义将很快在俄国和整个欧洲获得胜利,感受俄罗斯之风是无可指摘的。

毛姆面临的真正危险是一个名叫安娜塔西亚的俄国女人。这位俄国女郎凭借自身的魅力捕获了间谍阿申登的心。那时他的事业正蒸蒸日上,他本人也激情四溢,对一见倾心的安娜塔西亚深信不疑。安娜塔西亚告诉他,"他也属于

---

① 毛姆.爱德华·巴纳德的堕落[M].孔祥立,译.南京:译林出版社,2015:350.

知识分子的一员"①,于是阿申登在她的眼睛里看到了异域风情下的俄罗斯。

是安娜塔西亚让阿申登感受并了解了屠格涅夫、冬宫和托尔斯泰。与阿申登熟悉的女性不同,她本身的美丽和散发出的文艺魅力深深吸引了阿申登。他与她谈得十分投机,几乎一时一刻都分不开了。阿申登曾经盲目地打算迎娶这位承载着俄罗斯文化与风情的魅力女子。不过幸运的是,安娜塔西亚的例行早餐拯救了阿申登的未来。阿申登无法接受每天早上"享受"单一乏味的炒鸡蛋,不得不踏上开往美国的轮船以逃离困境。毛姆宣布了一个男人的胜利:他足够明智地摆脱了女人的陷阱②。"当那个风和日丽的清晨该船驶入纽约港和欣睹自由女神像时,历来的移民者中,论到对自由的向往和对新生活的渴望,恐怕再没有谁能抵得上船头的这位阿申登了。"③

几年之后,阿申登与安娜塔西亚再次邂逅。阿申登这才意识到他当年之所以爱慕她,并非源自安娜塔西亚个人魅力的吸引,而是她代表的俄罗斯的异域文化,是对像托尔斯泰、陀思妥耶夫斯基等俄国名人及艺术家的敬仰和迷恋。他又发现,安娜塔西亚并非扮演着生儿育女、相夫教子的女性角色。二人寒暄之时,阿申登谈到了安娜塔西亚的丈夫,没想到她语出惊人:"人家现在却要有孩子了,"还有"我并不是那孩子的妈,我对这类事情根本不感兴趣"。④

不无惊诧的阿申登逐渐看清了安娜塔西亚的本来面目——她不仅是一个背离传统的女子,还是一位潜藏着危险、神秘莫测、背景复杂的政治女性。事实是她的情况更加复杂:她似乎是一位活跃在俄国各个政党领袖之间的人物,是个十分危险的女人。意识到安娜塔西亚与俄国各党派和政界人物的关系,阿申登想试探一下这位昔日的情人是否可以与他合作。他虽然之前痴迷追求过她,但是现在,她凭借不逊于男性的智慧和在政界游刃有余的身份已与阿申登不相上下。如果他们不是合作伙伴就会是竞争对手。安娜塔西亚已经跻身男性的世界并且成为他们强有力的威胁。

根据安娜·马克尔金的研究,毛姆的炒鸡蛋的意象传递的信息是:安娜塔西亚是一个非比寻常的女人。由于她的活动无法预知,不为人知,她比传统的

---

① 毛姆.英国特工[M].高健,译.上海:上海译文出版社,2013:249.
② Makolkin A. Semiotics of Misogyny Through the Humor of Chekhov and Maugham[M]. New York:The Edwin Mellen Press,1992:153.
③ 毛姆.英国特工[M].高健,译.上海:上海译文出版社,2013:257.
④ 毛姆.英国特工[M].高健,译.上海:上海译文出版社,2013:260.

女性还要危险可怕。自古以来,人们一直认为女人的价值之一就是生儿育女,鸡蛋也是丰产、繁殖力的象征。然而在这篇小说中,当毛姆虚构的女性安娜塔西亚要其他女性承担生育角色时,"被搅碎的鸡蛋"就转化成强调她另类形象的一种象征,即传统的女性繁衍后代的传宗接代的功能已经被颠覆,新的女性形象被构建,代表着不可预见的潜在危险。① 她比传统女性的力量强大,会给男权社会带来更大的灾祸。

当一个女人放弃了固有的角色,转而热衷于社交和公众场合的表演时,炒鸡蛋的意象再次得到了验证,毛姆的推断也被证实。安娜塔西亚居然是个政治上的野心家:"她对搞阴谋热情极高,对掌权犹有酷嗜。当他暗示自己此番携有巨资时,她立即看出她的机遇来了,可以通过他而在俄国的事务上有所作为。这使其虚荣心大炽。"②

## 三、《山顶别墅》中的玛丽·潘顿

玛丽是一个刚刚失去丈夫的年轻寡妇。为了散心,她租借了朋友在意大利佛罗伦萨一幢漂亮的古老别墅。与玛丽的父亲同在印度内务部任职的埃德加·斯威夫特爵士正在向玛丽求婚。当玛丽还是个小女孩的时候,斯威夫特就认识并喜欢上了玛丽。现在玛丽的丈夫去世,斯威夫特对玛丽更是特殊地关心。虽然两家是故交,斯威夫特比玛丽大 25 岁,玛丽也承认他父亲的朋友"气度轩昂,正当壮年"③,但是她并不爱他。

不过,求婚的同时,斯威夫特也向玛丽透露了他即将被任命为孟加拉总督的消息,并憧憬着贵族般的奢华。总督夫人的荣耀对于玛丽也很有诱惑力:"能够成为孟加拉总督夫人,当然是一件激动人心的事;能够过上那种豪华的生活,有一大帮子随从听任自己使唤,也确实很美。"④ 虽然对斯威夫特的感情只是友情不是爱情,面对荣耀与奢华的召唤,玛丽感到痛苦与恐惧,难以做出抉择。她优柔寡断,贪慕虚荣与富贵,既不肯背离自己的真实情感,又舍不

---

① Makolkin A. Semiotics of Misogyny Through the Humor of Chekhov and Maugham[M]. New York: The Edwin Mellen Press,1992:154-155.
② 毛姆.英国特工[M].高健,译.上海:上海译文出版社,2013:260.
③ 毛姆.山顶别墅[M].梅琼,译.上海:上海外语教育出版社,1983:5.
④ 毛姆.山顶别墅[M].梅琼,译.上海:上海外语教育出版社,1983:8.

得丢掉"到嘴的肥肉"。她向斯威夫特提出:等他两三天后从戛纳回来再答复他。

在当晚的宴会上,玛丽结识了声名狼藉的浪荡公子罗利·弗林特。在两人的对话中,读者了解到玛丽不幸的婚姻生活。她的丈夫嗜酒如命且酒后无德,使她蒙受了爱情的屈辱。但她又不能放弃丈夫,因为他们仍然彼此相爱,离不开对方。可是现在对玛丽而言,与其她活活地受着罪,丈夫的死倒不如说是一种幸运和解脱,至少她可以重获自由了。

玛丽是一个集理想与现实于一身的女人。她告诉罗利,自己对痴狂的爱情已经厌倦了,但是如果可能的话,她愿意带给一个人渴望的、宝贵的东西:

> 如果我碰到一个贫困、孤独、不幸的人,一个从未享受过生活乐趣的人,一个从来就不知道金钱能够买到哪些美好事物的人——而且,如果我又能给他带来一种奇特的体验,一小时绝对的欢乐,某种他以前从来没有梦想过,以后也永远不会再有的东西,那么,我一定会很高兴地把我的一切都给他。①

深谙世事的罗利不禁惊呼道:"我有生以来从没听到过这种荒唐的想法!"② 玛丽自恃清高,以居高临下的姿态和施舍者的身份,将她的爱情赐予一个她认为需要的人。这就是她高尚的爱情观。在之前的婚姻生活中,玛丽肯定了她对丈夫的价值:他离不开她,需要她。"他知道我是这个世界上唯一关心他生死的人,我也知道我是唯一能够使他避免彻底毁灭的人。"③ 鉴于此,玛丽"理智"地回绝了罗利亦真亦假的求婚。

玛丽崇高的爱情理想再次成为现实。夜里回家的路上,玛丽偶遇逃亡到意大利的奥地利青年卡尔·里克特。由于证件不全,他无法维持生活。他不仅衣衫褴褛,食不果腹,还对奥地利和个人的未来彻底失望,以至于随时都准备结束生命。这个人如此可怜!玛丽一时冲动,竟当即邀请克里特在夜色中欣赏别墅里的花园和壁画。得知青年没钱吃晚饭,体贴的玛丽立刻准备饭菜。他们还喝了酒。玛丽感到,"和一个容颜悲怆的年轻人对面对地坐在一起,不知为什

---

① 毛姆.山顶别墅[M].梅琼,译.上海:上海外语教育出版社,1983:31.
② 毛姆.山顶别墅[M].梅琼,译.上海:上海外语教育出版社,1983:31.
③ 毛姆.山顶别墅[M].梅琼,译.上海:上海外语教育出版社,1983:25.

## 第二章 毛姆笔下的负面女性形象

么,总是使她心绪不能保持安宁……她的心仿佛已在她的胸中熔化,同时又有一股热血,仿佛在她血管里疯狂地奔腾"①。玛丽的同情和怜悯已经化成一种冲动和欲望。

在画满壁画的客厅里,他们伴着施特劳斯的音乐跳起了圆舞曲。在明月当空的花园里,他们感受着自然的静谧与美好。作者说,在这样的世界里,"你的本能这时使你更加没有顾忌,后果也变得微不足道"②。此情此景,任何人都会沉醉其中不能自拔。年轻人平生从未经历过这般美妙的时刻,甚至愿意立刻就死去。他像仰慕女神一样崇拜着玛丽,而"她的心里充满了爱的温柔"③。

爱情之火重新燃起年轻人生活的希望,他感到了幸福和生命的真谛。不久,公鸡的一声啼叫打破了夜空的宁静,也唤醒了玛丽的"理智"。她不再是刚刚激情燃烧的女神,反而换上了一副冷峻的面孔,同时挣脱开他的怀抱。她不可能为了一个逃亡者改变原有的生活,他们之间不应有什么瓜葛。为了避免仆人见到里克特,玛丽要求他立刻离开,而且他们永远不能再见。她还明明白白地告诉年轻人,自己并不爱他,而是因为他"太孤独、太可怜",想"给你(他)一点幸福"④。里克特的自尊心被玛丽击得粉碎,他不堪忍受这份侮辱:"我根本就不需要你的怜悯。你干吗不随我去呢?你把我带进了天堂,但是现在你又把我推回到地上。"⑤

为了弥补对里克特的伤害,玛丽表示愿意补偿他。她先是拿出钱,而后又让里克特拿走梳妆台上的珠宝首饰。玛丽给予里克特爱情,却又自私地收回了爱情,不仅玩弄了这个年轻人的感情,还毁灭了他重生的希望。他用玛丽的枪结束了痛苦的人生。逃脱了纳粹魔掌的里克特竟成了玛丽"自命不凡"的爱情的受害者。

可以看出,玛丽是一个危险的、不定性的、愚蠢的女性。她的爱欲建立在对他人的同情和怜悯之上,不只伤害了男性的尊严,还带有致命性。同时,玛丽又是一个现实的、以自我为中心的女人。温柔的情人瞬间化身为冷漠的敌人,玛丽的自私与善变表露无遗。里克特死后,为逃避牵连,玛丽招来了罗利

---

① 毛姆.山顶别墅[M].梅琼,译.上海:上海外语教育出版社,1983:38.
② 毛姆.山顶别墅[M].梅琼,译.上海:上海外语教育出版社,1983:39.
③ 毛姆.山顶别墅[M].梅琼,译.上海:上海外语教育出版社,1983:40.
④ 毛姆.山顶别墅[M].梅琼,译.上海:上海外语教育出版社,1983:44.
⑤ 毛姆.山顶别墅[M].梅琼,译.上海:上海外语教育出版社,1983:45.

处理现场,并忙于消灭痕迹,根本不愧疚难过。在小说的最后,玛丽竟然接受了"无论如何也不会"与之"谈情说爱"的罗利。

## 四、《美德》中的马格丽·毕晓普

在长达16年的婚姻生活中,《美德》中的马格丽·毕晓普始终是个完美的妻子。可是,她爱上了小她15岁的、婆罗洲的某个地区的主管莫顿,最终抛弃了丈夫。毛姆在小说的开篇就声明,他之所以与毕晓普有着30几年的交往,在于他妻子马格丽是个"非常好"的女人。她出身良好,"说话直截了当,有一种让人喜欢的直爽,她看上去诚实、朴素、可靠……"①。在社交场合中,马格丽平易近人、领悟力强,而且风趣幽默、活泼开朗,给人以精明能干的印象。可以说,马格丽随和的气质和乐观的性格深深地影响了毛姆。他在小说中几次提到了马格丽的"平和"——毛姆最认可的女性气质之一。

早在毛姆在医学院求学期间,就认识了马格丽的丈夫查理·毕晓普。然而毛姆并没有带着同样欣赏的眼光描写查理·毕晓普。如果说马格丽是毛姆着力刻画的完美女人,查理·毕晓普则显得更真实。年轻的时候,查理·毕晓普面颊圆润,戴着眼镜,使得有神的眼睛不那么显眼。他不够英俊潇洒,却很有女人缘。在性格上,他开朗乐观,只是有些骄傲急躁,与人争辩起来不留情面,言语尖刻,因而不是社交场合中人们青睐的类型。不过毛姆又肯定地说,与查理·毕晓普在一起,人们并不感到枯燥无聊。他如今的情形也是如此。

查理·毕晓普就是一个实实在在的人,有时招人喜爱,有时令人反感。在感情问题上,结婚之前他也不是很专一,常常移情别恋,认为女性是满足男性生理需求的动物。然而马格丽却是能够真正制服他的女人,因为她有着高尚的美德。"如果不和她结婚,她就不和我上床"②,毕晓普说。

他们的婚姻一开始就是成功的。现在,50多岁的查理·毕晓普中年发福,头发稀疏。当年,还不到30岁的马格丽深深地爱着丈夫。毛姆带着羡慕的口吻说,在他认识的朋友中间,查理·毕晓普夫妇是最相爱的一对儿。他们的关系不能不让人感动,他们相亲相爱,开开心心地生活了16年。他们对物质的

---

① 毛姆.毛姆短篇小说精选集[M].冯亦代,傅惟慈,陆谷孙,等,译.南京:译林出版社,2012:207.
② 毛姆.毛姆短篇小说精选集[M].冯亦代,傅惟慈,陆谷孙,等,译.南京:译林出版社,2012:207.

需求不高，生活条件也不太令人满意，但是他们喜欢自由自在地生活，每年都去欧洲大陆旅游，犹如一对神仙眷侣。他们以乐观的态度看待一切：在路上，车胎被扎坏、天气不佳和迷路等糟糕的情况，不仅不会被抱怨，反而成了可笑之事。只要一起共同经历的事情，便是一生中最美好的时光。就连周末去朋友家度假，他们也不愿意分开。马格丽还专门写信要求他们同住一间屋，同睡一张床，否则他们就不出席任何活动。

在幸福和谐的生活中，女人们忠心耿耿、任劳任怨地做着分内的事。马格丽是个称职的女主人，她尽力将他们的小公寓整理整齐，闲暇时间里不是为丈夫的书稿打字，就是给他的论文做校对。更加可贵的是，马格丽从不与丈夫吵架。尽管朋友们都觉得查理·毕晓普向来都"傲慢，专横，好斗，脾气坏"，马格丽却对丈夫的脾气赞美有加——"简直像天使一样"[1]。

而且，马格丽还不打扰丈夫的社交生活，不破坏他原有的社交关系。在毛姆看来，一旦男人有了妻室，他的老婆总会想出这样那样的办法使他脱离婚前的朋友圈子，走上自己的家庭轨道。马格丽则不然，她的出现反而使朋友们喜欢上了查理·毕晓普，因为她让他不再那么刻薄，而是更平易近人，包容大度。这也是毛姆乐于与毕晓普夫妇交往的原因。为了丈夫，马格丽愿意与满嘴脏话、争执不休和纵情玩乐的男人们为伍。她乐此不疲，不仅不会阻断男人之间的交情，反而还会巩固他们的友谊。

可见，无论在家庭生活中还是在社交圈子里，马格丽在查理·毕晓普的生命中始终扮演着积极的角色，是理想的伴侣。她整理房间，做丈夫的秘书，逗他开心，亲善他的朋友，不仅感染影响了丈夫的生活和性格，还为自己带来了幸福美满的婚姻。这就是16年来的马格丽——夫唱妇随、平和待人、恪守妇道。

现在，16年来感情生活始终如一的马格丽竟然移情别恋，爱上了一个小伙子。莫顿是毛姆在婆罗洲相识的一个行政官员。他已经28岁，但举手投足之间还是像个不够成熟的大男孩，与陌生人相处时不免有些羞怯。好在他心怀年轻人的志向和报复。他的第一项事业就是修一条公路，在整个筑路过程中，他亲力亲为，精神饱满，斗志高昂地投入其中。这条路是他的全部，他白天去工地监督查看修路进度，晚上还在梦中念着这条路。他怀着激情与执着，不顾

---

[1] 毛姆.毛姆短篇小说精选集[M].冯亦代,傅惟慈,陆谷孙,等,译.南京:译林出版社,2012:208.

孤独与寂寞，不图名利，也不惜占用私人的时间。他那年轻人的想象力也非常丰富，在他的眼里，他为之奋斗的事业是何等气势磅礴。

莫顿是个典型的有抱负的英国青年，婆罗洲是他施展才华、成就事业的希望之土。旺盛的精力和豪迈的热情成就了他的梦想。不过毕竟莫顿不是不食人间烟火的圣人，是个普普通通的俗人。关于他的性格，从毛姆在文中插入的一则小事便可见一斑。莫顿急于加快修路进度，可是他身兼多职，分身无术。一次，莫顿打算将某段工程承包给一个中国包工头，却因对方索价过高作罢。之后某日，作为当地大法官的他在审理一起伤人案件时，发现被告就是之前的中国包工头，于是莫顿判处中国工头一年半的劳改，无偿去修他的那条路，并且告诉他只要公路修完，他剩下的刑期就会被减免。工头为了缩短刑期、早获自由，必定催促工人们加班加点干活，提前结束工期。正如莫顿所愿，这样他就不必每天亲临施工现场，担心苦力们偷懒了。

从这则小事上读者不难看出，莫顿是个头脑灵活、精明实际的殖民地管理者，并善于利用别人的弱点为他的利益服务。接着毛姆展开了莫顿生活的另一面。他年纪轻轻只身来到异国他乡，为了理想废寝忘食、全心投入，难免会寂寞。毛姆游历至此时，莫顿盛情邀请毛姆与他同住，还直言自己的苦恼：半年来他一直与当地人打交道，没有白人的日子实在太乏味了。远离祖国和家乡，还生活在黄皮肤、黑皮肤的劣等当地人中间，任何人都承受不住寂寞的苦楚，更何况像莫顿这样的年轻人。幸好他筑路的宏伟计划已经实现，他可以回国休假来逃离孤寂了。

然而毛姆却以感伤的口气总结道，每每旅居海外的人们回到期盼已久的祖国，他们当初欣喜若狂的亢奋总是被之后孤独失望的情绪埋葬。他们发现自己缺席的时间过长，已经与这个国家和这座城市不相容了。可怜的莫顿回到伦敦之后除了买买衣服，就是每晚独自一人去看戏，以打发无聊的时间。他没有熟识的朋友。毛姆频繁出国游历，深谙其中之苦。他同情孤独的莫顿，便在某日偶遇时顺便做了件好事，邀请他一道看戏吃饭。

莫顿就是在这种状态下结识马格丽的。当晚，44岁的马格丽显得气质不俗。她穿着流行的短裙，露出优雅的长腿，她的衣着简单合体，黑黑的短发闪着光泽，更显得平和自然。毫无疑问的是，寂寞得发狂的莫顿一下子就被马格丽迷住了。马格丽见到年轻的小伙子，也能放得开，与跳起舞来气喘吁吁的丈夫相比，舞伴莫顿更能激发马格丽身上的活力和热情。只见她的眼睛泛着愉悦

## 第二章 毛姆笔下的负面女性形象

的光彩，连连赞美莫顿的舞技。

在美妙的音乐声中起舞，喝着刺激神经的香槟，沉浸在欢快的氛围里，莫顿兴奋得不能自已。表面上看，他在饶有兴致地倾听查理·毕晓普的高谈阔论，实际心思却在舞伴身上。乐声再次响起时，他无不期待地望着马格丽。他们又重新踏入舞池。这个时候，善良真诚的查理·毕晓普居然还鼓励妻子继续跳舞，并且赞赏地看着这对舞伴，丝毫意识不到他们将带给他的致命伤害。

一段时间过后，出国归来的毛姆再次见到了查理·毕晓普。在他们经常光顾的俱乐部，令作者惊诧的是，饮酒有度的查理居然喝得酩酊大醉。在与同伴的聊天中，他自以为是、固执己见、尖酸刻薄。与往日里在马格丽的陪伴下那个宽容、幽默、平易近人的查理相比，被酒精麻痹过的他这时很粗俗，不仅大声说叫，言语中还带着攻击性，不怀好意地中伤他人。查理·毕晓普一反常态，平日里他注重仪表，唯有今天人显得颓废而邋遢。

人们肯定知道，一定有什么不幸降临到查理的头上。不仅是他的同伴，就连毛姆也同情起他来。他叹息道，像查理·毕晓普这样的男人，五十多岁的年纪，肥胖的身体，光秃的脑袋，喝得烂醉如泥，真是一副可怜相。可能毛姆也有同感，人到中年，不免生出诸多失意与无奈，唯有一醉方休！

查理·毕晓普现在的痛苦是难以言表的。与他16年来不离不弃、相濡以沫的恩爱伴侣马格丽竟然离他而去了。她不可救药地爱上了毛姆当初介绍认识的年轻人莫顿。起初，马格丽是带着同情心陪同莫顿看戏的，而她善良单纯的丈夫不仅给予支持，还为妻子找到玩伴高兴。之后他们背着丈夫晚上单独相会，不只吃饭跳舞，还热情地接吻。终于，马格丽向查理·毕晓普坦白自己不愿意同他旅行，原因是她爱上了别人。

得知妻子有外遇的查理·毕晓普嘲笑马格丽，气恼她愚蠢得不切实际、被莫顿的甜言蜜语冲昏了头脑。不过他的行事风格却是连毛姆都不认可的。他不应该对妻子冷嘲热讽，态度恶劣。他不仅对马格丽动了粗，还反反复复地劝说马格丽，要她看清她的错误和偏执，不要相信他们盲目的爱情。他没日没夜地与她争论，不让她有休息的时间，也不留给她独处的空间，致使马格丽最终离家出走，抛弃了查理·毕晓普。

被妻子抛弃的丈夫失去了男人的尊严。毛姆描述了查理·毕晓普的惨状。

"他完全崩溃了"①,甚至屈尊身份,低三下四地给马格丽写信,求她回来。他还请求马格丽的好友珍妮特说服妻子,并承诺愿意为她做任何事。为了避免触景伤情,查理暂时住在珍妮特夫妇家中。毛姆过去拜访老友时,看到查理就像个病人一样,已经有两个星期没有睡觉了。他有气无力地说着话,就像一具思想漂浮不定的躯壳,不得不回应别人时才做出反应。不久之后,从朋友处搬回家的查理·毕晓普服用安眠药自杀了,并且留给妻子马格丽一封信:"亲爱的,没有你我太孤独了。"② 可以看出,马格丽的背叛导致了查理·毕晓普自杀。

马格丽是查理·毕晓普悲剧的始作俑者。如果说她最初陪伴莫顿、经不起他的哀求和劝说是出于同情之心,那么,后来为了晚上的约会,马格丽请好友珍妮特引开丈夫查理、请他过去吃饭玩牌,就是对丈夫欺骗的开始。在她新的浪漫的感情生活中,马格丽已经丧失了完美的女人形象,变成了一个完全沉溺于欲望之中的婚姻骗子。

与莫顿单独外出的第二天,马格丽就不知羞耻地告诉珍妮特,说他们相处的那个晚上"太棒了"。莫顿说他"太喜欢她了",还吻了她。于是马格丽顺势爱上了莫顿。她放纵自己的出轨行径,想当然地认为这种事情不会持续太久,他们只是玩玩而已。"到了秋天,他就要回婆罗洲去了。"③ 除了与丈夫共进午餐,在一天的其他时间里,马格丽和莫顿都在背着查理·毕晓普约会,不是散步就是郊游。

谈起对丈夫的感情,马格丽承认他们16年的婚姻生活的确是幸福美满的,可是如今,"我得离开他,一切都变得难以忍受,我们在一起乱糟糟的生活太可怕了……到最后,我连看都不想再看他一眼"④。与当初那个平和、温顺、包容的马格丽相比,她开始鄙视并憎恶查理·毕晓普。她先是不愿同丈夫睡在一张床上,后又毅然决然地离开了他们的公寓。她是如此坚定地要离开他,以至于连她暂住的地址都完全保密。丈夫恳求她回来,她也断然拒绝。16年后,马格丽才明确地表达了对查理·毕晓普的真正感受。可笑的是,她竟然将自己的移情别恋归咎于丈夫的个性。

---

① 毛姆.毛姆短篇小说精选集[M].冯亦代,傅惟慈,陆谷孙,等,译.南京:译林出版社,2012:224.
② 毛姆.毛姆短篇小说精选集[M].冯亦代,傅惟慈,陆谷孙,等,译.南京:译林出版社,2012:230.
③ 毛姆.毛姆短篇小说精选集[M].冯亦代,傅惟慈,陆谷孙,等,译.南京:译林出版社,2012:220.
④ 毛姆.毛姆短篇小说精选集[M].冯亦代,傅惟慈,陆谷孙,等,译.南京:译林出版社,2012:225.

## 第二章 毛姆笔下的负面女性形象

"我爱上别人了,这不是我的错。你知道,这种爱和我对查理的爱是完全不同的。对查理的爱是一种母亲的爱,我在保护他,因为我比他要通情达理得多,除了我以外,没有其他人能对付他。而杰瑞则很不同,"她的声音柔和起来,她的脸上也染上了一层漂亮的光亮,"他让我找回了我的青春,在他面前,我就像个小女孩,我可以依靠他的力量,在他的照顾下我觉得很安全。"①

讲起相濡以沫16年的丈夫查理·毕晓普,马格丽满脸无奈与嫌弃,而一提到刚刚相处几个月的莫顿,兴奋激动的表情立即写在马格丽的脸上。这是个多么善变的女人。16年来,她一直隐藏着真实的自我,从没与查理·毕晓普吵过架,更不会揭他的伤疤。然而,现在在莫顿的爱情攻势下,她直言不讳地批判起丈夫来,可是谈起她的情人莫顿,马格丽的眼里流露的尽是柔情蜜意。她打算前往殖民地与莫顿一道生活,即使处境尴尬也无所畏惧。她还欣赏莫顿的雄心抱负和浪漫情怀,愿意与之相伴。

与马格丽的一席话令毛姆动容。他感动于这个女人的单纯之心和屈从于命运的态度,居然原谅了她对婚姻的不忠。既然女人是低人一等的、受性欲驱使的动物,那么,她的欲求是可以理解的。而且由于她的温柔本性,对男性世界构不成威胁,即便在莫顿的世界里也心甘情愿扮演好角色。从这个意义上讲,马格丽依旧是毛姆能够容忍的一类女性。她只是努力地做一个好伴侣,不是男性权威的绝对挑战者。如果女人们愿意安守本分,不去入侵男性的世界,那么,即使她们在悄无声息地作恶,也是可以睁一只眼闭一只眼地被默许的。马格丽离开的时候,毛姆已经不对她耿耿于怀了。

只是马格丽不再是毛姆心目中的完美女人,因为她荒唐地批驳了丈夫,沉迷于"浪漫的爱情"之中。毛姆对浪漫的看法颇为精辟:"在这个世俗的世界里,浪漫之所以能遮人耳目,是因为它以精打细算的现实为基础,受害的是那些真把夸夸其谈当回事的人。"② 可以想见,想法实际的莫顿肯定从伦敦街头的浪漫霓虹中走了出来,他重返婆罗洲的日子里已经不再需要马格丽,而后者

---
① 毛姆.毛姆短篇小说精选集[M].冯亦代,傅惟慈,陆谷孙,等,译.南京:译林出版社,2012:226.
② 毛姆.毛姆短篇小说精选集[M].冯亦代,傅惟慈,陆谷孙,等,译.南京:译林出版社,2012:227.

还做着团圆重逢的白日梦。

接着传来了查理·毕晓普自杀的消息。奇怪的是,犯了错的马格丽在丈夫死后竟显出一副凝重肃穆的表情,看上去十分疲惫,也很虚弱。她还是那么温文尔雅地感谢人们的关心,只是笑容里不再充满自信,而是苦涩与酸楚。其实她正在等待莫顿要她过去的回信。可痛苦的煎熬换来的是失望。

正如毛姆解释的那样,莫顿已经回到了婆罗洲的生活中。那里与伦敦是两个互不相容的世界。莫顿不敢想象与大他15岁的马格丽在婆罗洲的生活:当地的白人会嘲笑他,他很可能就此丢掉官职。他以工作、生活条件艰苦为由试图打消马格丽的念头,他建议马格丽还是回到丈夫身边,他并不想落得个第三者的骂名。

在小说的尾声,毛姆谈到了马格丽的"美德"与查理·毕晓普之死。在作家的男性观念中,马格丽的确善良和诚实,但是"正是她的善良引发了这一连串的不幸……她和莫顿可以度过一段最美好的时光,而当他们分手时,他们就会让这场好时光优雅地告一段落。这样他俩都会留着美好的记忆,她可以回到查理的身边,心满意足,继续做他的好妻子,一如既往"①。

马格丽的错误在于她"诚实"地向丈夫坦白"爱上了别人",从而堂而皇之地背叛、抛弃了丈夫。就像毛姆分析的那样,正是她所谓的坦诚和善良最终害死了查理·毕晓普。毛姆谴责马格丽直截了当地拒绝丈夫,如果她不是以直白、实事求是的方式,查理也不会痛苦地自寻短见,马格丽还不至于成为毛姆笔下的坏女人。毛姆认为,马格丽将移情别恋和盘托出,无所隐瞒地告知丈夫,并且主动离家出走,虽然她做得清白且真实,却是最残忍的做法,毫无"美德"可言,体现出了作为女人的愚蠢、自私和冷漠,也是毛姆意欲谴责和讽刺的。

毛姆并不认可置人于死地的"美德":给男性带来危险和死亡的美德是毫无价值的。与其称它是美德,倒不如说是自私与软弱。毛姆对查理·毕晓普之死做出了最终的审判:"我敢说他(莫顿)也以为这就是爱情,但其实这只是色欲。如果他们上了床,那查理肯定今天还活着。所有这些痛苦都是她可恨的美德造成的。"②

---

① 毛姆. 毛姆短篇小说精选集[M]. 冯亦代,傅惟慈,陆谷孙,等,译. 南京:译林出版社,2012:234.
② 毛姆. 毛姆短篇小说精选集[M]. 冯亦代,傅惟慈,陆谷孙,等,译. 南京:译林出版社,2012:235.

## 第二章 毛姆笔下的负面女性形象

毛姆也为进退两难的女人们找到了一条权宜之计：她们可以在精神上而不是肉体上对丈夫保持忠诚。不幸的是，思想单纯、自以为是、自恃清高的马格丽看不到她和莫顿"爱情"的本质。首先，一个40多岁的中年妇女如果被某个年轻人追求，自然会飘飘然，春心荡漾。其次，已经"闹了四年性饥荒"的莫顿不管遇到什么类型的白人女性，特别是容易接近的类型，都会用尽浑身解数来追求她。

当然，在毛姆看来，莫顿的渴望完全是性的需求，"不要以为这就是爱情，这里只有生理的欲望……说话的根本就不是他本人，说话的是他饥渴的性欲"①。而他越得不到，就越渴望，也就越追求，从而更加蒙蔽了马格丽的理性，让她感觉到神圣爱情的存在，直至一厢情愿地做出错误的决定。如果马格丽能看懂莫顿的需求，愿意帮助其解决问题，那么毛姆觉得就是明智之举。莫顿的需求得到满足，便不再纠缠马格丽，而她也会带着自知之明回到丈夫身边。这种结局可谓皆大欢喜。

在这篇小说中，毛姆批驳了马格丽作为女人善变、盲目和愚蠢的本性。她的做法直接导致了查理·毕晓普的自杀，然而在这起谋杀案中，马格丽并不是孤军作战。为了突出女性的恶毒和所谓的闺蜜之好，毛姆为马格丽找了一个帮凶，以呈现其密谋"杀人"的过程。值得注意的是，在小说的行文中，毛姆并不是以马格丽而是她的好友珍妮特为线索来展开故事的，马格丽虽然是故事的主角，但她的经历是通过作者与珍妮特的接触才为人所知。

珍妮特的角色，绝不是《赴宴之前》中杀人犯米莉森特的母亲或妹妹充当的单纯的倾听者，也不是《简》中简·福勒的嫂子托尔太太扮演的无关紧要的参与者。她与马格丽的关系亲密，以至于没有漏掉马格丽思想上的任何变化。通过她的口，读者可以直接了解马格丽的善变性格。此外，她也是马格丽忠实的党羽和谋士，没有她的支持，马格丽不会铤而走险。正是珍妮特"善意"的推波助澜，才将马格丽推上无法回头之路。

在毛姆的观念中，女性就应该是顺从丈夫的"家中的天使"，然而一旦她们做出出轨的勾当，也最好不要伤害男人的声誉和尊严，否则她们将自取其辱。在《美德》中，马格丽从最初招人喜爱、被毛姆认可的平和谦卑的女人，转变成胆大妄为、挑战男性权威的"悍妇"，导致丈夫查理·毕晓普自杀，其

---

① 毛姆.毛姆短篇小说精选集[M].冯亦代,傅惟慈,陆谷孙,等,译.南京:译林出版社,2012:234.

危险性是有目共睹的。对于一个既复杂善变,又带着摧毁力量的女人,毛姆一定要在文章的最后惩罚她——失去了爱她的丈夫、被所谓的爱人抛弃。他也以此作为警示,告诫他的男性同胞们:小心,你可能就是下一个查理。①

与此同时,毛姆还嘲笑了女人们遵从的"美德"。与受到性欲驱使的女人——《冬天的航行》中的里德小姐、《简》中的简·福勒相比,本篇中的马格丽对于性态度的"一本正经",保持女人的"美德,"是毛姆鄙视讽刺的焦点。深受弗洛伊德思想影响的毛姆相信,人类受动物性的本能——性欲的吸引和召唤是再正常不过的事情。有些女人渴望得发了疯癫的确是可笑的,但是,如若另有些女人抱着贞节牌坊不放,抑制生理上的冲动和欲望,一定要等到名正言顺才能解决问题,是再虚伪愚蠢不过的了。

相比之下,毛姆更能容忍放纵的女人,原谅她们的过错,因为毕竟她们是被力比多困扰的低级动物。然而像马格丽这样的女人:故作清高、披着伪善的外衣、即将威胁到男性的世界,是他不敢接近的。与马格丽正相反,毛姆眼中的珍妮特不是"高尚"的女人,是个装腔作势、虚情假意、煽风点火的世俗女性。不过她的想法更加实际,不像马格丽那样憧憬虚无缥缈的浪漫。毛姆临走之际,珍妮特抛出这样一句话:"咳,不幸中的万幸,查理是买了人身保险的。"② 毛姆惧怕一本正经的"高尚"女人身上的危险,而像珍妮特这种玩世不恭的妇人,他倒愿意接近,就连与他结婚也未尝不可。她们的自然和真实会使毛姆等男性卸下伪装,不至于随时提防。

## 五、《檀香山》中的土著女子

在短篇小说《檀香山》中,巴特勒船长的当地人女友设计害死了船上的大副巴纳纳斯。这个大副因为觊觎船长的女友,被船长打伤后便怀恨在心,向船长施了诅咒。聪明勇敢的大副女孩为了爱人,不惜代价挽救了船长的生命。这个故事称得上是一段佳话。但让人意想不到的是,水性杨花的女孩后来竟离开了船长,跟船上的中国厨师跑了。毛姆以独到的手法讲述了她的故事,使读者为女性情感的善变与难测唏嘘不已。

---

① Makolkin A. Semiotics of Misogyny Through the Humor of Chekhov and Maugham[M]. New York: The Edwin Mellen Press,1992:128.
② 毛姆.毛姆短篇小说精选集[M].冯亦代,傅惟慈,陆谷孙,等,译.南京:译林出版社,2012:235.

## 第二章 毛姆笔下的负面女性形象

为了映衬捉摸不定、反复无常的女性心理,毛姆首先描绘了檀香山这座城市。生活在岛国的人们热情如火、激情四溢,因而也容易冲动,失去理性。火热的激情像沉寂在海底的火山默默等待爆发。人们不知道这种激情会在何时何地、以何种方式爆发出来,心中不由得生出恐惧和忧虑。就像走在这个体面的城市中,你感到正在被潜藏暗处的一双双诡异的眼睛追踪着,手脚不由自主地颤抖、冰冷。这就是毛姆在檀香山感受到的不协调。它不仅停留在城市的外貌上,也植根于其中的每件事物、每个人的灵魂中。正如菲尔德(Field)评价的那样,在这个东西方汇聚的城市,处处弥漫着黑暗和神秘的气息。①

在当地的美国人温特的引荐下,毛姆登上了一艘在檀香山和周围岛屿之间往来运货的帆船,船长是巴特勒先生。客人们一进门,船长就按铃叫来了中国厨师。他的长相着实让毛姆吃了一惊,此人相貌丑陋之极。

这会儿船长正在听一个当地女子拉琴。毛姆看得很清楚,船长深深地迷恋着这个土著女孩儿。他靠着她的肩,搂着她的腰,视线始终停留在她的身上。女孩也的确长得美丽。她的皮肤光滑、双眸闪亮、笑容迷人。"她当然是一个令人销魂的可人儿……她的身材比船长还要高出许多,美丽的容貌即使哈伯德大妈也不能掩盖——那是上一代传教士为宣扬礼仪而强行灌输给当地人的印象,尽管他们并不情愿。面对她的容貌,人们只能猜测,随着年龄的增长,她将在一定程度上变得臃肿,但至少目前她是优雅、灵活的。"②

对于以上的描述,菲利普·赫尔顿认为,土著女人的身形体现出一种原始的活力,就连西方文化的体面思想也无法抵制。与此同时,她的身高、外形变化的潜能,对叙述者着力寻找的"浪漫之风"或多或少地构成了威胁。③ 可以说,这个女孩身上蕴藏着原始的、自然的、神秘的热情与能量,那是人的本性,很可能导致不良的后果。作者描述眼前的土著美女给人留下的印象,为"她"之后的行为埋下伏笔。相比之下,从外表上看,巴特勒船长根本不是女人一见倾心的男人。

虽然形象不佳,巴特勒船长却很有女人缘,总是能赢得喜欢的女孩的芳

---

① Field L M. The Trembling of a Leaf[M]//Curtis A,Whitehead J. W. Somerset Maugham:The Critical Heritage. London:Routledge and Kegan Paul Ltd. ,1987:150.
② 毛姆. 爱德华·巴纳德的堕落[M].孔祥立,译. 南京:译林出版社,2015:84.
③ Holden P. Orienting Masculinity, Orienting Nation: W. Somerset Maugham's Exotic Fiction[M]. London:Greenwood Press,1996:51.

心。一次,巴特勒的帆船来到了南太平洋群岛上的一座岛屿,认识了一个美丽的土著女孩,并出钱把她带回船上。有了女孩的陪伴,船长不再酗酒,每天都是心情愉快的。之后的一年里,船长始终迷恋着女孩,从不感到无聊乏味,就连他本人也迷惑不解:女孩一定是某种魔力的化身,使他越来越沉迷于她。他有时还萌生出与她结婚的念头。

船上的大副巴纳纳斯是个不善言辞的土著人。他狂热地爱上了船长的女友但遭到了拒绝。在她的怒斥之下,巴纳纳斯丧失了理智。他的激情变得直接而迫切,他的欲望露骨且强烈。他不再对她含情脉脉,而是简单粗暴地恐吓逼迫。女孩深知,他们民族的人会被欲望与热情驾驭得像疯狂的猛兽,做出任何意想不到的事情都是可能的。他痛苦地迷恋着她,却被她百般嘲讽。他对她轻蔑的态度愤恨不已。

有一次,巴特勒船长回到船上,看到巴纳纳斯正气急败坏地一边撬着船舱的门,一边威胁里面的土著女孩。船长见状,怒气冲天,于是他的铁拳落在了巴纳纳斯的下巴上。之后的几天里,巴特勒船长感觉浑身不对劲,不思饮食,疲惫不堪,美国医生也无计可施。土著女孩建议辞掉巴纳纳斯,但精明的船长还要巴纳纳斯为他开船,因为他是个不可多得的好水手。土著女孩知道,一定是巴纳纳斯施了咒语,祷告船长死去,而且在旧月亮消失、新月亮出来的时候船长就会死掉。

> 她惶恐地看着月亮,知道随着月亮的消失,她的爱人也就死去了。他的生命就在她手里,她可以救他,一个人就可以,但敌人是狡诈的,她必须也变得狡诈才行。她突然感觉到有人在看着她,她的心里掠过一丝惊惧,不用转身她就知道,在阴影里用火红的眼睛瞪着她的正是大副。她不清楚他要干什么,假如他能看透她的想法,她就已经被打败了,她拼命地让自己保持冷静。只有他的死才能拯救自己的爱人,她可以让他死!①

与西方文明社会中的女子不同,土著女性面对问题时似乎更沉着冷静,处理事情更勇敢果断。女孩对巴特勒船长的忠诚和爱情为她平添了勇气和力量。

---

① 毛姆.爱德华·巴纳德的堕落[M].孔祥立,译.南京:译林出版社,2015:96.

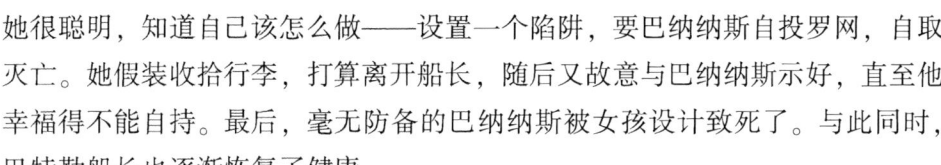

她很聪明，知道自己该怎么做——设置一个陷阱，要巴纳纳斯自投罗网，自取灭亡。她假装收拾行李，打算离开船长，随后又故意与巴纳纳斯示好，直至他幸福得不能自持。最后，毫无防备的巴纳纳斯被女孩设计致死了。与此同时，巴特勒船长也逐渐恢复了健康。

毛姆惊诧于在一个远离文明的地方，在一群玩世不恭的西方人和低劣粗俗的土著人身上，竟然还上演着轰轰烈烈的爱情。"我不清楚那个普普通通的小个子男人怎么能让那个可爱的人儿如此迷恋。"① 一个顺从、乖巧的土著女孩，只懂得服侍自己的男人，怎么能如此果敢地杀死他的敌人？无疑女孩也深爱着船长。为了爱人的生命，她愿意铤而走险。毛姆不禁想起了一种解释："爱的魔力可以创造奇迹。"②

然而故事的结局出人意料。当毛姆正以钦佩之情赞美眼前熟睡中的女孩时，船长的朋友反驳道："不过，她不是那个女孩。""你到底什么意思？""你难道没注意过厨师？""当然注意过，他是我见过的最丑陋的人。""那就是巴特勒带着他的原因。去年女孩跟中国厨师跑了，这是另一个女孩，他得到她差不多只有两个月。"③ 到了最后，读者才恍然大悟，原来勇敢地捍卫爱人生命的土著女孩过后居然同船上的中国厨师私奔了。

为了杜绝类似事件，巴特勒船长不得不雇用世界上最丑陋的男人当厨师，这样他就高枕无忧了。船长用心良苦，宁可"每次看到他（中国厨师）时需要提前喝上一杯"④ 来壮壮胆量，也要留他在船上。船长的做法体现了毛姆的用意：为了防止现任女友见异思迁，他刻意让最丑陋的男人待在身边。看得出来，这是毛姆对船长前女友以及类似性情女人的攻击和批判——女人的内心是很难读懂，是深不可测的。毛姆不禁忧心忡忡地想到：这种女人愿意为一个男人动用暴力，也会冷酷无情地将他抛弃，是何等危险的动物。

## 六、《池塘》中的埃塞尔

在小说《池塘》中，读者首先看到的是一个醉汉的形象。他是个名叫劳

---

① 毛姆.爱德华·巴纳德的堕落[M].孔祥立,译.南京:译林出版社,2015:98.
② 毛姆.爱德华·巴纳德的堕落[M].孔祥立,译.南京:译林出版社,2015:98.
③ 毛姆.爱德华·巴纳德的堕落[M].孔祥立,译.南京:译林出版社,2015:99.
④ 毛姆.爱德华·巴纳德的堕落[M].孔祥立,译.南京:译林出版社,2015:85.

森的英国人，经常喝得烂醉如泥，还会寻衅滋事。醉酒的时候，他的神情木讷，仇恨和愤怒写在脸上，然而在他清醒之时，同他的谈话还是颇有意味的。事实是，劳森当年初到萨摩亚，在一家英国银行开设的分支机构里做管理工作。他有着高雅的情趣，喜欢戏剧，爱好文学。虽然身在萨摩亚，他热切地向往着伦敦的一切。劳森之所以与作者聊天，共同回忆伦敦的美好，是因为毛姆刚刚从那个他渴望却不可及的世界走来，还被笼罩着美妙的光环，令他既羡慕又嫉妒。

毛姆没有料到，嗜酒如命的劳森竟然是个风流潇洒的人物。初来乍到的毛姆在惊叹于萨摩亚的美丽的同时，竟从劳森的眼睛里看到了一种难以抑制的痛苦和满腔的悲哀。劳森激动地说："我受够了，受够了。"① 然后就喝酒买醉去了。毫无疑问，劳森就像一具行尸走肉生活在一片令他憎恶厌烦的土地上。杰弗瑞·梅耶尔斯（Jeffrey Meyers）曾总结说："生活在热带地区的男人的堕落是毛姆东方小说中的常见主题。"②

探究其中的缘由，正如毛姆所言："他的生活里充满了让人怜悯和恐怖的东西——理论家告诉我们，这些都是制造悲剧效果不可或缺的因素。"③ 就劳森的悲剧来讲，其致命的因素便是他深爱的妻子埃塞尔。毛姆见到的埃塞尔虽然已经结婚五六年，但仍不失为一个年轻貌美的女子。

> 她人长得漂亮可爱，肤色并不比一名西班牙人黑，个子小巧，体态优美，手脚纤细，身体轻柔……她有一种极其文雅的气质，所以当你在这样一个环境里看到她时，你会觉得吃惊不浅，你会联想到拿破仑三世皇宫里让全世界热议的那些著名美人。尽管她穿的是棉料衣裙，戴的是草帽，但她身上显现出一名时尚女子的雅致，劳森最初见到她时，她的美丽一定让他心醉不已。④

劳森正是被埃塞尔身上的优雅气质吸引。作为混血儿的她看上去并不比伦

---

① 毛姆.爱德华·巴纳德的堕落[M].孔祥立,译.南京:译林出版社,2015:119.
② Meyers J. Tis Pity She's a Whore: Conrad's Victory and Maugham's 'Rain'[J]. Notes on Contemporary Literature,2012,42(1):42.
③ 毛姆.爱德华·巴纳德的堕落[M].孔祥立,译.南京:译林出版社,2015:116.
④ 毛姆.爱德华·巴纳德的堕落[M].孔祥立,译.南京:译林出版社,2015:120.

## 第二章 毛姆笔下的负面女性形象

敦家庭宴会上的贵妇人低微多少,从而使志趣高雅的劳森抛弃了狭隘的种族和阶级偏见。他们的爱情始于郊外一个美丽的池塘。劳森经常在傍晚时分去那里洗澡,享受工作之余的安宁和惬意。那个时候,他沉溺在世外桃源般的美好之中,并不为离开喧嚣的伦敦而遗憾。

一天黄昏时分,劳森看到一个女孩也在那个池塘里,"这时她比任何时候都更像水中或树林中的一只野生小动物"①——这并不是毛姆对女人的赞美之词。而后他们每个晚上都去池塘,在那儿约会。劳森爱上了埃塞尔。他的爱是发自内心、真挚的,就像"一名诗人爱着月亮"。"在他眼里,她不是一个普通女子,她不属于这个世界,而是那个池塘中的精灵。"② 劳森的爱情充满了诗情画意。埃塞尔在他眼里就像女神那么神圣,或者如池塘中的精灵般神秘莫测。他像被施了魔法一般爱上了混血女孩。

此处毛姆有意将埃塞尔比作诗人爱慕的月亮,既是对当时年仅 16 岁、心性单纯的埃塞尔的赞美,也暗含言外之意:诗人只能欣赏优雅的月亮,却不能将它纳入囊中。高高在上的月亮可望而不可即,对它的幻想也不切实际。即便劳森娶埃塞尔为妻,也永远无法了解她的内心,得不到她的真爱。她就像从那池塘里生出的、带着奇特性情的、让人捉摸不定的神秘精灵。在故事的最初,毛姆就以比喻的手法,将埃塞尔等同于"一只野生小动物"、"月亮"和"精灵",暗示读者其飘忽不定、冷漠无情的内心世界,以及劳森注定遭受的伤害。

沉醉在爱情中的人们是盲目的。的确,情人眼里出西施,埃塞尔在劳森的眼中宛如神女天仙,无可挑剔。不过毛姆的视角更客观。他看到劳森初次拜访丈人时,埃塞尔特意穿上衬衣和短裙,按照西方女人的风格梳理头发,言语之间也是彬彬有礼。他们单独在一起时,埃塞尔表现得温柔可爱。一起看电影时,埃塞尔兴致勃勃地向土著朋友们介绍自己的仰慕者。

读者看到的埃塞尔是个虚荣势利、装腔作势的女人,然而劳森却愈发觉得"她是那样迷人和纯真!"③ 因为埃塞尔的存在,他爱上了这片富庶、令人倍感亲切的岛屿,萌生了与她今生在此长相厮守的念头。人类文明、英国和伦敦等高尚与美好全被抛到了九霄云外。有着浪漫诗人情怀的劳森决定,即使面对阻挠,也要娶这个混血女子为妻。

---

① 毛姆.爱德华·巴纳德的堕落[M].孔祥立,译.南京:译林出版社,2015:121.
② 毛姆.爱德华·巴纳德的堕落[M].孔祥立,译.南京:译林出版社,2015:123.
③ 毛姆.爱德华·巴纳德的堕落[M].孔祥立,译.南京:译林出版社,2015:125.

除了劳森之外,他白人社交圈的朋友都不看好这桩婚姻,毛姆也不例外。他通过其他人之口暗示劳森的决定不够明智:他会遇到意想不到的麻烦、娶了土著女子的男人都没有什么好结果、他一意孤行必将自取其辱等。① 婚后的一年里,劳森的生活还是幸福的。不过毛姆依然不看好埃塞尔:"埃塞尔在房子里走来走去,是那样可爱,那样快乐,轻盈优雅得如同树林中的幼兽。"② 无害、乖巧、伶俐的小动物羽翼不丰满尚可陪伴人左右,但是如果它长大成熟,必将野性暴露,伤害主人。毛姆再次埋下了伏笔。

儿子的出生终结了他们的幸福生活。看着皮肤黝黑的孩子,劳森不由想到儿子以后的命运。他决定无论如何都要举家迁回英国,带儿子逃离低贱的生活。他还一厢情愿,不切实际地设想埃塞尔生活在白种人中间,这样他就能得到她的全部身心。劳森总能感觉到,半个当地人的埃塞尔与她那片土地、池塘几乎融为一体,她内心的某个角落是他触及不到的。

可是试图定居苏格兰的劳森又打错了如意算盘。他看到埃塞尔居然在他们家附近的一个深水池塘里洗澡。她明显地怀念着南太平洋上的岛屿,以及那个池塘。劳森看到埃塞尔"再一次成了那个奇异、狂野的溪流女神""一动不动地俯视着水面,仿佛是池塘水在不可抵御地牵引着她""她静静地游着,游动的姿势透出超凡脱俗的味道"③。埃塞尔水中精灵的形象又一次被强化。她没有毛姆描写的女杀人犯凶神恶煞的脸面与歇斯底里的喊叫,带给读者视觉和听觉上的憎恶,而是游泳的时候"静静地""一动不动""轻柔地没有溅起一朵浪花",足以撩起旁观者的好奇心和神秘莫测之感。越是静谧的事物就越带有神秘感,反之,越张扬的事物就越被看得透彻。埃塞尔无声无息地与水融为一体,令劳森束手无策,他的"心中燃烧着痛苦——因为他知道她对他仍是一个陌生人,他如饥似渴的爱情是注定得不到满足的"④。

终于埃塞尔悄无声息地离他而去,在之后寄给他的信中也无半点遗憾之词。劳森几乎流下了痛苦的眼泪:他对她的崇拜和迷恋是单向的。但是他的爱如此执着而强烈,令他饱受思念的痛苦。他的浪漫、执拗、善良、忠诚、软弱促使他做出了错误的决定:"他知道无论怎样自我安慰,只有一个解决办法,

---

① 毛姆.爱德华·巴纳德的堕落[M].孔祥立,译.南京:译林出版社,2015:126.
② 毛姆.爱德华·巴纳德的堕落[M].孔祥立,译.南京:译林出版社,2015:127.
③ 毛姆.爱德华·巴纳德的堕落[M].孔祥立,译.南京:译林出版社,2015:132.
④ 毛姆.爱德华·巴纳德的堕落[M].孔祥立,译.南京:译林出版社,2015:132.

那就是随她而去;没有了她,他将再也无法生活。"①

  他爱她爱得丧失了理智,连他的人生目标和事业规划也不再那么坚不可摧,就像一座散了架的房子。只要他和埃塞尔能破镜重圆,即使失去未来也是值得的,此外再无要紧之事。他把埃塞尔看作他生命的全部,并且单纯地认为只要他们再在一起,他就别无他求了。与文学作品中传统的男女情感不同,毛姆在他的很多作品中倒置了这一关系。在这篇小说中,劳森是懦弱的、怀着浪漫情感的、甘于奉献的传统女性角色,而埃塞尔则坐在残忍冷漠、讲求实际、善变诡异的传统男性位置上。

  女人抛弃男人的故事在毛姆的小说中再次上演了。对于找上门来的事情,人们向来都是嗤之以鼻的,埃塞尔也并非神女下凡。愚蠢的劳森竟然感觉自己像个回头的浪子。只是他很不习惯与埃塞尔的家人住在一起,但是只要她愿意,他也只能屈服。久而久之,生活不如意的劳森养成了下班之后喝几杯的习惯。只有在酒精的作用下,他才有胆量与埃塞尔的那些族人共度黄昏。

  他的感情生活也大不如前。虽然他的爱情之火依旧在燃烧,他还是能明显地感觉到埃塞尔的冷漠与疏远。想到这里,劳森喝得更多了。他不仅酗酒,还酒后闹事,招人厌烦。他被白人朋友圈排斥在外,丧失了白人的尊严和稳定的经济来源,变得敏感又暴躁。他发现埃塞尔对他说谎,还经常穿起漂亮的衣服,就像即将赴宴或约会一样。每逢这时,埃塞尔的眼睛便闪着兴奋的光芒。劳森很快就明白了。他一直爱得发狂的女神正在和某个白人私通。"他的心一下子被愤怒和妒忌攥住了"②。他的恨来得同爱一般猛烈。在酒精的作用下,他抓起马鞭,向埃塞尔抽去,直到狂怒地冲出了房间。接下来他们二人的反应既出乎读者的意料,又似乎在情理之中。

    埃塞尔听他走了,停止了哭泣,小心地朝四周看了看,然后站起
  身。她感到身上很痛,但受伤并不严重,检查了一下裙子看看有没有
  撕坏——对于挨打,当地女人已经司空见惯了,他的行为倒没有激怒
  她。她照了照镜子,梳理了一下头发,眼睛仍在闪烁着,透出一些奇

---

① 毛姆.爱德华·巴纳德的堕落[M].孔祥立,译.南京:译林出版社,2015:134.
② 毛姆.爱德华·巴纳德的堕落[M].孔祥立,译.南京:译林出版社,2015:138.

异的神采。

……

　　劳森胡乱向前跑去，跌跌撞撞地穿过种植园。他感觉力气突然耗尽了，像个虚弱的孩子一样，一下子扑倒在一棵大树下。他感到悲痛和羞耻，他想着埃塞尔——在他充满柔情蜜意的爱情里，他感到自己体内的所有骨骼都已变得柔软。他想到了从前，想到了曾经有过的期待，他被自己的行为吓呆了。他现在更加渴望拥有她了，他想把她揽在怀里，他必须赶紧回去。①

劳森向埃塞尔忏悔，求她宽恕，泪水又一次流了出来。埃塞尔则一副鄙夷不屑的神情。她瞧不起在女人面前"卑躬屈膝"的男人，何况他还是个白人。劳森的可怜哀求换不来她一点同情。在埃塞尔的眼里，现在"他竟像个杂种狗一样匍匐在自己眼前"②。更有甚者，她对他也动起了手。她踢了他一脚，轻蔑地叫他滚出去。在不幸福的家庭中，感情的天平永远都是失衡的。

埃塞尔在这场跨种族的婚姻中占得了优势，其凶狠残酷的本性也逐渐暴露出来。埃塞尔已经完全瞧不起他了，视他为一条狗。当劳森时而流下悔过的眼泪时，埃塞尔恨不得向他脸上吐口水。他再次施暴时，她便以牙还牙，拳脚相加。在他们的厮打中，劳森也时常败下阵来，可见身高、体型都不占优势的埃塞尔变得何等凶猛，与一只猛兽不相上下。此外，她还用土著人对待敌人的方式，在池塘边攻击劳森："她弯下腰，捡起一块尖锐的石头，一下子向他扔过去。"③

与之前出水芙蓉般的埃塞尔相比，现在的她就是一个粗暴、恶毒、阴险的悍妇。不过，初次见她的人都会将其与萨摩亚常见的红色木槿花联系在一起。它的典雅柔美和盎然生机蕴藏在埃塞尔的身体里。人们感觉她就像水中的仙子，出淤泥而不染。她亭亭玉立，沉静羞怯，看上去并不是个俗不可耐的女子。

在与毛姆的交流中，埃塞尔谈到了她生活过的苏格兰。毛姆听得出来，她刻意提及了曾经居住的房子和某位熟悉的夫人。实际上，苏格兰、住所以及熟

---

① 毛姆.爱德华·巴纳德的堕落[M].孔祥立,译.南京:译林出版社,2015:140.
② 毛姆.爱德华·巴纳德的堕落[M].孔祥立,译.南京:译林出版社,2015:141.
③ 毛姆.爱德华·巴纳德的堕落[M].孔祥立,译.南京:译林出版社,2015:143.

## 第二章 毛姆笔下的负面女性形象

人正是埃塞尔回归萨摩亚的理由。寒冷的冬天、冷清的房间、陌生的邻居,为她平添了多少乡愁!可是现在,为了同一个白人作家搭讪,埃塞尔竟然留恋起英国来了。为了勾搭另一个白人——"肥胖、秃顶、光秃秃的圆脸、双下巴、金丝镜、一大把年纪"①,她穿上了连衣裙和高跟鞋,按照欧洲风格打扮自己,并且感觉良好。

埃塞尔变换装束的另一种解释,是她试图掩盖其天性中的"无序"倾向。他和劳森在苏格兰的家也是乱糟糟的。"这种倾向具有传染性,势必将劳森推向感情的漩涡,使他的人生陷入一片混乱。在短篇小说集《树叶的震颤》中,土著女人代表的'无序'极大地威胁到男性阳刚的构建。这种构建是以肉体的控制和情感的抑制为基础的,而不是实施殖民行为或者执着于艺术追求。"②也就是说,作为半个土著的埃塞尔身上的"无序"性致使劳森不能保持理性,禁不住欲望的诱惑,也无法控制情绪,直至自甘堕落,从而丧失了男性固有的阳刚之气。

埃塞尔本是一个轻浮、虚荣、实际的女人。了解到她的故事之后,毛姆慨叹,如果对她一无所知的话,他很可能会将她等同于任何一个美丽可爱的小混血儿。看来,只通过观察人的举止外表和寒暄客套是不能深入了解其本来面目的。毛姆也特别强调,他讨厌这种装腔作势、徒有其表的女人:"在我看来,她有着飘忽不定的、让人难以捉摸的天性,好像一个念头出现在人的意识里,但在变成话语前却忽然不见了。"③ 与手持刀枪的残暴女性相比,变化无常、深藏不露的女人更可怕,更需要警惕。

如今劳森被愤怒和欺骗折磨得只剩下一具躯壳。新年之夜他告诉毛姆,自己在泥沼中越陷越深不能自拔,而且已经精疲力竭,无法从头再来。他看到了他的错误,承认了当初的盲目,并明确了毁灭他一切的根源:"我想我不应该跟埃塞尔结婚,要是我只是养着她,就不会出现任何问题,但我的确如此爱她。"④。几个小时之后,他"外套里系着一块大石头,跟双腿捆在了一起"⑤,在与埃塞尔相识相恋的那个池塘里,结束了自己的生命。

---

① 毛姆.爱德华·巴纳德的堕落[M].孔祥立,译.南京:译林出版社,2015:146.
② Holden P. Orienting Masculinity, Orienting Nation: William Somerset Maugham's Exotic Fiction[M]. London:Greenwood Press,1996:51.
③ 毛姆.爱德华·巴纳德的堕落[M].孔祥立,译.南京:译林出版社,2015:144.
④ 毛姆.爱德华·巴纳德的堕落[M].孔祥立,译.南京:译林出版社,2015:148.
⑤ 毛姆.爱德华·巴纳德的堕落[M].孔祥立,译.南京:译林出版社,2015:151.

一个忠诚于爱情和婚姻的生命就这样终结在南太平洋的小岛上。"对劳森和毛姆小说中不同的叙述者来说,与原始的接触意味着离散、失去控制、嗜酒以及死亡。"① 在毛姆的作品中,黑头发、棕皮肤的当地女子基本上都是对丈夫唯命是从的理想伴侣形象,就像小说《月亮和六便士》中塔希提岛上的土著女孩爱塔。她生活的中心就是服侍丈夫,为其生儿育女,照顾他直至死去。但是《池塘》没有任何埃塞尔相夫教子的情节,相反,丈夫劳森对她的痴情处处可见。他与土著女性结婚,与她的亲戚同住,完全被包围在原始意识和状态之中,因生活不如意借酒浇愁也是必然的反应。

劳森盲目的单相思映衬了埃塞尔对爱情的亵渎。可以说,她对劳森的感情是短暂的,更不必说遵从他的意志。从这一点来看,埃塞尔绝不是毛姆所欣赏认可的传统土著女孩形象。当然,她是一个混血儿,不过她的身上没有混血儿常有的激情洋溢,也不具有典型白人女子的高雅柔情。她就像一个来自池塘的水中女妖或者幽灵,静静地等待劳森上钩,然后又施魔法使其死去。对劳森来说,"埃塞尔就像是沉静的水中精灵"②。流连于南太平洋岛国秀美恬静的自然风光中本是一次惬意、舒心的经历,然而毛姆放松了的神经再次绷紧:他又看到了恶魔般善变的女子,只是肤色不同而已。

## 七、《被毁掉的人》中的格兰奇太太

在以上短篇小说中,移情别恋、背叛丈夫的妻子或是辱没、伤害、毁掉丈夫,或是杀害情人,都无一例外地危及男性的荣誉、地位及生命。在虚构的小说中,洞悉人性的毛姆或多或少地宽容了她们,使她们逃离法律与社会的制裁。然而,并不是所有类似的女性都如此幸运,在短篇小说《被毁掉的人》中,格兰奇太太就是一个被毛姆刻意惩罚的女人。

女性的善变和欺骗是文学中的常见主题。结婚之前,维斯塔(格兰奇太太)是个巡回出演喜剧、讽刺剧、滑稽剧中那些平淡无奇的小角色的配角演员。她身材姣好、模样俊俏,不过才能平庸,运气不好。"不难看出她过去从

---

① Holden P. Orienting Masculinity, Orienting Nation: William Somerset Maugham's Exotic Fiction[M]. London: Greenwood Press, 1996: 49.

② Field L M. The Trembling of a Leaf[M]//Curtis A, Whitehead J. William Somerset Maugham: The Critical Heritage. London: Routledge and Kegan Paul Ltd., 1987: 149.

## 第二章　毛姆笔下的负面女性形象

事的职业平凡、乏味，还有点粗俗"①。在一战之后经济萧条的年代，维斯塔几乎找不到合适的工作，便加入了一个出国巡回演出的剧团，准备到国外见见世面，碰碰运气。不幸的是剧团演出失败，老板逃之夭夭，包括维斯塔在内的剧组成员身无分文，连回英国的路费都支付不起。

正在山穷水尽之时，与维斯塔并不熟识的诺曼·格兰奇向她求婚。诺曼是一个在殖民地出生的白人，从英国接受教育之后又回到殖民地生活。与维斯塔不同，诺曼并不眷恋英国，而是痛恨英国。他是介于英国本土殖民者和马来人之间的一类特殊人。英国的殖民者鄙视他，他又无法融入当地人的生活。正是英国使他生活在令人窒息的夹层中。虽然接受了西方教育，他的性格与思维都是东方式的。诺曼的身上明显带有东方人的感性、冲动、捉摸不定和愤愤不平。他痴迷于舞台的魅力，疯狂地爱上了维斯塔。他向维斯塔描述了种植园神秘浪漫的气息，并自信地声称"只要有一点点耐性他就会发大财"②。

如果说诺曼对维斯塔的追求是盲目冲动的，其实他并不了解她，那么维斯塔答应诺曼的求婚完全是出于现实的需要。首先她手头拮据，又不情愿坐下等舱被送回英国，其次她已年近30，演员生涯几乎接近尾声，以后的生活还没有着落。此外，她居无定所，渴望有一座自己的房子。尽管维斯塔并不爱诺曼，还是跟随他到了婆罗洲。弗若姆（Fromm）在 *The Art of Loving*（2008）中提到，在一个商业化和物质成功高于一切的时代，不难看出，人们之间的爱情会遵从商品和劳动市场的基本原则，他们会根据自身交易的价值进行等价交换后走向爱情和婚姻。然而精神的缺失却不能被暂时的物质满足所弥补，致使悲剧发生。③

起初诺曼带给维斯塔的婚后生活是美好的。他按照维斯塔设计的式样，为她定做了她渴望拥有的梳妆台。维斯塔像个小孩子一样开心不已。"她不禁搂住丈夫的脖子亲吻他。'哦，诺曼，你待我真好，'她说。'我是个幸运的小姑娘，能够遇上你这样的人，对吗？'"④ 她用鲜花、照片和各种各样的摆设装

---

① 毛姆.天作之合:毛姆短篇小说选[M].佟孝功,刘希武,郑举福,等,译.长沙:湖南人民出版社,1983:434.
② 毛姆.天作之合:毛姆短篇小说选[M].佟孝功,刘希武,郑举福,等,译.长沙:湖南人民出版社,1983:426.
③ 转引自蒋丽.威廉·萨默塞特·毛姆短篇小说中的异化[D].长沙:湖南大学,2015:30.
④ 毛姆.天作之合:毛姆短篇小说选[M].佟孝功,刘希武,郑举福,等,译.长沙:湖南人民出版社,1983:440.

饰她的房子。平时她会欣赏音乐、玩牌读书,在无忧无虑中度过时光。

然而维斯塔并不是简单幼稚的女人,她有着演艺圈中女性的世故和圆滑。身为演员,她很会"演戏"。她故意表现出舞台明星的架势,让诺曼觉得她下嫁于他是一种自我牺牲。"她自称和许多明星有交情,而事实上她甚至从来没有跟他们说过话。"① 维斯塔凭借老道的演技愚弄了丈夫。

维斯塔还是一个耐不住寂寞的世俗女人,她期待诺曼带她回英国休假,好骄傲地向朋友们炫耀她的丈夫,而诺曼却无比排斥那个国家。维斯塔开始厌倦、害怕枯燥寂寞的种植园生活,与丈夫争吵不休。在英属马来亚的原始环境中,英国侨民非理性的情感与行为被激发出来。可见,"非理性活动和行为与原始环境、人的原始性密不可分。原始性也并非凭空产生,而是一直潜伏于人的潜意识之中"②。在婆罗洲特殊的原始环境中,维斯塔人性中的非理性成分逐渐膨胀。

两年以后,格兰奇家旁边搬来了新的种植园经理杰克·卡。他性情温和、兴趣高雅、身材挺拔。比起呆板无趣的丈夫来,杰克是个温柔体贴、善解人意的完美绅士。维斯塔对初来乍到的杰克"一见倾心",认为他"正是她意想中的人"③。他们在一起谈论伦敦和戏剧,维斯塔更是兴奋激动。"他们相识一两个星期以后,她就觉得和他在一起,比和自己结婚已有两年的丈夫在一起更自在。"④

维斯塔爱慕虚荣、自私虚伪、见异思迁。她不仅不感激诺曼挽救了她濒临崩溃的生活,还故意摆出一副高高在上的姿态,欺骗思想简单的丈夫。遇到"情投意合"的男性,她经不住诱惑,很快就与对方一拍即合。他们对彼此的想法心知肚明,不可救药地爱上了对方。被恐惧和兴奋包围着的激情有增无减。维斯塔还怀上了杰克的孩子。终于在维斯塔与杰克幽会的时候,愤怒的诺曼枪杀了杰克。

---

① 毛姆.天作之合:毛姆短篇小说选[M].佟孝功,刘希武,郑举福,等,译.长沙:湖南人民出版社,1983:441.
② 张歆雪.毛姆短篇小说中的英国侨民形象探析:以马来题材故事为中心[D].天津:天津师范大学,2018:32.
③ 毛姆.天作之合:毛姆短篇小说选[M].佟孝功,刘希武,郑举福,等,译.长沙:湖南人民出版社,1983:442.
④ 毛姆.天作之合:毛姆短篇小说选[M].佟孝功,刘希武,郑举福,等,译.长沙:湖南人民出版社,1983:442.

事后，诺曼谎称枪支走火误杀了杰克而免于起诉。为了解除人们的怀疑，诺曼没有同维斯塔离婚，更不敢因仇恨杀掉她。失去爱人的维斯塔痛不欲生，当晚就流产了，濒临死亡的边缘。然而作为整个案发过程见证人的维斯塔，并没有勇敢地站出来为情人杰克申冤，揭发诺曼的罪行，她软弱地默认了诺曼声称的"无辜"。可能她也惧怕与人通奸的事实被揭穿并遭受惩罚。她是杰克之死的直接诱因，也是其中的受害者。

保住性命以后的格兰奇太太患上了一种习惯性的痉挛，在情绪紧张的时候，痉挛会加剧，令她本人和身旁的人苦不堪言。不仅在身体上饱经折磨，格兰奇太太还生活在极度恐惧之中。"她对丈夫怕得要死。"① 看到诺曼外出，她悄悄地窥探他的去向；听到丈夫归来的脚步声，她立刻停止讲话，匆忙躲到屋子里去了。在诺曼在场的晚餐中，如果客人礼节性地与她攀谈，她的头和手会不自觉地剧烈颤动起来。诺曼恨她，无视她的存在，甚至不允许她同其他人说话。她害怕诺曼会想方设法杀死她。

格兰奇太太见到诺曼表现"激动"的背后，隐藏着她对丈夫深切的仇恨。她恨诺曼杀害了情人杰克，更恨他把自己禁锢在贫穷乏味、生不如死的煎熬中。她恨不得毒死诺曼，但是又惧怕丈夫死后自己无依无靠，无路可走。16年来，她被憎恨与恐惧折磨得精神崩溃，疯疯癫癫。"在毛姆的小说中，某些爱情故事是令人惊骇的，某些仅靠虚伪和装腔作势来维持。"②

愚弄、背叛丈夫的格兰奇太太是毛姆决意惩罚的女性。虽然才46岁，她的相貌却带着60岁的老态。她看上去邋遢、俗气，惹人反感。

> 她的短发乱蓬蓬地，好像她起床的时候没有费神梳理一下。头发染成了鲜黄色，不过染得非常差劲，根部还露着白色。她的皮肤又老又干，两边颧骨上，各有一大块胭脂（抹得别提有多笨拙了，人家怎么也不会认为她脸色天然如此），嘴唇上还涂着口红。③

---

① 毛姆.天作之合:毛姆短篇小说选[M].佟孝功,刘希武,郑举福,等,译.长沙:湖南人民出版社,1983:432.
② 蒋丽.威廉·萨默塞特·毛姆短篇小说中的异化[D].长沙:湖南大学,2015:30.
③ 毛姆.天作之合:毛姆短篇小说选[M].佟孝功,刘希武,郑举福,等,译.长沙:湖南人民出版社,1983:423.

格兰奇太太是个最不幸的女人。她过早地衰老了，患上了痛苦不堪的痉挛症，在恨与被恨、殚精竭虑中艰难地度日。然而这一切都是她自作自受。对于这个尽管俗不可耐却还处处蒙骗男性的女人，毛姆不给予一丝怜悯。在他对格兰奇太太的形象刻画中，没有任何善意的、肯定的表述，大有其"罪有应得"之意。在毛姆的眼里，格兰奇太太并不是什么有教养的淑女，而是在剧院里混饭吃的、蹩脚的"小丑"，与从事服务行业的庸俗女子大同小异。这类女性居然也辜负了男性的信任，侵犯了男性的尊严，理应受到最严厉的惩处。在小说的最后，几乎神经错乱的格兰奇太太将口红涂在了嘴上、鼻子上，就像一个出演喜剧的小丑，也足以证明毛姆对格兰奇太太作为社会中微不足道的小角色的鄙视与冷漠。

1921年和1925年，毛姆和他的私人秘书杰拉德·哈克斯顿两次来到马来群岛。此间，他与当地的英国人进行了广泛的接触，并将他们讲述的发生在这片土地上的故事写入短篇小说集《木麻黄树》和《阿金》中。在《木麻黄树》的序言中，毛姆提到："我原以为这些英国人是在他们的先驱打开这片土地、带来西方文明之后来到这里的，因为工作已经完成，这个国家已经进入和平、有序和成熟的阶段，他们一定会以上面所说的方式，更加丰富多彩，同时也不太有冒险精神的一代；当我深入调查之后，发现从前别人跟我说的一切都不真实的时候，我的心情是极度复杂的。"① 毛姆的马来故事所构成的世界隐藏着婚外情、谋杀等骇人听闻的事件。在马来亚生活的英国男性和女性正是这些故事的主角。

第一次世界大战之后，世界经济逐渐从萧条走向繁荣，英属马来亚的政府官员和种植园主便将妻子从英国带到殖民地生活。平日里，丈夫外出忙碌，或早出晚归，或一两个星期不在家中，而家中的事务又由当地仆人完成，白人女性在家中无聊寂寞，无所事事。再者，迫于周围环境和交通的落后不便，以及白人群体的有限，白人妻子很难像在英国那样进行社交活动，自然精神空虚，渴望交流，从而加剧了"非理性的情欲"②。

比较而言，在马来亚工作和生活的男性侨民数量多于女性，其中很多人都是年轻的单身汉。他们白天忙于政府或种植园的事务，晚上寂寞难耐，于是他们或者与土著女性同居生子，或者在性欲的驱使下，违背道德去追求被丈夫忽略的

---

① 毛姆.木麻黄树[M].黄福海,译.上海:上海译文出版社,2015:1.
② 张歆雪.毛姆短篇小说中的英国侨民形象探析:以马来题材故事为中心[D].天津:天津师范大学,2018:7.

## 第二章 毛姆笔下的负面女性形象

已婚女性。"如果说男性侨民对待情欲的方式是始于原始的欲望而终于理性的冷静,女性则以一种偏执和残忍的方式来寻求情欲的满足和生活的刺激。"①

在男权社会中,对于"他者"最极端的感情就是直指女性的仇恨。仇视女性的情绪在上述小说中被详尽地展现。将女性等同于人类原始的邪恶力量,视女性为人类道德的威胁——这种倾向在早期基督教的作品中就有所表述。罗马天主教神父德尔图良(Tertullianus)在他的告诫中首次指责女性是魔鬼撒旦的引路人,她们不仅犯有原罪,还有各种各样其他的罪行。德尔图良直截了当地责问她们:

> 难道你们不知道,你们之中的每个人都是夏娃吗?上帝对你们这一性别的惩罚与世长存:你们的罪恶也必将存在。你们是魔鬼撒旦的引路人。你们偷食了禁果,第一次置神谕于不顾。你们如此轻而易举地便毁掉了上帝创造的人类形象。鉴于你们的罪行,你们连同上帝之子,将必死无疑。②

劳伦斯去世前两个月,班德(Bandd)在给他的信中提到了关于毛姆、韦尔斯等人在尼斯欢庆圣诞的事情。劳伦斯在回信中以蔑视的态度提到毛姆和他的阿申登之类的人物:"我能看出他们(毛姆作品中的代言人阿申登)只不过是一群玩偶,是作者(毛姆)歧视宠物观念的工具。作者对宠物的歧视呈现得极其'幽默',以至于人们很难找出更加恶意的幽默故事、更腐臭变味儿的幽默了。"③ 劳伦斯提及的宠物无疑是指女性,而毛姆正是通过阿申登的视角来表达对女性的歧视态度的。劳伦斯同样怀有厌女倾向,即女性更善变,而且善变的女人没有始终如一的女人招人喜爱。玛丽·埃尔曼(Mary Ellmann)也认为,由思想的不稳定导致的极端认识,尤其体现在女性身上。④

---

① 张歆雪.毛姆短篇小说中的英国侨民形象探析:以马来题材故事为中心[D].天津:天津师范大学,2018:7.
② 转引自 Gilmore D. Misogyny: the Male Malady[M]. Philadelphia: University of Pennsylvania Press, 2001:67-68.
③ Lawrence D. H. Ashenden[M]//Curtis A, Whitehead J. William Somerset Maugham: The Critical Heritage. London: Routledge and Kegan Paul Ltd., 1987:177.
④ Ellmann M. Feminist Stereotypes[M]//Thinking About Women. New York: Harcourt Brace Jovanovich, Inc,1968:85.

## 第六节　舞文弄墨的女性

在毛姆写作的年代，女性文学已得到了长足的发展。女性作家不必像简·奥斯汀那样以匿名的方式出版作品，她们在家中也无须遮遮掩掩地创作了。她们会邀请各界名流到家中的沙龙聚会，以女性的视角发表对社会事物的看法，从而构成稳定的评论、创作团体，且规模不逊于男性作家群体。随着女权主义运动的蓬勃发展，鉴于女性作家独特的创作视角和生活经历，她们的作品逐渐得到了广大读者的认可和青睐，在某种程度上甚至超越了男性作家，撼动了男性作家雄踞文坛的主导地位。毛姆是享誉世界文坛的通俗小说家，也同样面临着与女性作家争夺读者群的威胁，所以他有意在短篇小说《灵机一动》和《上校夫人》中丑化女性作家，从其相貌、举止、创作和家庭等各方面都竭尽讽刺之能事。

### 一、《灵机一动》中的福雷斯特夫人

短篇小说《灵机一动》中的福雷斯特夫人就是那种在她面前，任何男人都会望而却步的女性。无论从整体形象，还是身体的具体部位来看，福雷斯特夫人都被毛姆赋予"傲骨英风""器宇轩昂"的男人相，已经不再是传统意义上的女人了。乍一看上去，"她骨骼大，皮肉又厚实，要不是长得又高又壮，您就会认为她太肥了"①。虽然她长得壮实，仍不失威严、超凡的气质。她的脸庞超乎常人，理所当然地具有那种"英气勃勃、才智横溢"的神气。她发黑的皮肤之下流着勒旺特人和吉卜赛人的血液，可以解释为何她的诗歌激情澎湃。她的鼻子跟英国著名将领兼政治家威灵顿大公爵的很相像，只不过更肥厚。她长着一个方下巴，"透着一股很有决心的样子"。她的头发又厚又硬，"高高堆在脑袋上面，使她那已经威风凛凛的个儿显得更高了一点"②。在男士

---

① 毛姆.天作之合:毛姆短篇小说选[M].佟孝功,刘希武,郑举福,等,译.长沙:湖南人民出版社,1983:125.
② 毛姆.天作之合:毛姆短篇小说选[M].佟孝功,刘希武,郑举福,等,译.长沙:湖南人民出版社,1983:125.

的眼中，福雷斯特夫人英姿飒爽，令人敬畏。

　　福雷斯特夫人在家中的茶会上也是一副盛气凌人的派头，引得毛姆写出一段趣事来。福雷斯特夫人的沙龙是一个布置得简单且古朴的客厅，其间有一只老式的椅子是福雷斯特夫人的专属座椅，也明确了主客之分。参加沙龙的尽是世界级的政要名流、达官显贵、墨客骚人，并以与福雷斯特夫人为友而自豪。曾经有位内阁部长直接赞美福雷斯特夫人的"男性智慧"，还有位美国大使荣幸地说："跟您一道喝杯茶，阿伯特·福雷斯特夫人，是我一生中有幸享受到的一次最才智横溢的款待。"①

　　对毛姆来说，每次出席福雷斯特夫人的茶会，都要先喝上一两杯来提气壮胆。可是有一次还是出了岔子。当前来赴宴的毛姆站在福雷斯特夫人家门口敲门时，本该问道："福雷斯特夫人在家吗？"却说走了嘴："今天有没有朝圣仪式？"② 在毛姆等男性作家的眼中，福雷斯特夫人的沙龙能够吸引社会各界人士，其档次、品味之高足以胜过男性作家的交流圈子，而她也俨然一副"女王"的气势，难怪每次茶会都会给毛姆留下朝圣的印象。将女性的举止相貌男性化无疑是毛姆丑化福雷斯特夫人的一种讽刺手法，旨在告之世人：这个外表上异化为男人的女性文人表现得盛气凌人，已经在向男性同行们叫嚣示威了。

　　为了对福雷斯特夫人文坛圣女的地位做出正确的判断，毛姆深入挖掘了她的艺术成就，剖析了其艺术创作的方式手法，以及相应的文学评价。在小说的开端，毛姆告诉读者，福雷斯特夫人刚刚出版的小说《阿喀琉斯雕像》已被公认为当代的经典巨著，并且会被载入史册。小说不仅被大量地出版印刷，还被译成多种文字，不仅被改编成剧本在纽约的舞台上演，还要被拍成电影，将为福雷斯特夫人带来不菲的收益。

　　一位作家，尤其是女作家能够同时赢得读者和评论界的双重肯定是不多见的。福雷斯特夫人凭借《阿喀琉斯雕像》一举成名。或者可以说，作为作家的她到57岁才真正博得读者的认可，而此前出版的作品——"白色硬布面装订、印刷精美的小薄本"，都得到了评论界的一致好评——"那些只在历史悠

---

①　毛姆.天作之合:毛姆短篇小说选[M].佟孝功,刘希武,郑举福,等,译.长沙:湖南人民出版社,1983:114.

②　毛姆.天作之合:毛姆短篇小说选[M].佟孝功,刘希武,郑举福,等,译.长沙:湖南人民出版社,1983:114.

久的老俱乐部灰尘扑扑的图书馆里才见到的周刊甚至用一页版面刊登这类推荐文章"①。一本薄薄的小册子、白色书面，不管内容怎样，单凭枯燥的外表就无法吸引读者的眼球。至于评论界的反馈，只有无人问津、卖不出去的周刊才会登出恭维之词。福雷斯特夫人声名卓著，堪称艺术大师，却不受普通读者的青睐，也就是说，没有人愿意买她的书，甚至连她的代理人推销她的书都要讹诈出版商。

福雷斯特夫人早在18岁就发表了处女作——一部挽歌集，而后又出版过以拉丁文为标题的诗集，以及十四行诗。此外，"她写过几部结构完整而精炼的散文集，内容涉及苏赛克斯的秋天啦，维多利亚女王啦，死亡啦，诺福克之春啦，乔治王朝的建筑啦，迪亚吉列夫先生和但丁啦；她还写过两部既博学又想入非非的著作，一本是评论17世纪耶稣会的建筑，另一本是论述百年战争时期的文学状况"②。仅从内容来看，福雷斯特夫人的散文足够松散，不甚专一，显然谈不上专业，缺乏权威性和可信度。

不过她的创作手法和语言风格还是被崇拜者们称赞不已的。"他们都称赞她是本世纪所出现的最伟大的英语大师。她承认自己最大的优点在于她的风格，语调洪亮而活泼，词句精练而流畅，而且只在她的散文里她才偶尔露一露那种绝妙而又有节制的幽默，使她的读者觉得那简直是无敌于天下。"③ 这种令读者和崇拜者大加赞赏的幽默，既不存在于作品的思想中，也不显露在字里行间，而是一种形式上的符号的运用。毛姆以夸张的手法讽刺了福雷斯特夫人作为著名女作家的文字功底：

> 她一时生出灵感，发现分号具有滑稽有趣的可能性，就大量精巧地使用它。她把它运用得那么巧妙，您如果是一个有文化修养而又富于幽默感的人，就不会硬装出一副笑脸，而是会欢畅地格格发笑，您文化修养越高，越会百倍欢畅地咯咯笑个不停。她的朋友说，这使别的幽默形式全都变得粗糙而做作了。有些作家试图模仿她，却都枉费

---

① 毛姆.天作之合:毛姆短篇小说选[M].佟孝功,刘希武,郑举福,等,译.长沙:湖南人民出版社,1983:108.
② 毛姆.天作之合:毛姆短篇小说选[M].佟孝功,刘希武,郑举福,等,译.长沙:湖南人民出版社,1983:110.
③ 毛姆.天作之合:毛姆短篇小说选[M].佟孝功,刘希武,郑举福,等,译.长沙:湖南人民出版社,1983:110-111.

## 第二章 毛姆笔下的负面女性形象

心机，没有成功。不管您要谈论阿伯特·福雷斯特夫人什么，反正得承认她能把分号一点一滴的幽默全都挤出来，而别人谁也学不到一点儿，差得太远了。①

分号的使用的确达到了预期的效果。人们的教育程度越高，就越会"笑个不停"。看来分号的幽默作用得到了实现。福雷斯特夫人的作品让读者乐开了怀。实际上，高素养的内行不是欣赏分号的妙处，而是嘲笑福雷斯特夫人对分号的滥用。表面上她的独到手法运用得登峰造极，无人能及，但是读者不难看出其中的讽刺意味。

福雷斯特夫人在家中的地位也是至高至上的。在她的大卧室后边，是福雷斯特先生的一间小卧室。出席家庭午餐会或茶会时，福雷斯特会安静地坐在餐桌的另一端陪伴客人。"他瘦小单薄……那张脸十分瘦削，皱纹丛生，没有什么引人注目的特点……他一点也不惹人注意，每当他站在福雷斯特夫人的客厅门口迎接她请来的贵客时，您就像很少注意那些文雅家具那样很少留意到他。"②

难怪福雷斯特夫人的朋友们都不喜欢他，质疑这个小男人身上有什么吸引人的地方，还可怜起福雷斯特夫人来："这样一个精明的女人却背着这样一个男人包袱着实可怕。"③ 虽然福雷斯特夫人看出了朋友对丈夫的不屑，却执意要丈夫出席宴会，还容忍他们的戏弄。客人们不顾福雷斯特的否认，总是坚信他有某种爱好，有时还当面称他为这方面的专家。他们无视福雷斯特的存在，虽然他人坐在那里，可对他们来说就同一把椅子没什么两样。

然而对于客人的蔑视和嘲笑，福雷斯特却表现出君子风度。有时他"毫不怨恨地微微一笑"，有时"挂着一副愉快而谦恭的笑容"。向初来乍到的客人介绍自己时，他会走向门口，这样说道："鄙人是阿伯特·福雷斯特夫人的

---

① 毛姆.天作之合:毛姆短篇小说选[M].佟孝功,刘希武,郑举福,等,译.长沙:湖南人民出版社,1983:111.
② 毛姆.天作之合:毛姆短篇小说选[M].佟孝功,刘希武,郑举福,等,译.长沙:湖南人民出版社,1983:118-119.
③ 毛姆.天作之合:毛姆短篇小说选[M].佟孝功,刘希武,郑举福,等,译.长沙:湖南人民出版社,1983:117.

丈夫。我来给您介绍内人。"① 他和厨师安排福雷斯特夫人的饮食起居和所有的宴会、茶会，在聚会上他的表现还恰到好处，如果福雷斯特夫人需要他出现，他肯定在场，如果女作家不需要，他绝不出席。福雷斯特夫人向朋友们坦言，她是多么依赖于他，福雷斯特于是获得了"波斯猫"的称号，夫妻二人之间就像"莫里哀和他的厨子（莫里哀经常将创作的故事先讲给厨子听）"②。

最后，容忍到极限的福雷斯特跟厨师私奔了。为了挽回名誉，朋友们建议福雷斯特夫人把丈夫找回来。在他们蜗居的陋室里，福雷斯特告诉妻子："你按你的路子生活，可说是个好女人，可你不对我的路子。"③ 他也不喜欢她的作品，以及她的朋友们。福雷斯特夫人劝夫君道："难道三十五年的忠贞一点都不足取吗？我可从来没有对另一个男人有过一点心意，阿伯特。我跟你在一块儿已经习惯。没有你，我真不知如何是好啦。"④

愚蠢的福雷斯特夫人仍然以忠诚为由劝留丈夫，殊不知毛姆概念中的忠诚意为何物。包括已婚男女在内的任何人都无法抵制性欲的诱惑，饱受性枯竭的女性寻找刺激也是正常的生理需要。在毛姆的观念里，女性可以在一定的范围内为所欲为，而这个"可以容忍"的限度便是不能损害男性的尊严、名誉，甚至生命。如果超出了界定的范围，那么，女性的所作所为就会受到谴责、唾弃，以至惩罚。

同理，即便一个女人在肉体上对丈夫绝对忠诚，但如果对丈夫在尊严或声誉等方面造成影响，也是不容原谅的。就像《美德》中的马格丽的确做到了身体上的忠诚，但是她的诚实给丈夫造成了巨大的伤害，无论在名誉还是精神上都是致命的打击，所以毛姆在文中最后不禁反问，这种置人于死地的貌似神圣的忠诚有什么意义呢？

在这篇小说中毛姆的态度也是如此。虽然福雷斯特夫人没有情人，也没有私奔，但是不仅她本人在聚会时轻视丈夫，还容忍朋友们戏弄丈夫。即使福雷

---

① 毛姆.天作之合:毛姆短篇小说选[M].佟孝功,刘希武,郑举福,等,译.长沙:湖南人民出版社，1983:119.
② 毛姆.天作之合:毛姆短篇小说选[M].佟孝功,刘希武,郑举福,等,译.长沙:湖南人民出版社，1983:119.
③ 毛姆.天作之合:毛姆短篇小说选[M].佟孝功,刘希武,郑举福,等,译.长沙:湖南人民出版社，1983:141.
④ 毛姆.天作之合:毛姆短篇小说选[M].佟孝功,刘希武,郑举福,等,译.长沙:湖南人民出版社，1983:142.

斯特脾气再温和，性格再宽容，也承受不了多年来男卑女尊的婚姻状态。被逼无奈之下，被福雷斯特夫人压制得男性尊严尽失的丈夫，只得跟家里的厨师私奔，可以看作毛姆对她最严厉的惩罚——她和她的朋友圈都要因此名誉受损。不仅如此，这个"受伤的男人"还重拾了尊严。厨师布尔芬奇太太是个持家能手，还能无微不至地照顾福雷斯特，而且与他有共同的爱好。对毛姆来说，尽管这个女人并不富裕也不高雅，只要对男性表现出足够的尊重与关怀，就是理想的良伴。

## 二、《上校夫人》中的夏娃·汉密尔顿

另一位文艺女性是《上校夫人》中的夏娃·汉密尔顿。她是个好女人、好妻子，又是个"没有人去注意的那种女人"①。她与丈夫乔治·佩里格林在谢菲尔德附近的别墅里过着平静的乡村生活："她从来不打扰他。两人谁都没有当众发过脾气，也没口角过。在她看来好像丈夫的一意孤行是天经地义的事。"②

然而，名为夏娃的好女人竟是异类，令她的男人失望，因为她不能生育。夏娃本是繁衍生息的象征，但是埃维（夏娃的昵称）"不会生养"，体现出了她作为非传统女性的另类形象。从外表上看，埃维也是一副贫瘠相。"她如今已人老珠黄，眼看快四十五岁了；皮肤已经发黄，头发也失去了光泽，人瘦得可怜……她看上去缺乏活力，这就是她的症结所在"。③ 瘦小枯干、缺乏活力的人肯定也丧失了孕育生命的能力。对于打猎或钓鱼等户外运动，埃维从来不感兴趣。虽然乔治承认埃维不能生育并不都是她的错，但这一事实足以使埃维背离传统，成为"他者"。

不能生育还不是埃维唯一的过错：埃维对写作和阅读表现出了超乎寻常的兴趣。"埃维在自己卧室里收藏着不少有学问的人读的书，没有一本引起他的

---

① 毛姆.天作之合:毛姆短篇小说选[M].佟孝功,刘希武,郑举福,等,译.长沙:湖南人民出版社,1983:160.
② 毛姆.天作之合:毛姆短篇小说选[M].佟孝功,刘希武,郑举福,等,译.长沙:湖南人民出版社,1983:161.
③ 毛姆.天作之合:毛姆短篇小说选[M].佟孝功,刘希武,郑举福,等,译.长沙:湖南人民出版社,1983:160-161.

兴趣。"① 生儿育女是女性的自然角色，可是一个女人不去生育，反而搞起文学研究，本身就违背了社会赋予的女性职能。为了体现埃维和乔治的爱好差异，毛姆罗列了二人收藏的书籍类型。埃维喜欢读那些关于文学艺术之类的书，乔治则会涉猎如农耕、狩猎等男性从事的传统行业的书籍，以及关于战争的作品。

从艺术层次上看，文学艺术是明显高于农耕捕猎的"上层艺术"，而以往只有那些受过高等教育、学识渊博的男性知识分子才会有所建树，著书立说。"男耕女织"本是和谐社会中的理想画面，可是埃维不仅不做分内的事，反而搞起高雅艺术来了，甚至凌驾于丈夫的志趣之上。

一天早餐前，乔治夫妇收到了一个包裹。乔治这才发现他贤惠的妻子写出了一本书《金字塔倒塌之际》。他随便翻了翻，带着不甚赞同的眼光叹息道："可怜的埃维!"② 书中的诗句并不全是押韵的，而且句子长短不齐，显得杂乱无章，根本不符合伊顿公学毕业的乔治认可的诗歌标准。"幸好并不是所有的诗都如此。只是夹杂有几首这样的诗，上面三四个字一行，下面变成十个或十五个字一行，看上去就怪别扭的。"③ 可见无韵体的诗歌虽然因易于书写和理解而被读者追捧，成为时尚，但在毛姆的眼里，它仍无法与押韵规整的传统诗歌相媲美，也体现出《金字塔倒塌之际》的作者拙劣的创作水平和文字功底。尽管某些评论人士热情地赞扬了这本书，舆论也高度关注，以毛姆为代表的男性作家还是嗤之以鼻。他借乔治之口表达了自己的看法："这哪里是诗呢?"④

可是后来乔治才意识到，这本他定义为"缺乏诗歌水准"的书竟然登上了大雅之堂，成为一本国内外畅销的书籍。埃维声名大振。虽然英国和美国的著名评论周刊争相发表评论，美国的出版商也竭尽恭维之词，但是埃维并没有像《灵机一动》中的福雷斯特夫人那样张扬霸气。相反，她的反应相当低调。她不愿意当着丈夫乔治的面打开装有新书的包裹，又以结婚前在娘家的姓为署

---

① 毛姆.天作之合:毛姆短篇小说选[M].佟孝功,刘希武,郑举福,等,译.长沙:湖南人民出版社,1983:161.
② 毛姆.天作之合:毛姆短篇小说选[M].佟孝功,刘希武,郑举福,等,译.长沙:湖南人民出版社,1983:162.
③ 毛姆.天作之合:毛姆短篇小说选[M].佟孝功,刘希武,郑举福,等,译.长沙:湖南人民出版社,1983:162.
④ 毛姆.天作之合:毛姆短篇小说选[M].佟孝功,刘希武,郑举福,等,译.长沙:湖南人民出版社,1983:162.

## 第二章 毛姆笔下的负面女性形象

名,更不打算同丈夫谈论这本书。她拿走了乔治还没有读完的书,更拒绝了其他乡绅的邀请。

尽管如此,乔治还是极不自然地接受了妻子的成功,直到他发现埃维书中讲述的是一个已婚妇女和一个年轻男子之间的爱情时,更是如坐针毡,妒火中烧。他感觉到其中的已婚妇女就是埃维自己,那个男子是埃维曾经的情人,而他则是被嘲笑的、埃维背叛过的、被蒙在鼓里的丈夫。在众人面前丢失尊严、成为笑柄,是毛姆的男人们无法容忍的。虽然乔治承认:"她(埃维)是个呱呱叫的好老婆:把家务料理得头头是道,从来没有为仆人而烦恼,花园收拾得干干净净,和村里人和和气气。"① 他那男性的自尊心还是被埃维损伤了。

毛姆的两性观念是这样的:完美的女人就是"家中的天使"。即便她不够完美——勾引异性,也不得有损丈夫的尊严。相反,如果男人寻花问柳,那么女人的感受和尊严则是无关紧要的。就像乔治求助的律师亨利·布兰讲的那样:"我不否认,我常常自己去寻开心。这是一个男人所需要的。女人就不同啦。""我们只是替男人说话罢了。"② 男权社会以男性的需要为出发点来评价婚姻中的出轨,本身就是性别歧视的体现。男人可以出去找女人消遣(乔治本人就是如此),是社会认可的理所当然的事情。

然而当一个女人在书中描写一段忘年恋时,却激起了丈夫心中的无限妒火,还要雇佣私人侦探查找真凶。至于埃维是否真正出轨,年轻男子是否真实存在,读者不得而知。男性对于婚姻不忠的双重标准,从毛姆大篇幅地描述埃维书中的爱情情节,以及乔治对妻子的批判,和寥寥几笔的乔治去伦敦"寻欢作乐"等处,得到了清晰的印证。

在这篇小说中,毛姆做出了暗示,随着女性作家步入创作领域,社会留给男性的角色正逐渐减少。他们就要像乔治那样,被挤兑出高层次的文化领域,只得从事如耕作、捕猎和园艺等体力劳动。安娜·马克尔金认为,这种现象预示着一场社会性的瘟疫即将到来。毛姆的预言警告人们:当女人有朝一日不再生育孩子、创作起诗歌来时,男人的世界末日就要来临。③

---

① 毛姆.天作之合:毛姆短篇小说选[M].佟孝功,刘希武,郑举福,等,译.长沙:湖南人民出版社,1983:176.

② 毛姆.天作之合:毛姆短篇小说选[M].佟孝功,刘希武,郑举福,等,译.长沙:湖南人民出版社,1983:177.

③ Makolkin A. Semiotics of Misogyny Through the Humor of Chekhov and Maugham[M]. New York: The Edwin Mellen Press, 1992:186.

在《她们自己的文学》中，肖瓦尔特（Showalter）分析了男性作家对女性同行的反感："男性作家对抗女性作家的形式之一，就是认为她们阴谋夺取他们的市场，剽窃他们的写作主题，并赢得他们年轻的女性读者；她们能够'左右文坛'不是自身才华出众，而是形成了稳定的群体。"① 尽管女性作家群体的势力日趋强大，某些成名于维多利亚晚期的男性保守作家仍然自欺欺人，否定女性作家的存在。男权主义作家的代表人物考文垂·派特摩尔（Coventry Patmore）就曾说过："某些女作家的确具备男作家写作的能力，但这种情况实属例外和少见，我们完全可以在没有任何原则歧视的基础上忽略她们。"②

然而毛姆既不自负也不乐观，他不无忧虑地写出了男性的不满、愤恨与鄙视。纵观毛姆及其短篇小说，莫蒂莫尔（Mortimer）在 *East and West and Altogether* 中谈道："这些小说都是出自一个幻想破灭的人之口。他对女性知识分子的痛恨甚至超出了传教士。他带着憎恶直至蔑视的情绪将其塑造出来。"③

## 第七节 极具控制欲的女性

基于自己的人生经历，毛姆把西方文明社会中的女性看作是诱惑男人、导致男人堕落的祸水。他以讽刺、尖刻的语调将她们的自私、冷漠和虚伪生动形象地呈现出来。从外表上看，她们典雅端庄，然而内心深处却试图将其女性魅力作为掳获和操控男人的工具。

### 一、《爱德华·巴纳德的堕落》中的伊莎贝尔·朗斯塔夫

在《爱德华·巴纳德的堕落》中，女主角伊莎贝尔·朗斯塔夫是一个完

---

① Showalter E. The Double Critical Standard and the Feminine Novel[M]//A Literature of Their Own: British Women Novelists from Bronte to Lessing. Beijing: Foreign Language Teaching and Research Press, 2004: 75.

② 转引自 Showalter E. The Double Critical Standard and the Feminine Novel[M]//A Literature of Their Own: British Women Novelists from Bronte to Lessing. Beijing: Foreign Language Teaching and Research Press, 2004: 281.

③ Mortimer. East and West and Altogether[M]//Curtis A, Whitehead J. William Somerset Maugham: The Critical Heritage. London: Routledge and Kegan Paul Ltd., 1987: 283.

## 第二章 毛姆笔下的负面女性形象

美无瑕的美国女孩。她的朋友兼暗恋者贝特曼·亨特自始至终倾慕伊莎贝尔的"女侯爵"气质。"她用自己的严谨和正直衡量着他人的道德标准,对不符合自己严格规范的行为,都会用沉默冷对来表达不满,这比任何的责难都更加有效;而且,她的判决一旦做出就无法再进行'上诉',因为她做出的决定绝无可能再进行改变。"①

在仰慕者贝特曼的眼里,伊莎贝尔的言行举止是无可挑剔的。在故事的开篇部分,善于布局的毛姆并没有引出本文的中心人物爱德华·巴纳德,而是借"第三者"贝特曼的描述呈献给读者西方上流社会女性盛气凌人的形象。伊莎贝尔是爱德华·巴纳德的未婚妻。巴纳德在离开高度发达、文明的西方世界后放弃了与她结合的打算,其原因不仅在于他的"堕落",还与伊莎贝尔强烈的控制欲密不可分。

巴纳德因父亲破产不得不远走塔希提岛,伊莎贝尔自然黯然神伤、悲痛心碎,但是爱德华炙热的爱情令她如此宽慰,以至于"开心不已"②,就连她自己都感觉莫名奇怪。其实伊莎贝尔的满足是内心强烈控制欲的体现。巴纳德狂热的爱情使伊莎贝尔收获了无比的满足感,在情感上占据了上风,继而企图控制爱人的一切。

在给未婚妻的信件中,初到塔希提的巴纳德表达了回到爱人身边和文明世界的强烈渴望,然而伊莎贝尔"不无焦虑地给他写信请求他坚持下去",因为"她不希望她的爱人没有一丁点儿的忍耐力"。③ 她视名誉高于一切,包括爱情,宁愿失去与爱人重逢的机会也不愿他受人耻笑。就连巴纳德渐渐适应塔希提的生活之后,伊莎贝尔欣慰之余还在为爱人规划:他无论如何应该待上一整年。一年过后"她希望能够尽量影响他、劝阻他回家"④。

在伊莎贝尔的坚持下,当巴纳德终于不再表达回归的意愿时,她不但毫无伤感,反而心满意足起来。伊莎贝尔没有想到,生活在塔希提岛"真、善、美"中的巴纳德已然放弃了庸俗虚伪的西方世界,不再考虑与它的佼佼者复合,最终证明了两性中占据强势地位的伊莎贝尔情感上的失败。毛姆也通过巴纳德之口,表达出长期以来在情感上扮演弱势角色的男性的心声:"对我来

---

① 毛姆.爱德华·巴纳德的堕落[M].孔祥立,译.南京:译林出版社,2015:42.
② 毛姆.爱德华·巴纳德的堕落[M].孔祥立,译.南京:译林出版社,2015:49.
③ 毛姆.爱德华·巴纳德的堕落[M].孔祥立,译.南京:译林出版社,2015:49.
④ 毛姆.爱德华·巴纳德的堕落[M].孔祥立,译.南京:译林出版社,2015:49.

说，伊莎贝尔过于美好了，好过我无数倍……对她的活力和抱负我充满钦仰，她天生就是生活的成功者，我完全配不上她。"①

实事求是地讲，伊莎贝尔爱的不是巴纳德本人，而是他的名誉和前程。她只是以爱情为由不断操控后者的生活与思想。巴纳德深知自己已经"堕落"，注定要被虚荣高傲的伊莎贝尔嗤之以鼻。为了获得自由，而不是请求伊莎贝尔给他自由，巴纳德要贝特曼告诉她自己并未如她期待地大获成功，而且因懒惰怠慢被解雇，并且安于现状，不思进取。

顺理成章地，伊莎贝尔听完了整个故事，把订婚戒指摘下来之后，随即投入了贝特曼的怀抱，"因为她看到了即将入住的精美房间，里面摆满了古典家具，想到了她要举行的音乐会，想到了那些舞者，想到了只有最有教养的人士方可参加的宴会"②。不可否认，在伊莎贝尔的心中，贝特曼将不负她的期望，发展为她要他成为的那个人，给她带来她想要的一切。

## 二、《寻欢作乐》中的爱德华·德里菲尔德的第二任妻子

如果说伊莎贝尔是以爱情为由试图控制她的爱人和追求者的话，长篇小说《寻欢作乐》中的作家爱德华·德里菲尔德的第二任妻子则借助婚姻，成功地改变了她的丈夫。在作家的家庭聚会上，作者初次见到德里菲尔德太太。他本能地感觉到她普通的外表之下蕴藏着"能干和机敏……并具有一种特殊的组织才能"③。当年迈的作家走进客厅，德里菲尔德太太对他报以鼓励的微笑。"她一定对他整洁的外表感到很满意。"④

在宴会上，德里菲尔德太太善谈的风格将客人们的谈话一直持续了下去，以至于他们很难找机会与作家本人交流。与苍白虚弱的作家相比，她显得精力充沛，兴致勃勃。作家的夫人曾是医院的护士。20年前德里菲尔德被第一任妻子抛弃后生了病，病愈休养期间与负责照顾他的护士相识三个星期便结婚了。婚后她更加细致入微地照顾起丈夫来。作家成名之前过着自然随性的生活，然而婚后德里菲尔德太太"为他费了不少心思"，直至"把他照顾得可以

---

① 毛姆.爱德华·巴纳德的堕落[M].孔祥立,译.南京:译林出版社,2015:70.
② 毛姆.爱德华·巴纳德的堕落[M].孔祥立,译.南京:译林出版社,2015:75.
③ 毛姆.寻欢作乐[M].叶尊,译.南京:译林出版社,2013:47.
④ 毛姆.寻欢作乐[M].叶尊,译.南京:译林出版社,2013:48.

见人了"①。

在妻子眼中,老德里菲尔德性格有些古怪,习惯比较低俗,但她还是凭借自己坚毅的个性,想方设法地把他打造成一位高雅绅士。于是,人们在宴会上看到了神态安详、表现出作家应该具有的宽容温厚和睿智的洞察力的著名作家。在德里菲尔德朋友的眼中,不可否认的是,老作家光辉的形象完全是妻子的功劳。

德里菲尔德出身贫寒,即使成名之后也遵循着昔日的生活习惯和爱好。他喜欢在家乡的酒吧喝啤酒,还能与陌生人聊上几个小时。可是德里菲尔德夫人根本不愿意丈夫去那种有损身份的地方,每次发现作家不见踪迹便先打电话,然后坐车把他带回来。尽管丈夫不同意更换房间的摆设,妻子还是万分小心地、一件一件地撤换掉她认为不合时宜的家具,包括老作家钟爱的、在上面写过十几本作品的书桌。

为了满足个人的目的,德里菲尔德太太以顽强的意志,不厌其烦地与难伺候的丈夫周旋,缜密地设计各种策略蒙蔽年事已高的老作家。妻子总能按照自己的想法成功地操纵、控制丈夫的行动与生活,在他人看来,居然还是了不起的举措,一种无私奉献精神的体现,并值得女性们学习。德里菲尔德太太还被认为"简直和他(丈夫)一样了不起"②。感觉到老作家在禁锢中生活,毛姆心中不禁产生了疑问:德里菲尔德对"他那穿戴整齐、如此能干、如此善于持家的妻子以及他所处的优雅的生活环境究竟有些什么想法……眼前的一切是否真的使他感到快乐,还是在他那友好客气的态度背后隐藏着他极其憎恶的厌烦"③。毛姆通过猜测作家德里菲尔德的心理,向读者传递出对极富控制欲的作家妻子的不满与厌烦,以及对作为受害者的文坛巨匠压抑生活的同情。

## 三、《丛林里的脚印》中的卡特莱特夫人

在《马来故事集》中,毛姆并没有以第一人称"我"作为叙述者来描述短篇小说《丛林里的脚印》中的故事,而是将"我"作为倾听、反馈的一方,在两位客观冷静、见多识广的英国绅士的对话中听到了一桩离奇的谋杀案,进

---

① 毛姆.寻欢作乐[M].叶尊,译.南京:译林出版社,2013:55.
② 毛姆.寻欢作乐[M].叶尊,译.南京:译林出版社,2013:61.
③ 毛姆.寻欢作乐[M].叶尊,译.南京:译林出版社,2013:60.

而勾勒出女主人公卡特莱特夫人强势的个性,以及这种性格必然导致的罪恶。

毛姆此类对话性的小说有着固有的框架式结构。讲述故事的地点通常被作家设置在殖民地一处舒适的俱乐部、长官官邸或者办公场所。对话的一方主要讲述他所见证的某起违法案件。故事的主要人物是殖民地的白人女性,即某位体面的夫人。在交谈中,倾听者和讲述者出于共同的兴趣合作默契,使得冷静的思考、分析、提问与客观的描述、推断、回答相得益彰,逐渐将故事引入高潮,使包括"我"在内的听众和读者可能先于叙述者猜测出案件的真凶,从而达到彻底揭露卡特莱特夫人不受约束的性情和欲望的目的。

菲利普·赫尔顿认为,在南太平洋故事中,如果说男性竞相成为一片被土著女性拟人化的、女性化了的土地的主宰,那么,在马来故事中,男性则要通过某种被社会认可的纽带,努力合作来演好一个以女性为中心的故事。其中女性已经不再是事件被动的旁观者,而跃居为故事的主角。① 从相貌、衣着、爱好和言谈等各方面来看,卡特莱特夫人都明显地表现出压倒丈夫的强势风格。

马来半岛塔纳莫拉的警察局长盖斯与卡特莱特夫人一家是多年的旧交。在小镇欧洲区俱乐部的棋牌室里,他将"我"介绍给了卡特莱特一家。"我"看到的女主角年纪在 50 岁左右,岁月的沧桑明显地印在她的脸上:"她长着蓝蓝的大眼睛,然而看起来却苍白又疲倦;她的脸上已有皱纹,并且略显蜡黄"②,瘦削的脖颈更显出她的憔悴。在这副再正常不过的苍老面容中,作者看到了卡特莱特夫人的与众不同。从她棱角分明的下巴和鼻子来看,卡特莱特夫人给人一种思想坚定的感觉。

她的"一头白发自顾自地凌乱着;她常常不耐烦地伸出手,将掉到前额的一缕头发捋至脑后。旁人不禁会想,她为何不用一两个发夹,却宁愿忍受这般麻烦"③。卡特莱特夫人不但素面朝天,还不愿打理凌乱的头发。她身穿的丝质衬衫也是脏兮兮、皱巴巴的。衬衫上面沾满了烟灰,褶边还参差不齐。她的脚下踏着一双厚重的矮跟靴子,根本不是女性青睐的时尚款式,倒像穿在男性的脚上。菲利普·赫尔顿认为,卡特莱特夫人不修边幅、邋里邋遢的生活习惯具有一定的象征意义,表明她的思想游移不定,拒绝迎合、扮演西方传统已

---

① Holden P. Orienting Masculinity, Orienting Nation: William Somerset Maugham's Exotic Fiction[M]. London: Greenwood Press,1996:102.
② 毛姆.马来故事集[M].先洋洋,译.南京:译林出版社,2014:3.
③ 毛姆.马来故事集[M].先洋洋,译.南京:译林出版社,2014:3.

婚女性的角色。①

卡特莱特夫人生活上的嗜好也不同于一般女性。她有着与男性同样的抽烟、喝酒的爱好。喝酒的时候，她表现得"确实像个男人一样"②；玩桥牌的时候，"我"注意到她不停地喷云吐雾，并且毫不怜惜地将烟灰掸在丝绸衬衫上。卡特莱特夫人酷爱桥牌，而且经验老到。在牌桌上，"我"观察到她熟练、专业的洗牌动作，以及洗牌的高效率，都归功于那"又大又有力"③的双手。"手"具有象征意义，表明卡特莱特夫人超强的控制能力，以及操控他人生活，甚至操纵谋杀的坚强意志。玩牌之时，卡特莱特夫人思维敏捷、当机立断，还敢于冒险。"她出牌总是很快，没有迟疑。"④

虽然与卡特莱特夫人没有过多的语言交流，在牌桌上，"我"还是能强烈地觉察出她的自负和自我意识。"这个女人有着清醒的意识，并且不惮于将自己的想法表达出来。"⑤ 出牌之余，她会不假思索地说出一些嘲讽、刻薄的话来，评价反馈也不留情面。"如果你能有幸做出一个机敏的回答，反将她推入了尴尬境地，她那又大又薄的嘴上便会挤出一丝冷笑，眼里也会发出闪亮的光彩。"⑥ 在与男性为对手的桥牌竞技中，由卡特莱特夫人主导的一方占尽先机，屡屡胜出，而在与其的语言对峙中，卡特莱特夫人也不甘示弱。她不仅会主动出击，直截了当地做出讽刺、评价，还在遭到反击之后继续报以不屑一顾的姿态，足见其自负的心理和无所畏惧的胆量。

虽然与妻子的年纪相仿，卡特莱特先生看起来一副饱经沧桑的衰老模样。他脑袋光秃，一副金边眼镜夹在鼻梁上。然而他的穿着打扮非常得体。"我"观察到："他在衣着上所花的心思比他那凌乱的老婆多多了。"⑦ 一般来讲，女性更注重穿衣打扮和外表的整洁，男性则不过于讲究细节，可是卡特莱特夫妇对待外表和着装的态度正好与社会公认的两性倾向相反，体现出男性在夫妻关系中扮演着传统的女性角色，处于劣势地位。

---

① Holden P. Orienting Masculinity, Orienting Nation: William Somerset Maugham's Exotic Fiction[M]. London: Greenwood Press, 1996: 103.
② 毛姆. 马来故事集[M]. 先洋洋,译. 南京:译林出版社,2014:10.
③ 毛姆. 马来故事集[M]. 先洋洋,译. 南京:译林出版社,2014:2.
④ 毛姆. 马来故事集[M]. 先洋洋,译. 南京:译林出版社,2014:4.
⑤ 毛姆. 马来故事集[M]. 先洋洋,译. 南京:译林出版社,2014:3.
⑥ 毛姆. 马来故事集[M]. 先洋洋,译. 南京:译林出版社,2014:3.
⑦ 毛姆. 马来故事集[M]. 先洋洋,译. 南京:译林出版社,2014:5.

在个性上，卡特莱特先生显然缺乏男性应该具有的锋芒和气概。玩牌的过程中，他表现很安静，言语不多。盖斯回忆道，即便在年轻的时候，卡特莱特也不是社交场合中受人瞩目的对象，是一个可有可无、不被留意的人。"他那时也并不是很有生气……他绝不是喜欢冒犯别人的人。"① 他不轻易表达感情，总是安安静静地独自待着。

然而打牌之时，"我"看得出他十分欣赏妻子的尖刻与嘲讽，并且小心精明地配合卡特莱特夫人大胆的出牌，与之堪称一对绝妙拍档。在牌桌上，卡特莱特先生全力配合妻子打牌，在生活上，他对卡特莱特夫人的意愿更是言听计从。时候不早，卡特莱特一家该动身回家了，不过女儿奥利弗意犹未尽。对于何时回家之类的小事，卡特莱特先生还要听从妻子的决定。

"在我们走之前，让她再跳最后一支舞吧。"卡特莱特先生建议到。

"不行，你晚上必须好好休息。"

卡特莱特先生微笑着看了看奥利弗。

"亲爱的，既然你母亲已经打定了主意，那我们就必须毫无异议地服从了。"

"她真是个坚定的女人。"奥利弗说，一边深情地抚弄着母亲那满是皱纹的脸。②

从女儿对母亲的评价中不难看出，卡特莱特夫人不仅征服了丈夫，也是整个家庭的主宰，是个控制欲望极其强烈的女性。丈夫对妻子唯命是从——卡特莱特夫人承认他们非常幸福，夸奖丈夫是个"完美的爱人"。③

小说的高潮在盖斯的回忆中拉开了序幕。卡特莱特夫人的前夫布朗森遇害的当晚，在俱乐部的网球比赛中，卡特莱特接连不断地输球。很显然，卡特莱特不堪承受实施杀人的紧张惶恐和良心的谴责，故而在打网球时心不在焉，力不从心。而后他们坐下来准备打桥牌，这时当年的布朗森夫人、现在的卡特莱特夫人对他说："哦，西奥，要是你玩桥牌就像刚刚打网球那么糟的话，我们

---

① 毛姆.马来故事集[M].先洋洋,译.南京:译林出版社,2014:13.
② 毛姆.马来故事集[M].先洋洋,译.南京:译林出版社,2014:5.
③ 毛姆.马来故事集[M].先洋洋,译.南京:译林出版社,2014:9.

可能会连衬衫也输掉了。"①

等待布朗森的死讯被公之于众的过程中，卡特莱特早已丧失了自控能力，"而布朗森夫人则表现出男性惯有的、抑制情感的自制能力"②。虽然同样惶恐不安，布朗森夫人仍旧尽力以平常状态示人，以至于老练的盖斯都没有觉察出异样。相比之下，警察局长还能回忆出当时卡特莱特不仅屡次输球，还一反常态地闭口不言，比平时更加沉默，再次说明布朗森夫人更善于伪装，以及类似于男性，甚至超越了男性的强大内心世界。

盖斯终于为读者揭开了谜底。在警察局长的评述中，布朗森夫人男性般的强势心理和操控欲望被再次强化："我很清楚那个女人。看着她的方下巴，我似乎就知道了一切。她有着钢铁般的意志。是她让卡特莱特这样做的。她计划好了所有的细节，所有的步骤。卡特莱特完全是受她的影响，他现在仍是这样。"③

在菲利普·赫尔顿的分析中，卡特莱特夫人似乎已经超越了男性世界和女性世界的界限，她能够以顽强的意志控制个人的情感，就连一般的男性也很难达到。然而这种超强的能力并没有服务于社会和白人群体，反而被利用来实现原始的欲望驱使之下不可告人的目的。④ "当情欲和家庭的矛盾不可调和时，有的女性所采取的方法则是更为极端和恐怖的……卡特莱特夫人牺牲自己丈夫的生命来换取稳定的生活，用谋杀一个无辜的人的生命来为冲动的情欲埋单。"⑤

与卡特莱特夫人结识的过程中，"我"感到虽然她看上去脾气暴躁，实际上她性格温和仁厚。与人交往时，她是个令人愉快的女人，可是"我"却从未提及她的真正名字。无论是布朗森夫人，还是卡特莱特夫人，她都是一个没有确切身份的女性，完全跟随丈夫的姓氏，或者可以被认为是男性的附属物。毛姆的赞美之词无异于一种讽刺。即便控制欲再旺盛、思想再强大的女性，在

---

① 毛姆. 马来故事集[M]. 先洋洋，译. 南京：译林出版社，2014：15.
② Holden P. Orienting Masculinity, Orienting Nation: William Somerset Maugham's Exotic Fiction[M]. London: Greenwood Press, 1996：104.
③ 毛姆. 马来故事集[M]. 先洋洋，译. 南京：译林出版社，2014：33.
④ Holden P. Orienting Masculinity, Orienting Nation: William Somerset Maugham's Exotic Fiction[M]. London: Greenwood Press, 1996：104.
⑤ 张歆雪. 毛姆短篇小说中的英国侨民形象探析：以马来题材故事为中心[D]. 天津：天津师范大学，2018：9-10.

男性社会中终究是没有身份和地位的"他者"。

## 四、《月亮和六便士》中的女性

女性的控制欲在毛姆长篇小说《月亮和六便士》中被更深刻、更广泛地呈现出来。在小说的开端,读者领略了斯特里克兰德夫人的客厅。小说也以同一背景收尾。斯特里克兰德夫人穿着入时,对于室内装饰的研究和审美也与时俱进。客厅里挂着斯特里克兰德画作的复制品,它完美的装饰意义和价值更让女主人引以为豪,足以体现她的肤浅和虚荣。

具有讽刺意味的是,斯特里克兰德夫人以"猎人"的形象示人。她想迎合潮流,结交作家,就不断邀请作家们到家中做客。像她这样钟爱结交文人名士的人"为了把猎物捕捉到手,从汉普斯台德的远离尘嚣的象牙塔一直搜寻到柴纳街的寒酸破旧的画室"①。在故事的结尾,读者更能感觉到斯特里克兰德夫人已经牢牢控制了捕获的猎物。她将丈夫的画作布置在客厅中,亲自接待对他感兴趣的作家,机智圆滑地掩盖了丈夫的背叛和他们破碎的婚姻,伪装成一个完美的妻子。

在这部小说中,最具悲剧色彩的人物非布兰奇莫属。她应丈夫的请求照顾生命危在旦夕的斯特里克兰德,竟不顾一切地爱上他后又被抛弃了。画家获得了创作灵感并完成作品之后,模特儿的价值也就荡然无存了。布兰奇离开了崇拜她的丈夫,决定冒险跟随斯特里克兰德生活。在他们相处的短暂日子里,画家看到布兰奇就像他的妻子曾经的做法那样,逐渐地使出各种伎俩。她拼命地用尽一切手段要他待在身边:为他打造舒适安逸的生活环境,烹饪美味可口的食物,用关心和爱护去缓解他的孤独,甚至"当他的热情酣睡的时候,就想尽各种方法唤醒它,因为这样她至少还可以有一种把他把持在手的假象"②。

布兰奇带着十足的耐心打算网罗、控制住他的男人,让他听命于她,成为爱情的俘虏。她没有考虑他的想法,更不可能给予他需要的自由。斯特里克兰德看透了这类怀着无穷控制欲的女人:"要是一个女人爱上了你,除非连你的灵魂也叫她占有了,她是不会感到满足的。因为女人是软弱的,所以她们具有

---

① 毛姆.月亮和便士[M].傅惟慈,译.上海:上海译文出版社,2014:18.
② 毛姆.月亮和便士[M].傅惟慈,译.上海:上海译文出版社,2014:203.

非常强烈的统治欲,不把你完全控制在手就不甘心。"① 布兰奇对爱人的控制欲难以抵挡斯特里克兰德对物质和情感的漠视,才引发了她自杀的悲剧。

虽然在小说中扮演了次要角色,尼柯尔斯船长夫人和库特拉斯太太也是作者着力刻画的强势女性形象。作为尼柯尔斯船长的朋友,作者对他的生活表示怜悯,因为他不仅身体状况不佳,还经受心理上的折磨。正是八年前决定结婚的冲动,导致他时刻被笼罩在挥之不去的生活阴影中。尼柯尔斯夫人"一张不标志的面孔紧绷绷的,嘴唇只是薄薄的一条线,全身皮肤都紧包着骨头,轻易不露笑容"②,这种从情绪到身体无不僵硬的女人绝对不是男性追求的理想伴侣。

作者悲哀于尼柯尔斯船长被夫人牢牢掌控的可怜命运。"不论他跑多么远,不论他藏身多么隐秘,尼柯尔斯太太就像命运一样无可逃避,像良心一样毫无怜悯,马上就会来到他身边。他逃不脱她,就像有因必有果一样。"③ 尼柯尔斯夫人的控制欲如此顽强,以至于船长对妻子的惧怕和听命达到了病态直至恐惧的程度。与朋友相谈正酣的船长会突然感觉妻子正在附近找他。她就像鬼魂一样从不大声招呼他回家,相反只是在街上走来走去,令船长不寒而栗。这时,本来是个"经十二级风暴也面不改色""只要有一把手枪,就是一打黑人上来,也有胆量对付"④ 的尼柯尔斯船长,终止了一切玩笑与畅谈,丢开了任何美酒与佳肴,灰溜溜、急匆匆地赶回妻子身边去了。

库特拉斯太太则是作者遇到的另一位强势女性。她"是个又高大又肥胖的女人……生着一个大鹰钩鼻……身躯挺得笔直",她看起来精力充沛、精神矍铄,就像"帆篷张得鼓鼓的小船"⑤。与尼柯尔斯太太瘦弱的外表相比,库特拉斯太太高大丰满的外形鲜明地体现出控制欲。她极其善谈,从外边回来一踏进门槛,就一刻未停地评判起遇见的人和事来。她说起话来滔滔不绝,不给对方思考和反应的机会,好像要把库特拉斯医生还在描述的悲惨景象驱逐到另一个世界似的。库特拉斯太太思维积极活跃,行动起来也矫健利索。她在令人困倦疲乏的热带气候里竟表现得头脑清醒、思维灵活、侃侃而谈,充分体现出

---

① 毛姆.月亮和便士[M].傅惟慈,译.上海:上海译文出版社,2014:191.
② 毛姆.月亮和便士[M].傅惟慈,译.上海:上海译文出版社,2014:215.
③ 毛姆.月亮和便士[M].傅惟慈,译.上海:上海译文出版社,2014:216.
④ 毛姆.月亮和便士[M].傅惟慈,译.上海:上海译文出版社,2014:216.
⑤ 毛姆.月亮和便士[M].傅惟慈,译.上海:上海译文出版社,2014:279.

其旺盛的生命力和控制并主导男性社交圈子的欲望。

显而易见的是，本部小说中的某些女性占据了自然与文化的首要位置。这种情形与19世纪晚期激进文学中的典型女性形象类似。① 费尔斯基（Felski）这样看待该时代的女性：女性代表文化和自然中最令人鄙视的层面，是现代资本主义社会中愚蠢、庸俗以及空虚的化身。女性作为这个社会中典型的掠夺者，不仅表现出天生的多愁善感，还容易宣泄无法自控的情绪，从而威胁到男性唯美主义者不受拘束的地位和立场。②

罗格斯（Rogers）研究发现，文学创作中出现的一种现象，就是某些男性作家总是将女性作为其嘲笑、谴责和怒斥的对象，反映出他们长久以来意欲表现敌意的渴望。既然厌女主义总是被看作一种非正常的情绪，不适合直接表达出来，那么，它很可能带有如下的伪装：对一种人们普遍认可的、令人讨厌的女性形象的批判，或是对女性造成的某些失误的讽刺，或是女性与男性在精神和道德上诸种差异的表述，还有就是拿女性的婚姻状态开一些表面上看无关痛痒的玩笑。③

作为父权社会下传统文化的代言人，毛姆自然会以上述任何方式表现女性的"他者"形象，直接或间接地表达厌女情结。在他的小说中，女性人物的刻画一般都是从她们的身体外表、精神思想和道德沦丧等方面入手。纵欲享乐是某些女性生活的中心，然而男性面临的更大危险来自善于隐藏的、表里不一的女人和那些文艺女性。她们被最大限度地丑化、嘲笑和贬低。"男性的恐惧已转化为囊括一切形式的奇思妙想和既定的、邪恶的形象：女人是阴险恶毒、破坏性强的动物。"④ 可见，厌女主义者的厌恶已经转化为对女性的相貌举止、教育素养、思想品质、个性追求、习惯倾向、意志精神以及智商情商的全面控诉。

---

① Holden P. Orienting Masculinity, Orienting Nation: William Somerset Maugham's Exotic Fiction[M]. London: Greenwood Press, 1996: 43.

② Felski R. The Counterdiscourse of the Feminine in Three Texts by Wilde, Huysmans and Sacher-Masoch [J]. PMLA, 1991, 106: 1094−1105.

③ Rogers K M. The Troublesome Helpmate: A History of Misogyny in Literature[M]. Seattle: University of Washington Press, 1966: 265.

④ Gilmore D. Misogyny: the Male Malady[M]. Philadelphia: University of Pennsylvania Press, 2001: 57.

# 第三章　毛姆笔下的正面女性形象

女性在文学作品中的固定形象要么是肯定的，要么是否定的，或者在物质上是邪恶的，在精神上是高尚的。女性会被描述成反复无常、歇斯底里或者恶魔的化身。同时男权社会也将女性视为被动无助的群体，或者像天使一样无私，如宠物般温顺，抑或丧失了与男性的行动性和进攻性相对应的行动能力。[①] 在男性视角下，邪恶的女性是他们的绊脚石，而"好"女人存在的意义就是对男性有益。从某种意义上说，她可以是作为男性奴仆的妻子或母亲。在男权制度的熏陶下，"女人要取悦于男人，要贡献给男人，要赢得男人的爱和尊重，要哺育男人，要照顾男人，要劝慰男人，并要使男人的生活甜蜜且愉悦"[②]。毛姆笔下的完美女性或甘于奉献或恭顺谦卑，她们不是男人的得力助手，就是为他们治愈伤痛的"良药，"并且不干涉男性的自由，是毛姆女性观理想化的具体展现。

## 第一节　服务周到的女仆

《女佣》中的女主人公普里查德是男性欣赏并渴望的类型。理查德·哈伦杰是内务部的官员，年纪半百，正在家中面试一名客厅女佣。从外表上看，她非常适合理查德·哈伦杰所期望的女仆形象，"她的黑色衣服很适合她的身份"[③]。毛姆青睐的女性总是穿着黑色的装束。黑色是仆人制服的颜色，也是黑夜、巫术和神秘的颜色。[④] 她的身材也十分令人满意："要是穿上一身合适

---

① 彭珍珠.乔伊斯笔下的女性[D].广州:广东外语外贸大学,2002:13.
② 沃特金斯.女性主义[M].陈侃如,译.广州:广州出版社,1998.
③ 毛姆.天作之合:毛姆短篇小说选[M].佟孝功,刘希武,郑举福,等,译.长沙:湖南人民出版社,1983:7.
④ Makolkin A. Semiotics of Misogyny Through the Humor of Chekhov and Maugham[M]. New York: The Edwin Mellen Press,1992:128.

的制服,准会非常漂亮的……要是换个别的阶层,可以说是个俊秀的女人。"①

值得注意的是,普里查德的美丽是同她的社会地位联系在一起的。如果她穿上黑色的制服会显得恰到好处,"准会非常漂亮的"。不过,毛姆并没有专门描写普里查德的具体相貌,只是以居高临下的主人姿态瞥了她几眼,得出的结论也不过是好看、俊俏罢了。她只是个前来应聘的社会底层女性而已。如果她来自其他社会阶层,作者肯定会另眼看待。正是她的社会角色,决定了她的容貌既不能太美艳也不能过分丑陋,既不能美得足以诱惑主人,又不能丑得难以过目。

令理查德·哈伦杰印象深刻的是,普里查德对言谈举止掌握得合理适度:既不胆怯害羞,也不张扬冒失,谨慎得恰到好处。她回答问题时也表现得冷静而谦虚。事实证明,普里查德的确是个难得的"宝贝":没有谁比她更会照顾人、打理日常事务了。

此外,普里查德还十分了解理查德·哈伦杰的喜好,本能地觉察出他喜欢或者讨厌与什么人士打交道。在家庭宴会上,虽然不声不响,但是她动作麻利,事事考虑周全,令宾客们称赞不已。同时,虽然出自劳动阶层,她丰富的阅历和独到的眼光,使她"具有英国佣人对社交差异的识别本能"②。她不以金钱和地位为标准来判断绅士;她按照客人的品位和特点为其定制服务。

就这样,普里查德成了主人最令人羡慕的财产,再完美不过的客厅女佣。她的价值甚至超过了金钱和其他珍贵的物件,成为理查德·哈伦杰最贵重的宝贝了。正当客人们纷纷赞许普里查德无法衡量的价值时,理查德·哈伦杰却说出了另一番话:"她简直是个机器人。"③

虽然理查德·哈伦杰不满普里查德像个机器人似的从不主动与他讲话,但实际上沉默寡言正是她作为女佣的最大优点,是她最有价值的"美德"④,也是毛姆隐晦地传达给读者的信息——对男主人来说,任何女佣都没有安安静

---

① 毛姆.天作之合:毛姆短篇小说选[M].佟孝功,刘希武,郑举福,等,译.长沙:湖南人民出版社,1983:7.

② 毛姆.天作之合:毛姆短篇小说选[M].佟孝功,刘希武,郑举福,等,译.长沙:湖南人民出版社,1983:12.

③ 毛姆.天作之合:毛姆短篇小说选[M].佟孝功,刘希武,郑举福,等,译.长沙:湖南人民出版社,1983:14.

④ Makolkin A. Semiotics of Misogyny Through the Humor of Chekhov and Maugham[M]. New York:The Edwin Mellen Press,1992:129.

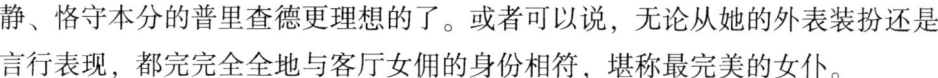

静、恪守本分的普里查德更理想的了。或者可以说，无论从她的外表装扮还是言行表现，都完完全全地与客厅女佣的身份相符，堪称最完美的女仆。

然而毛姆没有将普里查德视为一种上帝赐予的、完美和理想的化身，相反，她是一件男性调教下的精美作品①，就像客人们赞美的那样："真是主人精明，佣人也强干啊。"② 普里查德以前是一位男管家的学徒，给某位绅士做过佣人，又学过专门的手艺，而理查德·哈伦杰也很挑剔，喜欢一切事物井然有序。正是男管家的专业培训和男主人的苛刻要求，才使普里查德练就了女仆的卓越技艺。毛姆的言外之意很明确：只有在父权社会男性的管束和培养下，女性才可能表现出最完美的一面，从而以最佳状态为男性服务。

在恪守男尊女卑、等级制度森严的英国父权社会中，服务行业的女性尊严难以得到维护。人们结婚讲究门当户对，跨越阶级的婚恋为社会所不齿，就连发展婚外情、与人私奔也不得摆脱门第的限制。举例来说，短篇小说《灵机一动》中福雷斯特先生竟然与家中的女厨师私奔了，而且还打算离婚。福雷斯特夫人不堪受辱，暴跳如雷，可是她文艺圈的朋友却力劝她找回丈夫，因为一个男人如果跟厨娘私奔，而不是恋上一个舞女或一个贵妇人，那么，他的妻子就会成为笑柄，更何况这位妻子还是知识女性。

人们都知道，如果福雷斯特爱上个舞女，只不过是逢场作戏，玩玩而已，如果他贪恋的对象是个贵妇人，那还能给他增添些荣耀呢。可是福雷斯特与家中的厨娘相好，说明福雷斯特夫人是个处处不能令丈夫满意的女人，致使丈夫宁愿冒险找一个地位低下的仆人重新生活，也不愿继续他们的婚姻。这样福雷斯特夫人可就名誉扫地了。

其次在男女主仆的关系中，男主人常常依仗身份地位的优势欺辱女性仆人，后者不仅无处申诉，还要面临被辞退、失业的风险。基于以上的分析，试想本篇小说中的男女主人公相互吸引，生出爱恋，以至谈婚论嫁的可能性有多大，或者只是出于一厢情愿，或者一时糊涂？既然人类的欲求是自然的、天生的，男性的欲望是合情合理的，那么，父权社会中的男性发泄性欲的途径一定是肆无忌惮的。

---

① Makolkin A. Semiotics of Misogyny Through the Humor of Chekhov and Maugham[M]. New York: The Edwin Mellen Press, 1992: 129.

② 毛姆. 天作之合: 毛姆短篇小说选[M]. 佟孝功, 刘希武, 郑举福, 等, 译. 长沙: 湖南人民出版社, 1983: 13.

单身状态的理查德·哈伦杰视"有几分姿色"的女仆普里查德为珍宝，同时也为她的毕恭毕敬而苦恼。他竟一时兴起，邀请普里查德陪他一道看电影、吃饭，还跳了舞。持续四年之久的、明朗的主仆关系似乎有所改变。可是毛姆打消了读者的疑虑——普里查德就像平时做事时一样，还是那么不卑不亢，从容不迫。对于主人的邀请，她"既不吃惊，也不犹豫。"——"这就是她的特性。"① 她能得体地回答理查德·哈伦杰的问话，毫不羞怯地与他共舞，处处表现得无可挑剔。

不过完美的女仆可不止于此，毛姆还将设置更大的障碍。与普里查德共度了一个欢快的晚上，理查德·哈伦杰似乎情不自禁起来。他忘记了他的身份："一股莫名其妙的力量促使他用胳膊搂住她的腰，在她的嘴唇上吻了一下。"② 第二天早上，清醒过来的理查德·哈伦杰为自己的过失懊恼不已。他担心被讹诈，名誉受损，而他感到最遗憾和自责的，是他将痛失这件"宝贝"，享受不到最合他心意的服务了。

理查德·哈伦杰考虑着各种可能和应对措施。正当他措手不及之际，普里查德穿着同往常一样的制服，带着一贯的表情和音调向主人道早安。她的表现也与往日无异，好像什么都没发生过一样："她的动作慢条斯理。她不慌不忙地走出屋去。她的脸色仍是那副严肃、顺从和空虚的样子。过去发生的事情仿佛是一场梦。普里查德的举止，一点也看不出她对头天晚上的事情还有丝毫记忆。"③

自私虚伪的理查德·哈伦杰"宽慰地舒了一口气"④。他悬着的心终于可以放下了，不必再为昨天的一时冲动耿耿于怀。聪明的普里查德刻意从记忆中删除了这段"风流韵事"，而且他完全相信，今后在任何情况下，普里查德都不会表现出他们昨晚的亲密关系。这样她就可以继续留在家中做客厅女仆，而理查德·哈伦杰则能够继续自己幸福快乐的生活了。

---

① 毛姆.天作之合:毛姆短篇小说选[M].佟孝功,刘希武,郑举福,等,译.长沙:湖南人民出版社,1983:15.
② 毛姆.天作之合:毛姆短篇小说选[M].佟孝功,刘希武,郑举福,等,译.长沙:湖南人民出版社,1983:18.
③ 毛姆.天作之合:毛姆短篇小说选[M].佟孝功,刘希武,郑举福,等,译.长沙:湖南人民出版社,1983:21.
④ 毛姆.天作之合:毛姆短篇小说选[M].佟孝功,刘希武,郑举福,等,译.长沙:湖南人民出版社,1983:21.

从传统意义上讲，夫妻和谐的家庭生活才称得上是幸福的，然而理查德·哈伦杰之所以生活得幸福，在于他"得天独厚"，有一个珍宝级的客厅女仆为他打理生活起居。男性和女性只有以主仆之分，才能保证男性足够的自由空间，以及和谐的男女关系。在毛姆的思想意识里，这才是唯一可以接受的两性相处方式。穿着黑色制服的女仆，像绵羊一样温顺，像机器一样高效，就连精明能干的妻子也自叹不如。

对男性而言，女仆比妻子更能使他称心如意。的确，雇用一个合适的女佣需要不菲的开支，但与娶妻或者离婚的费用相比，可谓天壤之别。此外，他还可以拥有男人最大的快乐——自由，不受婚姻的羁绊。这样既经济又实惠的办法，有几个男人不乐得接受呢。

作为男性的理查德·哈伦杰和毛姆对普里查德赞不绝口，是对男尊女卑关系的肯定，也是对女性形象的贬低和否定。普里查德不仅像个机器人一样有条不紊地料理主人的家务事，还能满足他的欲望。而且，她还要在事后装作一副无知的模样，避免伤害主人自私、不安的内心。从这个意义上说，普里查德的确做到了理查德·哈伦杰定义的"十全十美"，然而她的尊严和人格却被他重重地踩在脚下。

"哈伦杰对女佣并无太多的心理挣扎与冲突，作者只是这样描述他的荒唐故事而已"①：充分说明毛姆以男性视角评判女性，不给读者留出理解女性行为的空间，体现了作者将女性视为只能行走、不得发声的"他者"的男性意识。虽然被上层社会誉为瑰宝，但是普里查德全完丧失了自我和自尊，令人同情，也证明了毛姆厌恶、轻视女性的观念。

## 第二节 乖巧顺从的女伴

毛姆作品中另一类完美的女性是《月亮和六便士》中的塔希提女子爱塔的形象。在小说中，作者并没有突出爱塔的面容和外形，只是轻描淡写地说她长得很漂亮，还会做饭。可见在毛姆的观念里，女性对男性的价值不一定在于她的外表，而是她的用处。与毛姆笔下某些西方女性的乱爱不同，爱塔是十分

---

① 陈娟.张爱玲与英国文学[D].长沙:湖南师范大学,2011:183.

自爱的,并不与当地人胡乱交往。

关于家庭暴力问题,爱塔的态度也是毛姆赞同的。当鲜花酒店的女老板蒂阿瑞将爱塔介绍给斯特里克兰德时,他提醒爱塔自己是个会揍老婆的丈夫,而爱塔完全接受男人施暴的做法,并解释道:"你要是不打我,我怎么知道你爱我呢?"① 对此斯特里克兰德不无认可:"女人真是奇怪的动物,你可以像狗一样地对待她们,你可以揍她们揍得你两臂酸痛,可是到头来她们还是爱你。"② 现代女性忍无可忍的家庭暴力,在毛姆的笔下显得既自然又合理。

为了使读者接受爱塔的想法,毛姆又引证了蒂阿瑞对家暴现象的态度。她的第一任丈夫约翰生船长每当喝醉的时候,就用鞭子打她。但是丈夫去世的时候,蒂阿瑞却悲痛万分,无法接受沉重的打击。接着她将第二任丈夫乔治与约翰生船长进行了对比。乔治并不酗酒,也没有打过她,即使蒂阿瑞与别人勾搭,他也不过问。这些构成男性品德的克制、宽容与容忍,在蒂阿瑞的眼中却是令她倒胃口的理由。最后她不得不与他离婚了事。可见,爱塔与蒂阿瑞将女人挨打看得顺理成章,而过于民主的、女性意志占主导的家庭反倒会出现问题。

斯特里克兰德这样赞扬他的土著女孩:"她不打扰我……她给我做饭,照管孩子。我叫她做什么她就做什么,凡是我要求一个女人的,她都给我了。"③ 在男性意识强烈的毛姆的观念中,爱塔是一个完全以她的男人为中心的土著女性。她无私地爱着她的男人,从不限制他的自由,也不压抑他的兴致,更不会残忍地以死相逼来控制他的灵魂。

爱塔与斯特里克兰德在塔希提岛上的生活,表现出了她宽厚包容的母性性格。她毫无保留地接受了画家的生活方式,从不向其提出苛刻的要求。他们的结合并不需要他履行郑重的承诺或者背负沉重的精神负担。正是在爱塔的陪伴下,斯特里克兰德才得以在他迷恋的土地上随心所欲地创作,成就了伟大的艺术。

没有情感的羁绊,斯特里克兰德的艺术情怀才会浓郁高涨。欧海洛伦(O'Halloran)这样评价爱塔:"她是完全顺从听话的、被普遍认可的东方女性,与那些依靠男人生存的、在性方面我行我素的女人形成了鲜明的对比。西方女性削弱了男性的力量(和艺术创造力)。作为曾经沉睡的东方的化身,正

---

① 毛姆.月亮和便士[M].傅惟慈,译.上海:上海译文出版社,2014:245.
② 毛姆.月亮和便士[M].傅惟慈,译.上海:上海译文出版社,2014:269.
③ 毛姆.月亮和便士[M].傅惟慈,译.上海:上海译文出版社,2014:255.

## 第三章 毛姆笔下的正面女性形象

是爱塔促使斯特里克兰德身上的'男性'个人主义得到保留,从而萌发了他的创造力。如果爱塔代表着东方,那么这便是妇女解放运动之下的女性给西方男权社会带来威胁的最佳解决方式。"①

当斯特里克兰德得知自己患麻风病要到山里去的时候,爱塔好像变了一个人似的。她一改往日温顺、服从的样子,带着义无反顾的坚毅神情,坚持要与他的男人在一起。"别人谁愿意走谁就走吧。我不离开你。你是我的男人,我是你的女人。要是你离开了我,我就在房子后面这棵树上上吊。我在上帝面前发誓……你到哪儿去我也到哪儿去。"② 爱塔忠贞的爱情甚至换来了斯特里克兰德的眼泪,这个视女性为玩物的恶魔也不禁为爱塔的坚贞执着感动。

几年之后,爱塔的小屋被外界隔绝鄙弃,往日的繁茂已是一片荒凉萧条。库特拉斯医生来看望爱塔和他的病人,也不禁同情起爱塔的境遇。可是爱塔没有流下伤心的泪水,相反"她的脸上终于露出了笑容,眼睛里放射出一种爱的光辉,一种人世上罕见的爱情的光辉"③。笑容的背后是爱塔摒弃一切、全身心地照顾爱人的欣慰和满足。她并不感觉自己如何可怜,而是沉醉在为爱人付出的幸福中。这样的爱情在包括毛姆在内的男性眼中是伟大且罕见的。

看到爱塔眼中神圣的光芒,库特拉斯医生的心情十分复杂。他感到惊诧、困惑,一时间无从理解爱塔的怪异举动。爱塔的回答让他释然:"他是我的男人。"④ 在塑造爱塔式女性的男性作家的心目中,隐含了这样一种心理倾向:"女性对男性的眷恋以及情感奉献是绝对的、无条件的、奋不顾身的。"⑤ 表面上看,塔希提岛的女人身上散发着自然的女性温柔,而在她们内心深处,为了固守简单的信念,她们表现出了顽强而执着的生活态度。当她们要被爱人抛弃的时候,她们会主动捍卫爱情,而当爱人遭受病痛折磨的时候,她们不仅不离不弃,将辛苦和贫寒抛在脑后,还将陪伴和照顾视为对爱的承诺和坚守,获得了精神上的极大慰藉。这便是毛姆等男性作家根据自身需要虚构的完美女伴形象,并对其大肆渲染,竭尽赞美之能事。

---

① O'halloran J. "At the Far Edge of their Firelight":Primitivism and Progress in the Colonial Fiction of W. Somerset Maugham[J]. SPAN26,1988:68-103.
② 毛姆. 月亮和便士[M]. 傅惟慈,译. 上海:上海译文出版社,2014:269.
③ 毛姆. 月亮和便士[M]. 傅惟慈,译. 上海:上海译文出版社,2014:275.
④ 毛姆. 月亮和便士[M]. 傅惟慈,译. 上海:上海译文出版社,2014:275.
⑤ 王晓骊,刘靖渊. 解语花:传统男性文学中的女性形象[M]. 石家庄:河北人民出版社,2001:180.

## 第三节　母性关怀的妻子

长篇小说《人生的枷锁》中的好女人形象非诺拉和莎莉莫属。菲利普曾经爱过、追求过米尔德丽德，却被她百般羞辱。他们最初的交往破裂之后，菲利普遇到了诺拉·内斯比特，一位作家。她虽然长得不漂亮，但是菲利普喜欢与她相处。诺拉总是十分健谈，有着逗人发笑的口才。她与丈夫分居，独自抚养孩子。母子二人的生活就靠她写一些中篇小说来维持。为了生计，她不畏劳苦地赚钱、写作，但是她感到满足，她天生强烈的幽默感也能帮助她渡过难关。她不去考虑未来，乐观地相信只要自己努力，有吃有住就已足够，而且"车到山前必有路"。

菲利普喜欢坐在诺拉身旁，兴致勃勃地聆听她幽默风趣的讲述，也愿意把自己的苦恼和遭遇毫无保留地向诺拉倾诉。他把她看作最有魅力的朋友，她能够给予他作为女性的最深切的同情。她虽不漂亮，但是聪慧过人，是一位令人轻松愉悦的挚友。他们很快成为亲密朋友兼爱人——这是他第一次与一位女性产生了这种关系。"在诺拉的身上，存在着一种因把自己的爱倾注在菲利普身上而得到满足的做母亲的本能。"①

通过对诺拉的描述，读者能够清晰地勾画出毛姆理想妻子的形象：她乐天开朗、勇敢顽强；她自然真实、不虚情假意；她待人厚道、体贴入微；她全心全意为家庭生活寻找情趣，享受着照顾家人的快乐。尽管一个妻子愿意为丈夫奉献全部，男性真正的幸福却是仍然可以不受约束。理想的妻子首先应该是丈夫的朋友，除了生活上的照顾，还要倾听他的心声，安抚他的伤痛，而两性的亲密无间无非使友情得以维护罢了。

在婚姻中，男性一旦从爱中获得满足，便能更自信地把控自己的生活和事业。建立在性基础之上的友谊堪称完美，又绝对不是不可或缺的。由此可见，毛姆的"理想妻子"的定义完全以丈夫的需求为出发点。他们需要妻子的体贴、同情、安慰，而妻子也得在必要的时候离开，以给丈夫留出足够的空间。可悲的是，建立在友情基础上的感情不是爱情。诺拉告诉菲利普自己爱他，而

---

① 毛姆.人生的枷锁[M].张增健,倪俊,张柏然,译.上海:上海译文出版社,2015:436.

## 第三章 毛姆笔下的正面女性形象

菲利普虽然非常喜欢她,但是根本不爱她。她只是帮助菲利普重塑了自信心,"宛如替他在心灵的创伤上涂抹愈合的药膏"①。理想的婚姻不一定建立在爱情的基础之上,而一定要遵循妻子以丈夫为中心的原则。

小说在最后部分讲述了菲利普和他朋友的女儿莎莉的感情故事。与折磨菲利普于欲望之中的米尔德丽德相反,莎莉是一位以传统观念看待两性关系的女性。"她体态丰腴健美,臀部宽大,胸脯丰满"②,尽显女性的魅力与性感;她如清新美丽的花朵一样亭亭玉立,光彩照人。她年纪轻轻便能帮助母亲照顾弟妹,操持家务,形成了成熟稳重的性格,也掌握了娴熟的做事技巧和高效的工作能力。

她待人接物沉着冷静,就连走路都带着坚定和自信。她不仅能有条不紊地投入劳作中,还能以超强的意志掌控自己的情绪,既不像同龄女孩般天真幼稚,也没有她母亲的絮叨啰唆。不仅如此,莎莉说话的时候,总是带着一种严肃的口吻。她注视别人的时候,脸上明显露出母亲般的神情。无论从莎莉的外形还是神情上,"明眼人一看就知道,造物主本来就把莎莉造就成一个会生儿育女的母亲"③。

当菲利普一时冲动,与莎莉偷尝禁果之后,心中不免内疚懊恼,不敢面对莎莉。他料想莎莉会愤怒地指责控诉他的引诱,然而莎莉的表现与往日无异,好像两人之间从未发生过任何不快,令菲利普迷惑不解。实际上,莎莉早就爱上了菲利普,她就像对待她的弟妹那样,以一颗母亲般的爱心照顾菲利普。之前菲利普露宿街头,饥寒交迫,无奈之下投奔莎莉一家,莎莉坦白就在那个时候喜欢上了菲利普。

现在两人的关系更加亲密,如果说莎莉有什么变化的话,那就是她保护菲利普的欲望和情感被进一步激发了。莎莉照看弟弟妹妹在海中游泳嬉戏,菲利普也趁机畅游起来。没过多久,孩子们在她的命令下乖乖地上了岸,可是菲利普还待在冰凉的海水中。这时莎莉走了过来。

"菲利普,你马上给我上来,"莎莉喊道,仿佛菲利普只是个归她照料的小孩子。

---

① 毛姆.人生的枷锁[M].张增健,倪俊,张柏然,译.上海:上海译文出版社,2015:437.
② 毛姆.人生的枷锁[M].张增健,倪俊,张柏然,译.上海:上海译文出版社,2015:797.
③ 毛姆.人生的枷锁[M].张增健,倪俊,张柏然,译.上海:上海译文出版社,2015:845.

菲利普看到她俨然一副权威的神气，不觉有趣，便脸带微笑地向她跟前游来。这时，莎莉嗔怪地说：

"你真顽皮，赖在水里这么久不上来。你的嘴唇都发紫了，瞧你的牙齿，冷得直打哆嗦。"

"好，听你的，我这就上岸。"①

上岸之后，莎莉把菲利普的双手放在自己的手中取暖，又不断地摩擦以加快血液循环，直到他的手重又恢复正常的温度。之前莎莉总是不声不响，无微不至地关照菲利普，可是从上述的对白和莎莉的举动中，读者不难发现，两人亲密的关系仿佛赋予了莎莉约束菲利普行动的特权，而菲利普也欣然接受了爱人母性的关怀，没有任何反感与抗拒。

但是莎莉并不要求菲利普陪在她的身边，随时出现在她的眼前。她甚至将接受或拒绝菲利普求婚的权利交给菲利普，因为她知道菲利普周游世界的打算，不希望婚姻打乱他的人生计划。

莎莉是继诺拉之后，毛姆塑造的另一个完美妻子的形象。她丰满的身体、健康的肤色让人产生一种被保护的渴望。她诚实可靠，任何时候都可以信赖，她关心爱人但不强求于他，愿意为爱人的未来牺牲自己的幸福。她幽默机智的谈吐会增添家庭的情趣，她默默无声的陪伴会带给丈夫莫名的安慰。班奈尔（Bunnell）认为丰腴是莎莉的一大特点，她代表着生命、家庭和爱情。对菲利普来说，莎莉可以实现他的所有渴望，并为他抚平不幸的伤痛。②

不过她的丈夫可能不爱她，就像菲利普一样，怀着对莎莉某种爱情之外的强烈情感，满足于她悉心的照料和耐心的陪伴。理想婚姻中的丈夫可能并不了解妻子，正如菲利普无法理解莎莉的某些言行，就连二人亲密过后莎莉的反应既不是强烈的谴责，也非亲近热情，以至于菲利普"总觉得她身上蕴藏着一个令人猜不透的谜"③。其实菲利普从未像朋友和爱人那样与莎莉相互倾诉心声，他无法了解，可能也不打算以交流的方式去认识莎莉，加之二人年龄的差距和莎莉的沉默寡言，更使思想的沟通难以进行。

---

① 毛姆.人生的枷锁[M].张增健,倪俊,张柏然,译.上海:上海译文出版社,2015:837.
② Bunnell W. S. Brodie's Notes on Somerset Maugham's Of Human Bondage[M]. London:PanBooks Ltd.,1977:39.
③ 毛姆.人生的枷锁[M].张增健,倪俊,张柏然,译.上海:上海译文出版社,2015:836.

## 第三章 毛姆笔下的正面女性形象

菲利普想知道莎莉为什么会看上他——他不仅相貌无奇，还是个跛脚的残废，更没有什么卓越的成就，然后莎莉这样回答："你真是个地地道道的傻瓜。"① 可能这是莎莉含蓄地表达"我爱你"的方式，不过菲利普不打算让莎莉做出进一步的解释，也没有与她深入长谈的举动，而是主观地猜测她的感情是女性的甜蜜情感与母性关爱之心的融合。

菲利普赞叹莎莉的健美，欣赏她的能干，感动于她的体贴，满足于她相伴左右，但是他无法与她心心相印。他们俩从来不像真正的情侣那样如胶似漆，情意绵绵。至于菲利普的鲁莽冲动，也只是在那样一个美好的夜晚——轻拂的微风、大地的芬芳、大自然的回响，他的欲念在作祟罢了。虽然如此，菲利普明知莎莉不是他的真爱，还是决定向莎莉求婚，憧憬着婚后的生活景象：

> 他想象以后黄昏时分，他将伴着莎莉坐在舒适的起居室里，目光穿过洞开的百叶窗，眺望着大海的景色。他看着书，而莎莉在一旁埋头做针线。在有伞灯遮掩的灯光的照耀下，她那张可爱的脸蛋显得越发妩媚动人。他们将在一起喁喁细语，议论着渐渐长大的孩子；当她转过目光凝望他时，那目光里闪烁着亲怜蜜爱的光芒。②

正常的男性都会对爱情和家庭产生渴望，然而促使他做出结婚决定的，可能并不是单纯的爱情，而是像菲利普向莎莉宣称的那样"我不想离开你！我也离不开你！"之类的以"我"为中心的告白。在以上理想婚姻生活的图景中，读者更多地看到了完美妻子的贤淑、沉静和慈爱，而丈夫在其中的形象完全可以用"悠闲"二字形容。

很多读者认为，以菲利普和莎莉的结合为小说的结局显得有些偏颇，其中的真实性也待商榷。或者至少可以这样说，小说以菲利普憧憬的理想婚姻景象结束不免过于突兀，毕竟菲利普的完美妻子是一个他并不爱的人。柯德尔（Cordell）称，读者们很难相信，菲利普会与如此普通的女性结为伉俪。菲利普孜孜以求的是一种摆脱思想和情感枷锁束缚的人生哲学，并带着平和、勇气

---

① 毛姆.人生的枷锁[M].张增健,倪俊,张柏然,译.上海:上海译文出版社,2015:841.
② 毛姆.人生的枷锁[M].张增健,倪俊,张柏然,译.上海:上海译文出版社,2015:847.

和幽默来面对生活，走向成功。①

当问及此事，毛姆回答说如此结局是一种"让愿望成为现实"的操作。他写《人生的枷锁》的时候，觉得一位小说家或艺术家需要莎莉式的妻子，她会带给他安慰、仁爱和安宁。与此同时，她不需要也不应该与他分享精神领域中的东西，这样就无法在思想和精神上驾驭、影响他了。②

1915 年 11 月 25 日，美国现实主义文学大师西奥多·德莱塞（Theodore Dreiser）在《新共和》报上发表了题为"一个现实主义者的看法"的文章，称赞《人生的枷锁》是天才之作："这是一部我们所喜爱的而又一时理解不了的完美的作品，我们不得不承认它是一部艺术品"，并把这部小说同贝多芬的交响乐相提并论。③

然而对于莎莉的形象，西奥多·德莱塞（Theodore Dreiser）表达了一定的疑虑：④ 在莎莉出场之前，一切描述都极富真实性。不管是多么粗俗、尴尬的境地，始终没有被作者遗漏。至于菲利普与莎莉走向亲密的过程，而后莎莉又担心怀孕，作者却只字未提。她只是微微皱着眉头做出了解释，其间亲密相处的事实没有被描述出来。在菲利普和诺拉关系结束之后，莎莉的出现显得怪异。

阿奇·罗斯从主题方面对德莱塞的质疑做出了回答。⑤ 他认为，菲利普（毛姆）人生最大的损伤是丧母之痛。与诺拉的交往中，尽管实现的方式不同，菲利普重新感受到了这种母爱。在莎莉的身上，菲利普更是得到了永恒的大地母亲的爱，它代替了他永远无法挽回的亲生母亲的爱。从这一层面上来说，也许结局有一定的意义。

在谙于世事的读者眼里，毛姆笔下的理想女性如普里查德式的女仆、爱塔式的女伴、诺拉式的情人和莎莉式的妻子，未免平庸乏味，简单无知。但是毛姆认可并称赞了她们存在的价值。她们常常被刻画成保护、照顾男性和孩子的

---

① Cordell R. Somerset Maugham:A Biographical and Critical Study[M]. Bloomington:Indiana University Press. 1961:97.
② Cordell R. Somerset Maugham:A Biographical and Critical Study[M]. Bloomington:Indiana University Press. 1961:96.
③ 特德·摩根. 人世的挑剔者:毛姆传[M]. 梅影,舒云,晓静,译. 长沙:湖南人民出版社,1986:213.
④ 转引自 Loss A. K. Of Human Bondage:Coming of Age in the Novel[M]. Boston:Twayne Publishers, 1990:61-62.
⑤ Loss A. K. Of Human Bondage:Coming of Age in the Novel[M]. Boston:Twayne Publishers,1990:62.

母亲形象，成为毛姆心中的"好"女人。在生活中顺从听话的妻子和伴侣是毛姆最愿意相伴左右的。无论何时何地，她们都能帮得上忙，并且极具使用价值，对于男性，她们没有占有、掌控的欲望，任凭他们在自己的世界里翱翔。

在任何情况下，当男性渴望被满足、被安慰的时候，当他们即将遭受折磨和侮辱的时候，理想的女性是一定要出现的。她们存在的意义就是男性的幸福与快乐。毛姆作品中的理想女性，很少有角色被赋予勇气和力量来超越父权规则的局限。她们之所以被社会接受，完全是从男性的角度来看待的。

"传统文学作品中的女性一直是以被观察和欲望的对象存在，女性形象在根深蒂固的男性叙事中不是'天使'便是'魔鬼'。将女性神圣化是由于她们为男性而奉献或牺牲，把女性妖魔化是源于对她们不肯顺从的厌恶与恐惧，究其实质，无非是以不同的方式对女性进行着歪曲和贬抑。"[①] 可见看出，在上述毛姆的作品中，无论是那些令人生厌的女性还是完美理想的女性，不管她们的形象如何，毛姆无不将男性的（包括他自己的）诸如恐惧、妒忌、欲望、背叛和索取等情绪、态度和行为施加在女性的身上，将其看作暴力、反抗、贪婪、控制欲、狡诈和唯命是从的化身。这便是毛姆在英国父权社会制度下形成的女性观。

---

[①] 张翠萍.西方女性主义文学批评研究[D].郑州:郑州大学,2002:15.

# 第四章　毛姆女性观形成的社会因素

对于毛姆小说中正面、负面的类型化倾向的女性，毛姆的态度无论是厌恶仇视，还是由衷赞美，都是以男性为中心的角度来体现的。毛姆女性观形成的原因，可以从他生活的社会大环境和个人的小环境来分析。本章主要论及毛姆女性观形成的社会因素。首先，根据荣格的集体无意识理论，厌女或歧视女性是人类社会自古有之的情结之一，是女性作为"他者"的形象在人类潜意识中的固定存在。毛姆作品中的女性人物与人同文学和文化传统中贬低女性的意象与描述有重合之处，说明毛姆作为社会中的一员被潜移默化、无意识地灌输了性别偏见等意识。

其次，毛姆青年时代在德国海德堡大学求学，接触到叔本华的哲学思想，使他对童年的不幸和人生的艰辛进行了思考，并将叔本华的思想植入自己的创作意识之中。此外，在毛姆生活的年代里，特别是从19世纪晚期到20世纪早期，科学研究从生理学的角度验证了女性之于男性的不足。同时，在文学、艺术以及心理学领域，女性的消极形象也有所体现。最后，女权主义运动撼动了男性至上的社会根基，而运初期的行动过激与偏颇也使女性自我意识过度膨胀。总之，在上述社会因素的综合影响下，毛姆创作中的女性观随之形成。

## 第一节　集体无意识理论与厌女传统

### 一、集体无意识理论

荣格认为，那些曾经为人类深切体验过的东西并未在人类的脑海中彻底消逝，相反，它们存储和潜藏在个人无意识之中……无意识分为两个层面。表层只关系到个人，可称之为"个体无意识"；而深层的无意识不是来自个人的体验,是与生俱来的,可称其为"集体无意识"……集体无意识反映了人类在以往的历史进程中的集体经验。① 荣格说:"我之所以选择'集体的'这个术语,因为无意识的这一部分不是个体的,而是普遍的;同个人心灵相比较而言,它或多或少地具有在所有个体中所具有的内容和行为模式。换言之,由于它在每一个人身上都是相同的,因此它构成了一种超个性的共同心理基础,而且普遍存在于我们每个人的身上。"②

性别歧视是人类社会一直存在的不良传统。虽然妇女解放运动之后,女性的社会地位得到了明显的改观,但时至今日,男女不平等的观念和现象仍然存在于某些人的意识之中。根据荣格的集体无意识理论,歧视女性是人类社会集体无意识的体现。

## 二、厌女主义与厌女传统

"维基百科"阐释了厌女主义的不同形式。就其最露骨的表达而言,厌女主义者会公然厌恶任何女性,并仅仅因为性别对其做出伤害,某些强奸犯和性侵害者属于这一范畴。其他形式的厌女主义更为微妙。某些厌女主义者可能仅仅单纯地怀疑一切女性,或者讨厌通常不被常理认同的某种或几种类型的女性。如果说整个社会文化以显而易见的仇恨态度对待女性,无疑所有文化都持有厌女倾向。然而从更宽泛的意义上讲,厌女主义者常常被用作一种嘲讽、批判的表述,用来描述对女性抱有不欢迎或者讨厌态度的群体。本书所提及的厌女主义者指的是后者。

厌女主义的字面意义就是"讨厌女性",即在文学、艺术和其他意识形态领域,普遍存在着反感女性以及一切与女性相联系的思想行为倾向。厌女症首先表现在男性话语权上。在古今中外的经典作品中,女性形象的特点往往被男性作家以直白的方式描绘成如愚蠢丑陋、喜怒无常、阴险狡诈、简单幼稚和腐化堕落等,仿佛她们生来就该如此,并注定以悲惨的结局收场。其次,除了蔑视女性的表述和言辞之外,随着物质社会的发展,女性不仅被认为是传宗接代的工具,还是男性奢侈享受的玩物。加之女性特有的"性魅力"极易使男性

---

① 胡经之.西方文艺理论名著教程[M].下.北京:北京大学出版社,1989:143.
② 荣格.四个原型[M].出版者不详,1972:3-4.

沉溺其中不能自拔，从而危害自身，甚至祸国殃民，因而女性被认为是"红颜祸水"。

从语言和文化的角度看，性别歧视的实例更是比比皆是。宣扬"人生来就是平等的"美国《独立宣言》以"All men are born equal."作为开头，其中暗含只有男人才是人的性别歧视。"woman"一词是"wife"和"man"的简单叠加。在结婚典礼上，牧师会向新郎和新娘宣布："I now pronounce you man and wife."表示女性身份的名词是由男性身份名词加上后缀形成，如"host"和"hostess"、"hero"和"heroine"等。再如莎士比亚的名句"Frailty, your name is woman."（弱者，你的名字是女人），诋毁女性的谚语如"Woman is made to weep and made of glass."（女性生性脆弱、爱哭）等。

在人类社会从形成发展到成熟完善的漫长历史进程中，性别歧视或者厌女倾向是逐渐积淀在人类脑海之中的行为和思维模式，是潜移默化之间形成的、共同的、普遍的思想。厌女倾向的历史可以追溯到人类起源问题上。"女人是男人身上的一根肋骨"——创造女性的过程本身就暗示着夏娃相对于男性的先天低等和不足。作为一个从智慧到道德都不够完美的人，夏娃被伊甸园里的蛇诱惑，转而又去引诱她的丈夫。女性就像夏娃一样，不但没有坚强的意志抵御诱惑，还诱使男性犯罪受苦，理所当然要接受鄙视、约束与惩戒。这个故事既含蓄又明晰地解释了女性处于附属地位的原因，并且为女性天生的堕落和无法抑制的冲动提供了神谕般的证据。

希波的奥古斯丁认为，"上帝造人的先后决定了统治与从属的社会秩序"，"人类堕落最根本的原因就是性别秩序失衡，男性服从了女性，思想服从了欲望"。① 神学家们认为，夏娃是女性的代表，也是给人类带来灾难的祸患，因此，女性就成为人类蒙受祸患的始作俑者，因而她们在任何时代、任何环境下都要怀着羞耻之心，听命于男性的管束。

根据古希腊生物学的研究，代表雄性和秩序的单细胞生物是宇宙的第一等级，而以雌性和无序为特点的多细胞生物是宇宙的第二等级。古希腊哲学发展了这一研究结果，认为"男性是形式的、普遍的、思想的，而雌性是物质的、具体的和肉体的"②。

---

① 转引自李桂芝.欧洲中世纪的厌女主义[J].社会科学文摘,2017(3):99.
② 转引自李桂芝.欧洲中世纪的厌女主义[J].社会科学文摘,2017(3):99.

## 第四章 毛姆女性观形成的社会因素

在古希腊人的生活中,邪恶、善变、复仇的女性是他们在文学形式中批驳的对象。"他们随时提防着女魔鬼、女巫、女海妖塞壬、女怪物哈比、复仇三女神、女妖怪,以及同样令人毛骨悚然的邪恶继母。在希腊神话中,同样常见的还有由女性引发的灾难如潘多拉的盒子、海伦和特洛伊战争等"①。

生活在公元前 8 世纪前后的古希腊诗人赛蒙尼德斯(Semonides)在诗歌中描述了宙斯依照动物的性情塑造了十种不同性格的女性:"肮脏懒惰的母猪、邪恶狡猾的狐狸、灵活淫荡的狗、头脑简单的尘土、喜怒无常的海洋、笨拙固执的驴子、偷鸡摸狗的黄鼠狼、娇生惯养的母马、丑陋调皮的猴子和神圣优雅的蜜蜂。"② 大体而言,希腊人生活观念中那些对女性所持的怀疑和失望的态度,几乎无不在当时的文学作品中得到表述。

在希腊神话中,宙斯的妻子赫拉、狩猎女神阿尔忒弥斯都以操纵男神来达到她们的目的。雅典娜是智慧与美貌兼具的女神,但是她力量强大、冷漠无情,具有与男神同样无穷的能量。在《荷马史诗》中,如果男主角故事的发展需要女性,这个女性才会出现。"罗马人的作品影射了那些吹毛求疵的、诡计多端的妻子,像泼妇一样、使用欺骗手段的家庭主妇,具有强烈控制欲的、受人尊重的贵妇人,以及与当代男性的民间传说相关的贬损女性的类型。"③

在中世纪后期的世俗文学中,厌女主义的倾向愈加明显。妇女无异于道德败坏、贪得无厌、阴险狡诈的代名词,将男性置于身体和精神上无休止的痛苦煎熬中。李桂芝在《欧洲中世纪的厌女主义》一文中指出,在法庭审判中,即便是男性的过错,女性也是重点谴责的对象,因为女性被认为首先诱惑了男性。甚至在真实的案例中,法庭都会认为强奸案的发生是由女性引诱男性导致的。④

14 世纪以来,女性训诫书籍流行于世,以强化男权社会中女性贞洁、顺从的观念。《托尔骑士书:给中世纪年轻妇女的礼仪指南》成为城市中产阶级女性的必读书目。书中提出,女性天性邪恶,如不听从丈夫的命令和管束,不仅要被严厉斥责,还要被施以暴力。⑤ 在这一过程中妻子需要容忍丈夫的言

---

① Gilmore D. Misogyny:the Male Malady[M]. Philadelphia:University of Pennsylvania Press,2001:115.
② 韩轶敏. 论文艺复兴时期意大利的厌女观念[D]. 山东:山东大学,2014:19.
③ Coole L. Women in Political Theory:From Ancient Misogyny to Contemporary Feminism[M]. Sussex:Wheatsheaf,1988:6-7.
④ 转引自李桂芝. 欧洲中世纪的厌女主义[J]. 社会科学文摘,2017(3):101.
⑤ 转引自李桂芝. 欧洲中世纪的厌女主义[J]. 社会科学文摘,2017(3):101.

行，谦卑地承认自己的过失。事后她还不得抱怨责怪丈夫，必须理解并且一如既往地对待他。如果妻子做了对丈夫不忠的事，必将被严惩，行为恶劣的会被处死。相反，如果丈夫寻花问柳，妻子就要以宽容的姿态接受丈夫的背叛。

在文艺复兴和现代文学早期，作家们依旧视女人为祸水而未停止过诋毁。尽管人们绝不可能将莎士比亚与厌女情结联系起来，但是《哈姆雷特》和《李尔王》仍流露出类似的思想。① 哈罗德·布鲁姆（Harold Bloom）指出②，莎士比亚后期的戏剧带有对于女性性能力的明显恐惧：正如艾德蒙得将女人的子宫称作肮脏、黑暗的地方，国王也表达了对这个充满污秽和臭味的"硫黄坑"的厌恶。不过，至于是否莎士比亚也同意这些人物的观点，读者无从而知。在麦克白夫人、三女巫等可怕的人物身上，莎士比亚仿佛为人类因为有了女人才会作恶感到遗憾。然而莎士比亚笔下还涌现出一批富有同情心的、英雄般的女性人物，如《威尼斯商人》中的鲍西娅等。可以看出，莎士比亚对于女性的价值和性能力持矛盾的态度。

但是，在同时代的其他作品中却不存在对女性的些许宽容。本·琼生（Ben Jonson）公开反对、蔑视女性。他经常引用诡计多端的女性来表现诸如贪婪、暴怒和欺骗等罪恶。不论在诗歌还是散文中，他都写出了大量针对女性的、深仇大恨般的、激烈的长篇指责性文字。③

根据罗格斯的观点，劳伦斯是19世纪妇女选举权利的强烈反对者。这位厌女主义者坚信，女性天生具有超出男性的能力；当男性限制女性与其他男性的友谊时才能得到最大的快乐；如果一个女人坚决维护自己的权利，那么，她会逐渐削弱一个男人的自尊并最终毁掉他的男性活力；女性应该听命于男性。④ 劳伦斯强烈反对作为母亲独特的女性功能，尤其惧怕这类强势的女性。相对于思想解放的盎格鲁—撒克逊女性，海明威更青睐无欲无求的土著女人，并声称女人对一个真正阳刚的男人来说是无足轻重的。海明威与劳伦斯的观点不谋而合：当一个女人不受管束的时候，便是灾难的开始。

毛姆作为社会的男性个体，不可避免或者在潜移默化之间，接受了传统文

---

① Gilmore D. Misogyny：the Male Malady[M]. Philadelphia：University of Pennsylvania Press，2001：116.
② Bloom H. Shakespeare：The Invention of the Human[M]. New York：Riverhead Books，1998：491.
③ Gilmore D. Misogyny：the Male Malady[M]. Philadelphia：University of Pennsylvania Press，2001：117.
④ Rogers K M. The Troublesome Helpmate：A History of Misogyny in Literature[M]. Seattle：University of Washington Press，1966：263.

## 第四章 毛姆女性观形成的社会因素

化以及文学的思想渗透。他的女性观念形成的原因,首先在于他是生活在男权社会、传统熏陶之下的男性。这种传统包含着人类自古以来对女性歧视的集体无意识,男人或者社会始终对于女人怀有的偏见和歧视,是自然的、无意识的产物。

毛姆对于女性形象的定位可以理解为是集体无意识的流露。她们作为固定的意象,再现了厌女传统的某些表述。在《月亮和六便士》中,大病初愈的斯特里克兰德躺在床上与布兰奇相互凝视的时候,毛姆看出他的"身上散发着一种原始性;希腊人曾用半人半兽的形象,像生着马尾的森林之神啊,长着羊角、羊腿的农牧神啊,来表现大自然的这种神秘的力量"①。

希腊神话中的森林之神和农牧之神其实是潘神。一天,潘神在河边看到了仙女裘林克丝,立即爱上了她并追了过去。可是仙女看清潘神的容貌后大惊失色,拔腿就跑。不幸的是,前面的湖泊挡住了仙女的去路,她只好向宙斯祈祷。就在潘神马上要追到仙女的时候,宙斯将仙女隐形后只剩下一支芦苇在风中飘荡。在这则神话中,女性被视为追逐的目标——男性的战利品,她们带着既兴奋又渴望被征服的恐惧奔逃。相反,男性则由身体的欲望和征服感驱使着不断追逐,他们抛弃了社会准则,在这场追逐的游戏中互为补充。

在《月亮和六便士》中,从布兰奇的方面来讲,她就像神话中疲于奔命的仙女,对可能出现的灾难性的后果,她本能地心生恐惧。但是这种惶恐如此强烈并且难以言表,连布兰奇自己也困惑不已。在与斯特里克兰德的近距离接触中,布兰奇脸上既恐惧又兴奋的复杂的、奇怪的神情显而易见。实际上,布兰奇受到了斯特里克兰德原始的性欲的吸引,他是希腊神话中半人半兽、追逐仙女的森林之神的化身,强烈地吸引仙女的替身——布兰奇。

布兰奇被无法抑制的欲望折磨着,终于揭下文明的面具,心甘情愿地成为猎人的战利品。最开始她越惧怕他,那么之后就越痴迷他。可悲的是,她以整个生命为代价来盲从自己的欲望。猎人在追逐的游戏过后依旧故我,仙女却遭受创伤,证明男性能更好地把控自己,而女性一旦全心投入,就无法复旧如初。斯特里克兰德和布兰奇的故事是希腊神话的再现。神话通过集体无意识的形式潜藏于包括毛姆在内的作家的脑海里,体现在他对女性的态度上——女性容易受到吸引,控制力弱,最终将自取灭亡。

---

① 毛姆.月亮和便士[M].傅惟慈,译.上海:上海译文出版社,2014:126.

再如《昂蒂布的三个胖女人》中的三位妇人被形象地比喻为贪吃、群居的猪,而诗人赛蒙尼德斯(Semonides)描述的上帝依照妇女的心智塑造了十种不同性格的女性,也是作为"动物"、"他者"的女性,其中第一个就是肮脏懒惰的母猪。《机会之门》中的女主人公安妮虽然招人喜爱,还是免不了被毛姆画成一副丑陋的猴子相,而丑陋调皮的猴子是赛蒙尼德斯笔下一种丑化了的女性形象。居利亚·拉匜勒是个拙劣的间谍,如同头脑简单的尘土;《叛徒》中的凯伯夫人盲目、愚蠢地信仰德国至上,就像一头笨拙固执的驴子。受性欲驱使的《冬天的航行》中的里德小姐,《满满一打》中重婚犯的妻子们,以及不断提到弗洛伊德的《简》的主人公,都如一只灵活淫荡的狗被丑化。

此外,《赴宴之前》的米莉森特长得又凶又丑,她用帕兰刀砍死了醉酒的丈夫哈罗德。《信》中的克罗斯比太太纤细而柔弱,谁能想到竟向情人连开六枪,只是因为情人另有所爱。《母亲》中凶狠丑陋的拉·卡拉奇将刀子刺向儿子的情人。凶残暴力的女性是希腊神话中的女魔,她们无视生命的存在,肆意杀戮,甚至杀人成性,嗜血如命。

希腊神话中的女妖复杂善变,暗藏杀机,往往最终置人于死地,这种危险善变的女性形象在毛姆的作品中也有体现。《美德》中的马格丽·毕晓普因向丈夫坦白爱上了其他男人导致丈夫自杀;《檀香山》中巴特勒船长的前女友不惜杀人来挽救爱人的生命,但后来竟与船上的中国厨师私奔了;《池塘》的女主人公埃塞尔是个混血土著女性,与丈夫劳森上演了爱情、婚姻、离弃和死亡的故事,像中了魔咒一样,借酒浇愁、希望破灭的劳森最终在他们相识的池塘里结束了生命。

宙斯的妻子赫拉是希腊神话中集美貌和嫉妒于一身的女神,她强烈的控制欲使宙斯不得不时常听命于他。毛姆作品中极富控制欲的妻子、强势的女友正是赫拉的再现。《爱德华·巴纳德的堕落》中的女主角伊莎贝尔·朗斯塔夫不断给男友写信,"鼓励"他不做出一番成就就不要回美国与她团聚。小说《月亮和六便士》提及的女性,如斯特里克兰德的夫人、他的情人布兰奇、尼柯尔斯船长夫人、库特拉斯太太都在按照自己的意志来操纵丈夫的言行。

毛姆反感的女性形象体现出人类文学、文化历史中的歧视女性意识,他笔下理想的女性也有范例。14世纪流行的女性训诫书强调了女性对男性的绝对服从。女性不仅要给予男性自由、理解、照顾和安慰,还要容忍丈夫的不忠。

毛姆短篇小说《上校夫人》中的男主人公乔治·佩里格林无法忍受妻子在小说中虚构的爱情故事，将妻子想象成其中移情别恋的女人，还请律师来分析问题，可是他自己却经常与情人约会。《女仆》的女主人公普里查德是个十全十美的管家，举止得体，服务周到，与男主人发生关系后还得守口如瓶，可谓男主人一件十足的"珍宝"：他既能被周到地照顾，还能保持自由。她的各项服务都恰到好处，虽然是女仆，但普里查德是毛姆欣赏的形象。《月亮和六便士》中不离不弃、至死相伴画家的爱塔是理想的女伴，还有《人生的枷锁》中能够与男性交流思想的朋友兼情人诺拉，和完美的婚姻伴侣、母性十足的莎莉，无不体现出父权社会对女性应该全心全意、绝对服从男性的要求和思想灌输。

## 第二节　叔本华哲学思想中的女性观

毛姆年轻时在德国海德堡大学求学期间接受了叔本华和库罗·费希特的哲学思想，他对叔本华哲学产生了浓厚的兴趣。"叔本华的那种悲观主义也就是在这个时候在他那年轻的心田里撒下种子的，什么'宇宙规律的不可知'啦、'身为形役'啦、'意志的自由是虚幻的'啦、'今生受苦来世得福'啦，等等。这都是毛姆从小所走过的路程中冥冥意识到过的一些东西。"[①] 叔本华的哲学思想对毛姆的创作观产生了极大的影响，其中有关女性、性爱和悲观主义的分析和论述足以解释毛姆对作品中女性人物的态度。

叔本华认为，只有当男性的智力被性欲蒙蔽的时候，才会给予那身材矮小、肩膀窄、屁股大、腿短的一类人合理的性别称谓。[②] 在叔本华眼中，女性不仅外表丑陋，而且只有在满足男性欲望的时候才会被赋予身份。在毛姆的长短篇小说中，愚蠢丑陋的女性验证了叔本华的这一观点。《雨》中的戴维森夫人不是像绵羊，就是像只鸟。《一个有良心的人》中的玛丽·露易丝被比拟为一只小老鼠。皮肤暗黄还布满皱纹的居利亚不是个漂亮的间谍。

《人生的枷锁》中的威尔金森小姐笑起来露出一口黄牙。她的"一双眼睛

---

① 特德·摩根. 人世的挑剔者：毛姆传[M]. 梅影,舒云,晓静,译. 长沙：湖南人民出版社,1986：23.
② Schopenhauer A. The World as Will and Representation[M]. New York：Dover Publication,Inc,1966：315.

又黑又大,鼻梁略呈钩形,她的侧影略带几分猛禽的凶相……"① 范妮·普赖斯小姐脸大眼睛小,皮肤和面颊苍白,人很邋遢;米尔德丽德臀部窄,胸部平;诺拉皮肤粗糙,嘴大颧骨高,面色粗鄙。在上述女性人物的身上,毛姆的嘲讽和鄙视表露无遗,与叔本华的女性观同出一辙。他们都认为女性存在于世的意义首先是她们漂亮的面孔。男权社会仅仅认可美丽优雅的女性。然而毛姆在小说中竭尽其能事地丑化他反感的女性,可见叔本华的丑女人形象已深入作家的内心。

对于女性艺术家,叔本华讲到,如果女性中最杰出的代表都没有完成过一幅真正伟大的、原创的、具有永恒价值的作品,那么,也无须对女性群体期待过高。女性与男性掌握同样的绘画技巧,虽然她们执着地追求艺术,但依旧没有一件伟大的作品问世。原因很简单,她们思想主观,缺乏理性,难以创作完美的画作。②

在《人生的枷锁》中,菲利普批判了范妮·普赖斯和她的作品。她只是喜欢画画,但是缺乏天赋。范妮·普赖斯以勤奋的精神和顽强的毅力学习绘画,不过她的画简直不可救药:"不单画得糟糕,油彩也上得不好,像是由不懂美术的外行人涂上去似的,而且毫无章法,根本没有显示出明暗的层次对比,透视也荒唐可笑……只能是出于一个市井气十足、脑袋里塞满了乱七八糟的庸俗画面的画匠之手。"③ 可以看出,在毛姆的眼里,一位女性的画就像五岁孩子的涂鸦,正如叔本华认为女性群体连一幅出色的画都创作不出来一样。叔本华对女画家的歧视在毛姆作品中得到了直接的体现。范妮·普赖斯的死对菲利普来说是一种教训,使他看到了盲目和错觉带来的危险,也就是没有天赋的人却相信个人天赋的存在。④

在女性创作的其他领域,毛姆也毫不吝啬讽刺的笔墨。《灵机一动》中的福雷斯特夫人滥用符号,被内行嘲笑。有些作家试图模仿她却枉费心机。只有她才能将分号的幽默感最大化,使读者咯咯地笑个不停。读者虽然被分号的幽默感逗得发笑,但是,显然笑声的背后没有赞许只有嘲讽。《上校夫人》中的

---

① 毛姆.人生的枷锁[M].张增健,倪俊,张柏然,译.上海:上海译文出版社,2015:172.
② Schopenhauer A. The World as Will and Representation[M]. New York:. Dover publication,Inc,1966:317.
③ 毛姆.人生的枷锁[M].张增健,倪俊,张柏然,译.上海:上海译文出版社,2015:294.
④ Loss A. K. Of Human Bondage:Coming of Age in the Novel[M]. Boston:Twayne Publishers,1990:46.

## 第四章 毛姆女性观形成的社会因素

夏娃·汉密尔顿是另一位文艺女性,毛姆看得出她诗歌中的语句既不押韵,也不整齐,根本达不到诗的水准。

《人生的枷锁》中的诺拉为一两家出版商撰写中篇小说来维持生活,也算得上一个小作家。然而她缺乏天赋,写不出什么优质的文学作品,靠着粗制滥造、凑字数赚取稿酬。她的作品质量低劣,在毛姆的眼里都无法称之为小说,而是一点"东西"罢了。诺拉虽然坚强独立,但是没有文学才华。由于天资匮乏,女性不能仅凭个人的喜好或者生活所迫从事艺术或文学事业,即便投入其中也将以失败告终。

叔本华对女性的看法是非常苛刻的。他认为一件事物越神圣越完美,就会越晚越慢地达到成熟。① 当然,越完美越神圣指的是男性。女性存在的意义在于种族繁衍。② 从毛姆的角度看,《人生的枷锁》中的莎莉丰满的身姿和健康的身体完全胜任生儿育女的角色。如果男性打算结婚,首先需要考虑女方是否健康得能够生育。在菲利普眼里,莎莉就是健康、多产的女性。

毛姆在小说中几次提及莎莉的健康之美。菲利普刚认识莎莉一家的时候,她才15岁,可是她成熟、健康,从来没生过病。随着时间的推移,菲利普越发注意到了莎莉的女性气质。"她身体健康,富有性感和女性的温柔,所以具有迷人的魅力。"③ 菲利普还拿莎莉和其他年轻女子做比较:"她身体健康、敦实、匀称;看着她站在店铺里那些胸脯扁扁的、脸色惨白的姑娘们中间,其情景想必很奇特。"④ 菲利普体验了莎莉一家的乡村生活。"他不时朝她那张健康的、被太阳晒得黝黑的脸瞥上一眼。"⑤ 健康的身体是种族繁衍的必要前提,是女性传宗接代的有力保证。莎莉的母亲就生养了很多孩子,预示着莎莉也会是多产的女性。上文提及的莎莉身上强烈的母性也出自叔本华对于女性角色的认识。

叔本华还阐述了女性对男性的依附心态,女人的天性倾向于服从。如果女性出于某种非自然的因素处在一个绝对独立的位置上,那么,她会马上找到一

---

① Schopenhauer A. The World as Will and Representation[M]. New York:Dover Publication, Inc,1966:312.
② Schopenhauer A. The World as Will and Representation[M]. New York:Dover Publication, Inc,1966:313.
③ 毛姆.人生的枷锁[M].张增健,倪俊,张柏然,译.上海:上海译文出版社,2015:797.
④ 毛姆.人生的枷锁[M].张增健,倪俊,张柏然,译.上海:上海译文出版社,2015:799.
⑤ 毛姆.人生的枷锁[M].张增健,倪俊,张柏然,译.上海:上海译文出版社,2015:822.

个能够依附的男人来管束她,因为她需要一个主人。如果她年轻,这个男人会是她的情人,如果她不再年轻,这个男人就是一个牧师。① 短篇小说《满满一打》中的重婚犯身材矮小,其貌不扬,既不高雅也不英俊,但是愿意嫁给他的女人几乎凑成了一打。她们中间有老小姐,有丧偶的寡妇。她们收入稳定,吃穿不愁,唯独缺少一个丈夫。重婚犯之所以屡屡得逞,就是抓住了这些已经不再年轻的女性的心理:迫切要摆脱单身状态,找到一个"主人"。

《简》中的女主人公简·福勒刚被年轻的丈夫打造成人人爱慕的优雅女士之后,便投入了海军元帅的怀抱。在《人生的枷锁》中,米尔德丽德打算嫁给米勒,因为她已经24岁,是时候安定下来了。莎莉接受了菲利普的求婚,坦白地说她"当然很想有个自己的家,再说也该成家立业了"②。即便是思想独立的诺拉,也没有放弃再婚的打算。她这样解释要嫁给金斯福德先生的理由:

> 要没有他,日子还真不知怎么过呢。突然间,我觉得我总不能老是这样子没完没了地干啊,干啊,干啊;我疲劳极了,觉得身体很不好。我把我丈夫的事儿告诉了他。要是我答应尽快同他结婚,他愿意给我笔钱去同我丈夫办理离婚手续。他有个好差使,因此我不必事事都去张罗,除非我想这么干。③

尽管诺拉能干、坚强、乐观,还是需要一个丈夫的肩膀来倚靠,因为她的身份卑微,收入微薄,不足以支撑起养家的重担。在毛姆生活的年代,自谋生路的女性总是遭人鄙视,力不从心,最终不得不回归丈夫和家庭。总而言之,无论是自身对男性的渴望,还是迫于生计,抑或被传统引导,毛姆作品中的某些女性就像叔本华表述的那样,无一例外地选择了丈夫、婚姻和家庭,成为男性的依附者。

叔本华"意志的肯定"概念中一个重要的方面就是对身体的肯定。"最强烈的生命意志的肯定——性冲动……在自然人和动物,这冲动都是生活的最后

---

① Schopenhauer A. The World as Will and Representation[M]. New York:Dover Publication,Inc,1966:322.
② 毛姆.人生的枷锁[M].张增健,倪俊,张柏然,译.上海:上海译文出版社,2015:853.
③ 毛姆.人生的枷锁[M].张增健,倪俊,张柏然,译.上海:上海译文出版社,2015:543.

## 第四章 毛姆女性观形成的社会因素

目的和最高目标。以生命意志本身为内在本质的自然,以它全部的力量在鞭策着人和动物去繁殖。大自然的内在本质,亦即生命意志,在性冲动中把自己表现得最强烈。"① 受叔本华性观念的影响,毛姆作品中不乏渴望性欲、满足性欲的隐晦与直接的描写。《冬天的航行》中的里德小姐由絮絮叨叨到沉默寡言,无疑是服用了弗洛伊德的药方。《舞男和舞女》中阔绰的老女人为与年轻的舞男一夜风流不惜一掷千金。《尼尔·麦克亚当》中的达里娅则是一个疯癫的情欲追逐者。

《月亮和六便士》中的斯特里克兰德和布兰奇完全被性欲驱使。一个不去报答朋友的救命之恩,勾搭他的妻子。一个抛弃了珍爱她的丈夫,并与他的朋友私奔。然而当画家身体的欲望得到满足,画作完工的时候,布拉奇便对他失去了意义。对于布兰奇的自杀,斯特里克兰德无动于衷,认为自己作为男人,有时候是需要女性的,布兰奇只是满足他性欲的对象、纵情享乐的工具。

《寻欢作乐》中的苏·琼斯更是叔本华理论之下的"性情"中人。她勾引了年纪轻轻的阿申登,带给他性欲的满足和释放。同时,苏·琼斯还与其他男性保持着暧昧关系。她并不觉得羞耻,反而劝说阿申登不要妒忌,当下快乐就好。苏·琼斯是个魅力十足的女人,能充分激起男人的欲望,当男性向她提出要求时,她是来者不拒的,因为她本身也是肉欲的追求者。作为情人之一的阿申登并没有继续抱怨,接受了苏·琼斯及时享乐的做法,甚至还由衷地赞美起她的美好来。她就像一片清澈的池塘,带给每个泳者清爽。在苏·琼斯与情人的交往中,双方无不身心愉悦。可见毛姆是认可性的追求的,即便这种行为超越了道德的底线。

《人生的枷锁》中的米尔德丽德和菲利普同样是挣脱不出欲望枷锁的灵魂。米尔德丽德是正常的女人,但是菲利普无法唤起她的性欲因而身心俱疲。她与米勒和格里菲斯私奔,完全是被欲望迷住了双眼。同理,菲利普迷恋米尔德丽德也是出于情欲,一旦被欲望控制,他就丧失了理性和自制力,变得虚弱无力。为了赢得米尔德丽德的爱情,菲利普不惜一切代价,甚至放弃了人格和金钱。越是得不到的爱就越珍贵,越被渴望,也越令人痛苦。在与米尔德丽德反反复复的情感纠葛中,菲利普认识了诺拉和莎莉,并获得了她们的感情和帮助。虽然被她们身上的气质吸引,欣赏她们独特的个性,他并不爱她们,"宁

---

① 王荣祥.走出失乐园:叔本华的意志哲学研究[D].上海:复旦大学,2010:104-105.

可只同米尔德丽德待上十分钟,也不愿同诺拉待整整一个下午。他把在米尔德丽德冰冷冷的嘴唇上吻上一吻,看得比吻遍诺拉全身更有价值"①。

从叔本华的分析中可以看到,男性只对得不到的事物感兴趣,也为此苦恼,当他一旦拥有了猎物,获得了满足感,就失去了兴致,转而追逐其他的目标去了。男性的欲望是永不熄灭的。《月亮和六便士》中的斯特里克兰德利用布兰奇的身体满足性欲之后,便像玩物一样将她丢弃,就连后者为他而死也无所谓。作为毛姆替身的"我"先是谴责斯特里克兰德的无情,而后居然也承认布兰奇是生是死对他们男人来说是无关紧要的。毛姆和叔本华对于性和女性的看法如出一辙,这些男女之间情爱纠葛的故事完全是叔本华性爱观点的实践操作。

叔本华认为世界的本质是意志,能够推动自然和社会的进步和发展,甚至觉得人的机体本身就是"个体意欲的客体和显现,是个体意欲在大脑里面的图像"②。意志操纵着人的各种情绪,是无法抑制的欲求和冲动。"我们对痛苦的敏感几乎是无限的,但对享乐的感觉却相当有限。"③ 人们满足一种欲望之后便会转向另一种欲望。也就是说,只要存在于这个世界上,人们就会无休无止地追逐一个个欲望。当他们既渴求又无法实现某种欲望时,便陷入痛苦和失望的折磨之中。人生就是永无止境地追求欲望实现的过程,也是遭受挫折和失败折磨的过程,必然是痛苦的,也会以悲剧收场。

毛姆不幸的人生经历验证了叔本华的悲观主义思想,也给毛姆笔下的人物涂上了悲观的色彩。有的悲剧虽然发生在男人身上,但是女性的背叛是致命的因素。有的女性上演了悲剧,在于她咎由自取。《美德》中的马格丽·毕晓普背叛了与丈夫查理·毕晓普16年的婚姻,迫使后者痛不欲生,以自杀结束了生命。《池塘》讲述了曾经风流潇洒的劳森与混血土著女人埃塞尔的感情故事,他们经历了相爱、结婚、矛盾和背叛。小说最终以埃塞尔勾搭其他白人、劳森自尽于池塘结尾。在这两部短篇小说中,查理和劳森都是深爱着妻子的好丈夫,可是他们的爱换来的是妻子的不满足、冷漠和不忠。女人已经不再是传统的贤妻良母,毫无美德可言,而情感失意的男人虽然渴望,却无法找回妻子的爱恋与依赖,终因不堪忍受冷落,自行了结了生命。

---

① 毛姆.人生的枷锁[M].张增健,倪俊,张柏然,译.上海:上海译文出版社,2015:467.
② 叔本华.叔本华思想随笔[M].韦启昌,译.上海:上海人民出版社,2008:174.
③ 叔本华.叔本华思想随笔[M].韦启昌,译.上海:上海人民出版社,2008:303.

## 第四章　毛姆女性观形成的社会因素

《月亮和六便士》中的布兰奇是爱情与欲望的牺牲品。她在罗马当家庭女教师时，被贵族公子勾引怀孕后抛弃。在照顾斯特里克兰德期间，她又被他引诱，成为其释放性欲的工具。之后布兰奇的爱情与日俱增，试图网罗住斯特里克兰德，并再一次被抛弃。被男性利用玩弄之后一脚踢开，布兰奇再次遭受了打击，看透了自己的命运，万念俱灰，结束了悲剧的人生。

《人生的枷锁》中威尔金森小姐的生命也是痛苦的。在没有爱和性的世界里，她只能凭想象生活。她和菲利普熟识之后相互吸引萌生出欲望，满足了彼此的生理需求。"在成长小说中，通常是年长的女性将年轻的男性引入成年人的性爱中。从某种程度上说，菲利普也不例外。遇到威尔金森小姐之前，他的爱情故事都在停留在个人的幻想之中。"① 菲利普采取主动来引诱对方，实际上后者心中早就饥渴难耐，还虚构风流韵事刺激菲利普。

正如叔本华所述，人生就是无数欲望的追逐。从天性上看，男性对爱情不专一，女性则正相反。从获得满足的那一刻开始，男性的爱也就消失了，其他女人比他已经拥有的女人更让他心动。男人渴望改变，可是女人的爱却愈加强烈。② 在威尔金森小姐身上，菲利普认识了女人和性欲，逐渐成长。然而她只不过是这个年轻人人生道路上的一座里程碑。欲求满足之后的威尔金森小姐爱意满满，而菲利普故意疏远她。她哭着说："哦，菲利普，别把我丢了。你不明白，你对我有多重要，我一生多么不幸，是你让我感受到人生的幸福。"③ 威尔金森小姐的爱注定以悲剧收场。她本来就明白男人都是无情、贪婪的动物，也应该懂得相貌和年龄是他们爱情的障碍。她把女人的一切都献给了年轻的菲利普，得到的回报是忍受痛苦和爱人的厌恶。

对范尼·普莱斯来说，生命是痛苦的。她是一个追求艺术理想的贫穷女学生，渴望成为一名艺术家，可周围的人认为她没有天赋。她并不在意别人的看法，而是义无反顾地刻苦练习，坚信自己的才华。范尼·普莱斯声称："我知道自己有天赋，是当画家的料子。"④ 还发誓说宁可自杀也不放弃绘画，愿意为这一事业献出生命。她还引用了学校里其他不被看好的同学的例子，他们虽

---

① Loss A. K. Of Human Bondage: Coming of Age in the Novel[M]. Boston: Twayne Publishers, 1990: 45.
② Schopenhauer A. The World as Will and Representation[M]. New York: Dover Publication, Inc, 1966: 542.
③ 毛姆. 人生的枷锁[M]. 张增健, 倪俊, 张柏然, 译. 上海: 上海译文出版社, 2015: 201-202.
④ 毛姆. 人生的枷锁[M]. 张增健, 倪俊, 张柏然, 译. 上海: 上海译文出版社, 2015: 269.

然曾被奚落，后来还是获得成就，证明了自身的价值。怀着狂热的自信和对成功的期待，她比其他人都专一、勤奋地投入其中。

不切实际的理想和追求酿成了范尼·普莱斯的悲剧。她本来是个家庭女教师，生活有一定的保障，可是偏要怀揣梦想到巴黎学画画。她面容憔悴，邋里邋遢，还时常对人们的评价愤愤不平。为了支付学费，她忍饥挨饿坚持练习。她无力承担学习费用后，只得离开画室，最后饥饿难耐上吊自杀。虽然生活拮据，范尼·普莱斯从未向他人袒露过悲惨的境遇：每天的食物只是一杯牛奶和一个面包，中午吃一半，晚上吃掉另一半；除了那件天天穿在身上的破烂的棕色外套，她再也没有其他服饰。

作为一个追求艺术的学生，范尼·普莱斯是个失败者。穷困的生活毁灭了她的所有梦想。虽然她比画室里其他同学都拮据，却极力掩盖生活的困窘，不希望被人耻笑奚落。可见强烈的自尊心是她悲剧的又一诱因：她宁可自己忍饥挨饿，甚至结束生命，也不求助他人。她错将菲利普的友情视为爱情，并陷入追求的痛苦之中。不幸的是，范尼对菲利普的感情是绝对单方面的。菲利普能给予她最好的回报就是同情。阿奇·罗斯（Loss A. K.）认为，这种感情在范尼的不幸遭遇中表现得更加强烈。范尼喜欢菲利普，并不是表达对他狂热的爱，而是一种被认可、被关怀的渴望。这是一种既自私又有些神经质的感情，与真正的爱情相去甚远，就像她与现实世界的距离一样。① 范尼·普莱斯是小说中最悲惨的女性，连死亡也没有唤起家人的同情和哀痛，反被兄长认为有损家族声誉。

无休无止的欲念是米尔德丽德走向绝路的根本原因，欲望越强烈，下场就会越悲惨。她贪恋钱财，好逸恶劳，为了物质满足不惜牺牲名誉、尊严和身体。金钱是米尔德丽德生命中不可或缺的部分，也是她走向堕落的致命因素。米尔德丽德是菲利普眼中十足的势利小人。虽然根本不爱菲利普，她却玩弄菲利普于股掌之间，滥用他的爱欲为所欲为。

米尔德丽德之所以打算嫁给米勒，是看上了米勒是个"赚大钱的人。眼下每星期挣七镑，日后光景还要好"②，如果跟着米勒，米尔德丽德每周将会拿到七英镑，这样她就不用工作挣钱了。她厌恶每天早上上班，又不肯在姨妈

---

① Loss A. K. Of Human Bondage:Coming of Age in the Novel[M]. Boston:Twayne Publishers,1990:47.
② 毛姆. 人生的枷锁[M]. 张增健,倪俊,张柏然,译. 上海:上海译文出版社,2015:421.

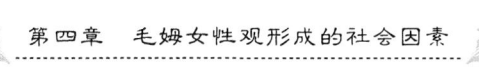
## 第四章 毛姆女性观形成的社会因素

家寄人篱下,一旦看到诱饵,便不顾一切地扑了上去。米尔德丽德粗俗鄙陋,为了金钱不惜同有妇之夫私奔,以满足不劳而获的物质欲望。米勒是她实现物质欲望、过上奢侈生活的途径,因而她渴望米勒之流的出现。

可悲的是,对米勒来说,米尔德丽德只是他发泄性欲、寻欢作乐的玩物。尽管她怀了米勒的孩子,还是注定要被欺骗和抛弃。身无分文的米尔德丽德投奔了菲利普,并向她哭诉事情的原委:"他说我永远也不会后悔,并保证每星期交给我七英镑——他说他那时赚十五英镑,然而,这一切全是弥天大谎,他根本就没有十五英镑。"[①] 米勒并没有像她声称的那样能挣大钱,而且还很吝啬,不仅不给她钱,还抱怨她挥霍无度,连房租都不肯支付。米尔德丽德指责米勒没有绅士风度,居然一分钱不留就弃她而去。

为了摆脱身无分文的境地,米尔德丽德不惜低三下四地投靠菲利普。以前菲利普狂热地追求她,她根本不理不睬,还冷言冷语、傲慢无礼。她不仅不爱菲利普,还厌恶鄙视他。现在为了有个栖身之所和安定的生活,她违背了个人的感受,放下身段向菲利普示好,利用他的感情满足生计的需要。

被米勒抛弃的米尔德丽德刚见到菲利普,就后悔地表示她不该私奔,要是答应菲利普之前的求婚就好了,并且会永远记住菲利普要娶她的事。这是一个曾经背叛的女人回心转意的暗示。接着,米尔德丽德试探对方是否还爱她,并且主动搂住菲利普的脖子,以挑起他的欲望。为了抓住这个百般包容她的男人的心,确切地说抓住他的钱,米尔德丽德愿意将肉体当作商品随时出卖,"可以为了尽其用途而随随便便地提供给买主"[②]。

就这样,菲利普慷慨解囊,不仅为她出钱租房,还提供她生活的一切费用。至于自食其力,米尔德丽德虽然嘴上说早就想找个工作,实际上根本不付诸行动,还借口怀孕的妇女找不到工作,为健康着想先不工作。米尔德丽德过上了养尊处优的生活。她尽可能地养好自己的身体:早上外出呼吸新鲜空气,去公园消磨时光,赖在沙发里读小说,与房东太太东拉西扯,好像"菲利普为她做什么,她都心安理得,似乎这是天经地义的"[③]。

米尔德丽德生性拜金,不但不为生活并不富裕的菲利普节省开支,还不知不觉地浪费了很多。她不断向菲利普索取,暗示他支付孩子的抚养费用。米尔

---

① 毛姆.人生的枷锁[M].张增健,倪俊,张柏然,译.上海:上海译文出版社,2015:460.
② 毛姆.人生的枷锁[M].张增健,倪俊,张柏然,译.上海:上海译文出版社,2015:484.
③ 毛姆.人生的枷锁[M].张增健,倪俊,张柏然,译.上海:上海译文出版社,2015:482.

德丽德生产过后，菲利普出资让母女俩去海边小住几日。米尔德丽德写信说打算继续逗留，并恳请他在回信中附上几个钱买顶新帽子。女人天性爱美爱时尚，米尔德丽德也不例外。为了给自己添置新衣，她骗菲利普说没有像样的衣服，就不能找到工作。外出吃饭的时候，她也是盯着女性顾客身上的服饰，判断它的价值，足见米尔德丽德对物质奢华的迷恋。

衣食无忧的米尔德丽德耐不住寂寞，与菲利普的好友格里菲斯相互勾搭。格里菲斯长相帅气、举止潇洒、性格外向，非常讨人喜欢。菲利普生病的时候得到他无微不至的照顾，而后二人成为朋友。无意间菲利普向爱人和朋友透露了对方的魅力，弄巧成拙，促成了一段私情，更伤害了自己。

在菲利普的描述中，米尔德丽德外表的魅力和性感激发了格里菲斯的欲望，后者的风流韵事也同样刺激了米尔德丽德的好奇心。格里菲斯风流性感，是情场高手，正值离校毕业之际打算痛快地玩玩。于是，初次见面二人便"情投意合"，心猿意马了。一个无视友情，一个不念恩情，双双屈从于赤裸裸的欲望。米尔德丽德打算与格里菲斯"离家出走"，遭到了菲利普的强烈反对。二人争执起来，米尔德丽德依旧将性和身体看作维持与男性关系的纽带，现在她爱上了别人，恨透了菲利普："你每次吻我，我都恨你。从现在起，不准你碰我一个指头，就是我饿死，也不准你碰。"① 既然两人感情破裂，物质依赖成为泡影，那么，作为交换条件的身体也将不再提供服务了。分手之余，米尔德丽德还恬不知耻地要菲利普为她买的衣服付账，凸显其卑劣的品质。

然而格里菲斯不仅身无分文，还欠着菲利普的钱，无法一走了之。米尔德丽德追随情人的欲望万难实现，不禁悲伤痛哭起来。为了安慰这个他深爱的女人，或者出于自虐，一向怀着怜悯之心的菲利普决定出钱让他们"私奔"。听到这话，米尔德丽德马上换了副面孔。她喜笑颜开，拍手称快，与之前的怨妇判若两人。菲利普拯救米尔德丽德于患难之中，还供养她与孩子的生活，本应得到无限感激，却再次遭到沉重的打击。

可是米尔德丽德的意中人根本不爱她。就像菲利普警告的那样，格里菲斯是个没常性的人。"说到底，他同谁都处不长，十天一过就什么都不顾了。"② 也就是说，格里菲斯将女人看作享乐的手段，欲望一旦被满足，玩乐的兴致一

---

① 毛姆.人生的枷锁[M].张增健,倪俊,张柏然,译.上海:上海译文出版社,2015:510.
② 毛姆.人生的枷锁[M].张增健,倪俊,张柏然,译.上海:上海译文出版社,2015:508.

## 第四章 毛姆女性观形成的社会因素

点点淡漠，女人的价值也就消失殆尽了。可见男人的欲火一旦熄灭，便投入其他欲望的追寻中。女人却正相反，欲望一旦被点燃，就会熊熊燃烧，势头之猛烈足以让人望而却步。

米尔德丽德比以前更加发狂地迷恋着格里菲斯。她给他写信，热切地期盼回复；她去他的家乡，想要立刻见到他；她长久地徘徊于他家门口，等他回来。格里菲斯早就厌倦了米尔德丽德，面对她的纠缠，先是找借口敷衍，最后与她粗鲁地决裂了。

生性懒惰、好逸恶劳的米尔德丽德选择了妓女职业，并再次遇到菲利普。她不知羞耻地向菲利普要钱，还示意他再次伸出援手，帮助她摆脱困境。她觉得不应该这么低三下四地作践自己。为了逃出人间地狱，她什么工作都愿意做。菲利普动了恻隐之心，提议米尔德丽德带着孩子与他同住，照顾他的生活，但是已经不再爱她。稳定下来的米尔德丽德还不打算自食其力，不是嫌工作太累，就是抱怨工资过低，总之，她一份工作也没有找到。她不善持家，挥霍浪费，不断增加菲利普的经济负担。

为了继续过上被人供养的生活，米尔德丽德故伎重演，妄图以性爱束缚住菲利普。但是菲利普只是以朋友的身份帮助她，并且不忍心她的孩子流落街头，他拒绝与米尔德丽德亲热，抵制住了她的诱惑。菲利普的冷漠激起了米尔德丽德的欲望，此时她更急于控制住菲利普的心，强烈期待他能像以前那样迷恋她，被她操纵。但是，"眼下，她根本拿不住菲利普……对菲利普再也不喜欢她了这一点，她怎么也不甘心，她要想法子叫他喜欢自己。她气得七窍冒烟，可有时候她又莫名其妙地渴望得到菲利普"①。

为此，米尔德丽德使出浑身解数引诱菲利普就范。她甜言蜜语，软磨硬泡，还是被敬而远之。被拒绝的米尔德丽德羞愧难当，怒不可遏，并道出了意欲与菲利普交好的真正动因："我恨死你了，要不是为了几个钱，我从来也不会让你碰我一个指头。"②

在物欲横流的英国社会，人们贪图享受、生活腐化，出身低微的米尔德丽德更是渴望富足的生活。但是她懒惰成性，不愿意自力更生，试图以自己的身体为资本，换取安逸悠闲、不劳而获的生活。她先是寄希望于能"赚大钱"

---

① 毛姆.人生的枷锁[M].张增健,倪俊,张柏然,译.上海:上海译文出版社,2015:668.
② 毛姆.人生的枷锁[M].张增健,倪俊,张柏然,译.上海:上海译文出版社,2015:672.

的米勒,走投无路之下又向菲利普求助。无奈她反复无常,见异思迁,菲利普的爱情之火也一点点燃尽了。为了报复菲利普的冷漠,米尔德丽德离开之际,粗暴地捣毁了菲利普的一切家什。

之后她重操旧业,染上了梅毒。菲利普不计前嫌,给她开方拿药,劝说她找工作挣钱,不能再做妓女。她虽然满口应承,却依然外出,消失在伦敦茫茫的人海间,其下场可想而知。自始至终,米尔德丽德的头脑中充斥着不切实际的欲望,并不自量力地寻觅追求,最终一无所获。她认为男人是她达到目的的捷径,却没想到自己同样是被利用的对象。就像叔本华认为的那样,意念是邪恶之源,生命就是无穷无尽的挣扎。如果要摆脱痛苦的折磨,就必须挣脱欲望的枷锁,做到无欲无求。

与米尔德丽德不同,诺拉是个独立自强的已婚女子。她与丈夫分居,靠撰写廉价小说维持与孩子的生活。但是只要欲望存在,挣扎依旧不可避免。诺拉只求生活得以延续,勉强度日便已足够,对于未来别无他求。然而她也渴望爱情。她体贴入微地照顾菲利普,关心他的学业进步;她真心实意地爱着菲利普,并期待同样的回报。可是她的爱人牵挂着别的女人,拒绝了她的感情。菲利普推脱说不能陪伴诺拉,故意与她发生了争执。虽然错在菲利普,宽容大度的诺拉还是来信道歉并亲自登门,主动与菲利普和好,足见诺拉的理性与真诚。意识到菲利普是在找机会甩掉她,诺拉痛不欲生:"我总是那么悲惨不幸,我的一生又是那么的可恨。"①

可以想象,诺拉一定饱经生活的磨难,只是坚守女性的尊严不去抱怨罢了。她生活在贫困线之下,依然乐观幽默,令人钦佩。现在,诺拉的感情支柱轰然倒塌,怎能不怨怪无情的命运。她之所以悲哀,是她认识到自己对菲利普的爱超过了他对她的爱,而这种不平衡的感情投入是不会带来圆满结局的。她道出了男女之间爱与被爱的法则:"倘若要男人们待你好,你就得待他们狠;要是待他们好,他们就给你罪受。"②

男人的爱欲不被接受时,他们痛苦难耐,可是得到爱情却不懂珍惜,这时候便轮到女人受伤难过了。"坠入情网不是件令人很愉快的事儿。"③ 米尔德丽德离开菲利普时,诺拉的安慰缓解了他的失意,米尔德丽德又来找菲利普,诺

---

① 毛姆.人生的枷锁[M].张增健,倪俊,张柏然,译.上海:上海译文出版社,2015:478.
② 毛姆.人生的枷锁[M].张增健,倪俊,张柏然,译.上海:上海译文出版社,2015:478-479.
③ 毛姆.人生的枷锁[M].张增健,倪俊,张柏然,译.上海:上海译文出版社,2015:544.

拉只能离开。菲利普从未爱过诺拉。颇具意味的是，被米尔德丽德再次抛弃的菲利普打算挽回诺拉的爱情，未曾料想诺拉已经订婚。

菲利普其实并不难过。对于诺拉的感情他心知肚明。他的自尊心受到伤害，因而愤愤不平，还有些伤感。从诺拉的情感遭遇可以看出，即便像菲利普这种所谓正人君子之类的男性，也会任性自私地滥用女性的情感，无视对她们的伤害，毛姆的男性至上思想暴露无遗。而在社会意识中始终处于低人一等的女性，将不可避免地承受不幸与打击。

综上所述，叔本华哲学中对女性、欲望和悲剧的论述在毛姆长短篇小说中得到了真实的再现。无论作品中的人物之间存在多大的差异，都呈现出一定的共性，即叔本华提出的女性观：她们相貌丑陋，智力与创造力不足，只能作为男性欲望和种族繁衍的工具而存在。她们被欲望之火点燃，或者导致了他人的悲剧，成为被谴责的对象，或者酿成了个人的悲剧。可以说，毛姆女性观形成的哲学基础，与叔本华的理论影响密不可分。

## 第三节　19世纪的社会学、文学、绘画、心理学研究

### 一、19世纪的社会学研究

在19世纪，社会学研究的发展得出了女性道德与智商低下的结论。这个时代的"科学研究"公开谴责"每个女性身上都潜藏着堕落"①。当时的社会学家认为，女性身上的邪恶本性会导致她们的道德沦丧，并犯下罪行，从而对男性世界构成威胁。

此外，大量的生理学研究证据表明，女性的大脑容量比男性小，因而她们的智商也低于男性。乔治·罗曼尼丝（George J. Romanes）在被广泛认可的科

---

① 转引自 Harrowitz N A. Ntisemitism, Misogyny, and the Logic of Cultural Difference: Cesare Lombroso and Matilde Serao[M]. Lincoln: University of Nebraska Press, 1994: 31.

普性文章男女心理差异中确认了这一结论。① 在十九世纪的社会学研究中，绝大多数研究均证实了上述结果。受人敬重的法国社会科学家、现代社会科学之父埃米尔·涂尔干（Émile Durkheim）在其具有影响力的作品《社会分工论》(The Division of Labor in Society, 1893) 中写道："当我们比较同样年龄、体重和身高的受试者时，男性和女性的颅骨容量，体现出有利于男性的一定的差异，这种不平衡在不同的文明之下也会产生差异。"② 因此，从"大脑容积与相应智商"的观点出发，女性之于男性有较大差异。

当时的文化人类学家得出了类似的结论。他们普遍认可的观点是：女性不仅智商比男性低，在进化程度上也低于男性，巴霍芬（Bachofen）在著作 Das Mutterrecht 中提到：思想的领域属于男性，物质的领域属于女性。女性构成了对现代文明的真正威胁，必须为了人类共同的利益加以压制。如果说社会的进步是以早期的母系社会向更进步的父系社会的顺序发展的话，那么人类的道德和智慧的进化将在建立父系社会和抛弃母系社会之时才能实现③。根据基尔莫（David Gilmore）的研究④，在《原始婚姻》（1865）和《古代史研究》（1876）中，苏格兰人约翰·迈克伦南（John McLennan）提出女性不如男性对社会有益。约翰·鲁拜克（John Lubback）在《史前时代》（1865）中写到女性是柔弱的、有依赖性，对文明的贡献微乎其微。1864 年，法理学家、人类学家卡尔·乌格特（Carl Vogt）声称女性是一个不断成长的孩子。与身体的其他器官一样，她的大脑同样符合孩童的类型。既然女性的大脑容积小于男性，那么，她们的智商肯定低于男性，与低等的灵长类动物相似。就连查尔斯·达尔文（Charles Darwin）也没有背离上述观点，在《人之由来》（1871）中，他常常将女性等同于过去的、低级的文明形态的代表。

由此看来，生活在维多利亚晚期的某些女性被刻画成最愚昧无知的低能动物，有着相应的理论研究基础。她们的进化程度低，就会比男性更凶残，反复无常，极大地危及文明与社会。此外，女性身体的诱惑力不仅阻碍了男性与社

---

① 转引自 Kestner J A. Mythology and Misogyny: The Social Discourse of Nineteenth-Century British Classical-Subject Painting[M]. Madison: University of Wisconsin Press, 1989: 7-8.

② Durkheim E. The Division of Labor in Society[M]. Simpson G, translation. New York: Macmillan, 1933: 56.

③ Bachofen J. Das Mutterrecht[M]. Basel: B. Schwabel, 1861: 150.

④ Gilmore D. Misogyny: the Male Malady[M]. Philadelphia: University of Pennsylvania Press, 2001: 124-125.

会前进的步伐，她们低下的智商还代表着人类进化的迟缓。

## 二、19 世纪的文学

邪恶的女性引诱男性，这类题材在 19 世纪英国探险小说中屡见不鲜，特别是那些涉及探索黑暗大陆的冒险家们的作品。① 在约瑟夫·康拉德（Joseph Conrad）的《黑暗的心》（1902），和海格德（H. Rider Haggard）的《她》中，非洲的女性是邪恶、危险、恐怖、野蛮的象征。《黑暗的心》讲述了马洛船长年轻时深入刚果河腹地的经历。在西方白人的眼中，黑色的非洲是原始、愚昧、神秘、落后的荒蛮之地。其中的土著女人就是野性的化身：

> 她把头扬得很高，头上的发式很像一顶钢盔；她小腿上直到膝盖边都缠着铜裹腿，手上直到肘边戴着一副铜丝手套，深褐色的脸上有一个大红点，脖子上戴着无数根玻璃球的项链；她浑身挂满了许多不可思议的物件，有符咒，有巫师送的礼物，等等……她显得既野蛮又无比高贵，眼神既狂野又威严；在她那不慌不忙的步伐中，既有某种不祥的威胁，又有一种庄严的气概。在忽而降临到整个那片悲伤的土地上宁静之中，那无边的荒野、那充实而神秘的生命的巨大身躯，似乎正凝望着她，思虑万千，仿佛它所观望的正是它自己的神秘而热情的灵魂。②

在这个形象中，丛林女王代表着黑色非洲的原始性与神秘特征。就像玛丽安娜·托哥夫尼克（Marianna Torgovnick）讲的那样，在康拉德的作品中，"女性"和"原始"概念的循环是如此完整，以至于很难辨别出哪个影响了哪个。③

海格德的小说《她》同样创造出一位非洲的图腾女王来代表自然的灾难性的力量。这位无名的女王是野蛮女性的原型。她有着爬行动物的特点，仿佛

---

① Gilmore D. Misogyny: the Male Malady[M]. Philadelphia: University of Pennsylvania Press, 2001: 126.
② Conrad J. Heart of Darkness[M]. New York: Penguin Books, 1983: 100-101.
③ Torgovnick M. Gone Primitive: Savage Intellects, Modern Lives[M]. Chicago: University of Chicago Press, 1990: 156.

是介于动物和人之间的一种生物。① 庄严的 "她" 是一个高个子的漂亮女人,但是带着蛇一样的优雅。走动的时候,她也像一条蛇:"她整个身体的一只手或一只脚好像在一起一伏,脖子并不低下来,而是缩了一下。"② 这位超自然的女性破坏了男性的道德感并蒙蔽了他的理性③。

## 三、19 世纪的绘画

基尔莫(Gilmore)认为,在注重罪恶和灵魂的维多利亚时代,说教性的比喻通常将人的生活比拟为在高级因素和低级因素之间的挣扎④。这个时期的绘画与社会学和人类学的研究成果一致,都认为男性高于女性,对女性身体之美的描绘被象征性的意象固定下来。她们是虚伪和陷阱,诱骗男性自降身份。从这一方面来看,维多利亚时代的视觉艺术复制了当时 "科学性" 的研究成果,即女性处于生物进化的低级阶段,不仅道德水平低下,还危及男性的灵魂。

在 19 世纪英国古典主题的绘画中,凯斯特纳(Kestner)找到了类似的倾向。⑤ 在这些作品中,常见的主题是女性被隐晦地比喻为堕落与放纵的人物。在英国神话主题的作品中,女性再次被描绘为海妖和巫女,驱使男性作恶。他总结到,19 世纪古典主题的绘画对神话中女性的刻画,使存在于文化中的厌恶女性和女性身体的态度普遍化。这些表现古典主题的艺术家通过绘画的表意,将厌恶女性与男性焦虑结合在一起,传递出一种对于女性固定不变的思想意识。⑥

## 四、19 世纪的心理学

弗洛伊德对女性的否定不仅被女性主义作家认识到,也是学术界激烈争论的主题。弗洛伊德声称,女性羡慕男性的性器官,因为从某种程度上讲,它优

---

① Gilmore D. Misogyny:the Male Malady[M]. Philadelphia:University of Pennsylvania Press,2001:127.
② Haggard H R. She[M]. New York:Hart,1976:149.
③ Gilmore D. Misogyny:the Male Malady[M]. Philadelphia:University of Pennsylvania Press,2001:127.
④ Gilmore D. Misogyny:the Male Malady[M]. Philadelphia:University of Pennsylvania Press,2001:128.
⑤ Gilmore D. Misogyny:the Male Malady[M]. Philadelphia:University of Pennsylvania Press,2001:129.
⑥ Kestner J A. Mythology and Misogyny: The Social Discourse of Nineteenth-Century British Classical-Subject Painting[M]. Madison:University of Wisconsin Press,1989:355.

于女性的生殖器官。① 在身体构造上女性是较之于男性低等的生物,理所应当地成为次等公民。弗洛伊德还认为,在人类文明的建设上,自私自利的女性缺乏责任心和道德感。这种观点在他的《文明与缺憾》中有确切的表述。其中,他讲到女性是文明的敌人:

> 此外,女性很快就站在了与文明对立的位置上,并且表现出阻止和抑制的影响来……创建文明的工作已经逐渐成为男性的任务。它使他们面对从未有过的、更加困难的任务,并迫使他们实现本能的升华,这是女性难以完成的。既然一个男人并不具备可以支配的、无限的精神能量,那么,他必须对自己的力比多进行应急而有效的分配才能达成目标。他为文明的目的而付诸的努力,从很大程度上讲,会使其远离女性和性生活。他与其他男性不间断的合作,以及他对于与他们关系的依赖,甚至使他与作为丈夫和父亲的责任日渐疏远。这样,女性就发现自己被文明的借口推到了角落里,因而采取了一种对文明敌对的态度。②

从上文中可以看出,弗洛伊德对男女两性在创建文明中扮演的角色做出了截然相反的评价。男性为了文明的发展与构建倾尽其全部的精神与体力,不惜脱离女性、婚姻与性,牺牲了作为丈夫、父亲的角色,值得称颂与认可。然而,女性因自身原因不仅无法为文明做出贡献,反而出于被男性的疏离冷落站在了文明的对立面上,成为社会进步的阻碍和敌人。弗洛伊德的观点与当时文学和艺术中的类似倾向大同小异。蛇——女性、妖妇和女巫只是被女性化了的本能所取代。③

## 第四节 女性地位的提升

英国女权运动蓬勃发展之前,妇女地位的低下一直是英国的一大传统。18

---

① Gilmore D. Misogyny:the Male Malady[M]. Philadelphia:University of Pennsylvania Press,2001:131.
② Freud S. Civilization and Its Discontents[M]. Strachey J,translation. New York:Norton,1931:50-51.
③ Gilmore D. Misogyny:the Male Malady[M]. Philadelphia:University of Pennsylvania Press,2001:132.

至 19 世纪，在男性至上的英国社会，女性处于依附的地位。她们的生活范围局限在男人和家庭之中，是营造美好和睦家庭的"天使"。父兄是婚前的保护，丈夫是婚后的主宰。女性不能继承家中的财产，只有通过结婚才能生存下去。然而，即便到了维多利亚时代，婚后的女性在经济上仍旧无法独立享有财产权。她们必须在丈夫的认可下才能处理个人的财产，而财产的收益权和经营权则归丈夫所有。就像英国著名法官威廉·布莱克斯通（William Blackstone）在《英格兰法律评述》中提到的那样："妇女一旦结婚就要失去法律的存在。夫妇属于同一个法人，这个法人就是丈夫。已婚女子不准管教子女，也不准管理自己的财产。"①

在政治上，直至 1918 年之前，英国妇女始终不能享有选举权和被选举权，只有男性才有权利参政议政。从受教育的权利上看，英国女性不能与男性平等地接受教育。1850 年之前，女性一直被排除于英国初等教育之外。女性接受教育的人数少，加之受教育的程度低，严重地限制了女性就业的范围，降低了她们的生存能力。大多数平民女性主要从事家庭教师、护士、女佣等工作，她们不仅要操持家务、生儿育女，还要补贴和维持家庭生计。

但是依照传统观念，女性应该更好地扮演妻子和母亲的角色，外出工作是得不到鼓励的，因而雇主不会支付女性与男性同等的工资。她们不仅无法获得长期稳定的工作，还要时时面对男性工友的敌意。在家庭生活中，女性更是生活在男权制度的权威和阴影之下。妻子是丈夫的附属品，受丈夫保护和监护，并且不能主动提出离婚。1859 年，南丁格尔（Nightingale）在书中这样描述了维多利亚时代的家庭和婚姻："家庭？这对内在精神的发展来说，是一个过于狭窄的空间……男性通过婚姻得到了一切，他得到了伴侣，但妇女并非这样。"②

随着英国工业革命的爆发，工业化的发展迫切需要足够的劳动力，同时资本主义大工业的发展逐渐摧毁了传统的家庭经济，也迫使女性进入劳动力市场。于是广大妇女摆脱了家庭的牢笼，走入社会和工厂，成为英国工业化进程中不可或缺的力量。珀金（Perkin）在《现代英国社会起源》（Origin of Modern English Society）中提到，"妇女走出家庭，也就是把她们从空气、阳光、空间、思想感情受拘束、受限制中解放出来，并形成守时、服从、机敏、

---

① 转述自：奚广庆,王谨. 西方新社会运动初探[M]. 北京：中国人民大学出版社,1993:9.
② Worsnop J. A Reevaluation of 'The Problem of Surplus Woman' in 19th-Century English[J]. Woman's Studies International Forum,1990(13), Nos. 1/2:21-23.

## 第四章　毛姆女性观形成的社会因素

巧妙、能干、集中精力的习惯,刺激她们好好工作,锻炼她们与人共事和社会活动的能力,训练她们自尊自强的勇气。"①

女性通过劳动赚得收入,经济上逐渐独立,不再像之前的家庭主妇那样依附于丈夫和家庭。新的生存空间为禁锢之下的女性打开自由的大门,拓展了她们的视野,提升了她们的思想境界。她们认识到自身的社会与经济利益,发出了自我解放的呼声。逐渐稳固的经济基础,加之自我和团结意识的增强,为女性参与社会生活提供了有力的保障和可能。就这样,在工业革命的进程中,女性作为一个社会群体,为争取男女平等、女性解放的理想开展了不屈不挠的女权主义运动。

1792 年,被后世誉为"世界妇女运动鼻祖"的玛丽·沃斯通克拉夫特(Mary Wollstonecraft)在著名的《女权辩论》(*A Vindication of the Rights of Woman*)中,抨击了社会中的男女不平等观念,阐释了"男强女弱"现象的成因,并从国家和社会进步的层面出发,论证了提高妇女地位和权利的意义。她认为,生活在传统父权思想泛滥的家庭环境中,女性接受的传统观念就是"男性至上"思想的灌输,同时,社会对于女性基础教育和体能训练相对匮乏,导致女性成年之后无论从智力还是体力上都处于劣势,可见,家庭与社会对于女性的偏见极大地影响了女性能力的发展,从而使女性成为在社会生活各个方面都低于男性的公民。

如果没有家庭和社会教育的偏见和失误,女性本应该成为与男性一样的人,她们应该平等地享有各项权利。在任何类型的教育中都要摒弃歧视女性的偏见,确立男女平等的观念,培养女性独立自主的能力。只有在两性平等的基础上,女性在社会生活中享有与男性同等的权利,国家和社会才会进步。自此,如火如荼的英国妇女解放运动拉开了序幕。

在 19 世纪与 20 世纪之交的英国妇女顽强不懈的斗争中,英国女性在婚姻、财产、教育、就业和选举等方面争取到了基本的权力。妇女提出离婚是合法行为;法律允许已婚妇女支配婚前婚后的财产权利;国家扩大各级教育,以使女性获得接受初等、中等,甚至大学教育的机会;妇女不仅可以从事护士、教师、售货员、服务员、会计和文员等工作,还可以以律师、医生和作家的身份跻身男性主导的行业;妇女参加英国地方选举的人数逐年增加。

在第一次世界大战(以下简称"一战")中,英国女性为战争胜利做出

---

① Perkin H. Origin of Modern English Society[M]. London:ARK Paperbacks,1985:157.

了卓越的贡献，她们强烈的爱国热忱和坚韧不拔的信念赢得了英国上下乃至世界各国的认可与称颂。战争也给英国女性提供了从事男性工作的宝贵机会，证明她们具备同等的工作能力。对女性自身来说，第一次世界大战拓宽了她们的生存空间，巩固了生存的物质基础，提升了经济和社会地位，她们在从未想象过的自由环境中过着独立的私人生活。在家庭中，妇女不再强烈依附于父亲和丈夫，甚至成为家庭的经济支柱，改善了自身的家庭地位。

更重要的是，经过战争历练的女性更加自信。她们没有预料到自身具有出众的能力和才华。第一次世界大战最终使女性挣脱了维多利亚时代的束缚，改变了她们受奴役的地位。然而，某些刚刚挣脱旧的伦理束缚的女性在自身问题上思想更开放，表现得更随便。两性之间忠诚专一的情感逐渐淡化，女性的性观念日渐解放。

在时代的局限下，英国"解放的一代"女性无论从思想上还是行为上还不够成熟。虽然自我意识增强了，自信心增加了，但是自我认识的程度和高度是相当有限的。她们强烈地争取独立、自由与解放的个性、身份和地位，却依旧在纯粹的物质需求和赤裸的身体欲望之间徘徊挣扎。她们挣脱了维多利亚时代令人窒息的枷锁，却还不明确自己的角色和位置。特别是在现代化繁荣奢华的背后，隐藏着人类社会的虚荣和贪婪。人们对物质和欲望的追求甚至发展为那个时代广为认可的目标与理想，不仅影响到女性的思想，也刺激了她们盲目的欲求。与女性解放运动之前和之后时代的女性相比，生活在妇女解放运动时代的女性既不是唯父命夫命是从的"家中的天使"，也不具备现代女性独立自强的自主精神，只能徘徊迷失在欲望的挣扎之中。

毛姆在《总结》中如此评价他生活的时代的女性：

> 女人已经不再早早就成为家庭主妇和母亲了，她们有自己的兴趣和特别的考虑，过着和男人分离的生活，虽然不具备能力，还是尝试着要去参与男人的事务；她们乐于承认不如男人，却要求别人给予她们应得的关注，她们坚持自己的权利——她们新近争取到的权利——去加入所有的男性活动，尽管她们所知道的只够让她们成为被人讨厌的对象。①

---

① 毛姆. 总结[M]. 孙戈, 译. 南京: 译林出版社, 2012: 262.

## 第四章 毛姆女性观形成的社会因素

　　信守父权社会思想的毛姆极其反感这些"个性解放"的女性。他几乎将整个时代的女性淋漓尽致地呈现给世人：有的如动物般丑陋、凶狠、贪婪，有的在家庭和事业上如男性般强势。在他的笔下，女性人物不再是贤妻良母，既不是称职的妻子，也不是合格的母亲，而是自我放纵、丑陋邪恶的魔鬼。

　　在憎恶的背后，深藏着毛姆作为男性的情绪——焦虑。在19世纪晚期，当女性解放主义者致力于她们的同伴获得更多的权利和自由的时候，在维多利亚时代传统下成长起来的任何男性无不受到深深的触动。他们能够预见解放后的女性在未来社会生活中扮演的角色和确立的地位，并为此惴惴不安，担心维系了多少世纪的男性至上的稳固地位被撼动甚至被颠覆。两性角色的转变为整个社会带来了紧张和忧虑，作家毛姆也有同感。女性解放的思潮冲击着整个社会。在艺术创作领域，解放了的女性作家也要与男性作家们"分得半边天"，争取读者群，争夺市场。虽然她们的"创作能力有限"，还要频繁出入各种上流社会的沙龙，高谈阔论，似乎无所不知，无人能敌。女性作家的涌现动摇了男性作家稳固的社会以及艺术地位，危及他们的名誉、前途，直至经济利益。

　　所以不难看出，毛姆的作品经常会展现危险的女性——声名卓著的女性作家。毛姆承认，过去时代的女性是的的确确的作为"他者"的低等公民，然而解放了的新女性是颗随时爆发的炸弹。在妇女解放运动的浪潮下，受益于社会改革和进步，女性开始接受与男性同等的各类教育，特别是高等学府也为女性留下一席之地。接受过与男性同等教育的女性在思想意识、学术研究和创造能力方面不仅不逊于男性，甚至还大有超出男性的趋势。在毛姆的小说中，无论是相貌丑陋、阴险残暴、追求本能、表里不一、见异思迁的女人，还是意欲控制男性的强势的妻子或者女友，都是作者带着性别歧视的有色眼镜，坐在高高的审判席上，居高临下地批判、揭露具有性格弱点的女性。作者或是在雅士云集的俱乐部，在茶余饭后将女性的缺陷视为嘲笑奚落的谈资，或是借助虚构的人物对身边和生活中咄咄逼人的妻子或类似女性的含蓄地表达不满。总体而言，这些女性仅仅是职业作家创作的对象，在现实生活中并未对其造成某种意义上的危害，或者说没有给其带来事业上的威胁。然而，真正催生男性作家危机感的，则是一类危险的女人，即女性作家。她们构成了男性竞争对手焦虑的核心。

　　正是对女性的忌惮，迫使毛姆反感女性。他曾客观地分析其女性观的缘由："我属于一个妇女处于过渡阶段的时代……这个时代的妇女一般地……既无她母亲的优点,也无她女儿的优点。她是一个解放了的奴隶,可是不了解自由的条件。她没有受过良好教育,她不再是家庭妇女,但还未成为一个(好)伴侣……"①

---

① 特德·摩根.人世的挑剔者:毛姆传[M].梅影,舒云,晓静,译.长沙:湖南人民出版社,1986:376.

# 第五章　毛姆女性观形成的个人因素

弗洛伊德在《诗人与幻想》中阐释了他的文艺观,其中包括:"第一,关于创作动机。他认为作家创作的动因是幻想,是受到压抑的愿望在无意识中的实现,只有一个愿望未满足的人才会有幻想,也只有幻想才能满足受压抑的愿望。第二,创作回忆说。作家的创作总是对过去的、特别是儿童期受抑制的经验的回忆,回忆恢复了过去被潜抑的经验的动力,从而产生了要求补偿实现它的愿望,对受创伤经验的回忆是创作的契机。第三,作家与作品中人物的同一说。每部作品都是一场幻想,其中的主角归根结底是'自我'。"[①]

毛姆在《十部小说及其作者》中写道:"一个作家写的是哪一类的书决定于他是哪一类的人,所以最好是对他的个人经历进行一番了解。"[②] 作品的特色往往受到作家的人格特点的影响,而其独特的个性是在他的人生阅历中形成的。由此可见,毛姆会将自己在生活中经历的女性以及对她们的态度写入作品之中。1954年,在一封写给传记作家柯德尔的信中,毛姆明确反对人们为他作传,声称除了他的作品和某些友人零散的回忆之外,他的人生再无可写的地方了。实际上,在三部传记性小说《寻欢作乐》《月亮和六便士》《人生的枷锁》中,毛姆已经从最近的角度向读者讲述了自己的故事。由此,根据弗洛伊德文艺理论中关于创作动机、作家与作品的关系等论述,通过研究毛姆的传记、传记性小说和评论,我们能够更加清晰地认识毛姆的性格成因和创作取向,尤其是他的女性观。

---

① 转引自:胡经之.西方文艺理论名著教程[M].下.北京:北京大学出版社,1989:133.
② 特德·摩根.人世的挑剔者:毛姆传[M].梅影,舒云,晓静,译.长沙:湖南人民出版社,1986:1.

## 第一节　得不到的爱和毛姆的失意

1906年4月，年近40的毛姆遇到了他人生中真正爱恋的女子，剧作家亨利·阿瑟的女儿、女演员苏·琼斯。为更多地了解毛姆和苏之间的感情纠葛，读者需要细读毛姆自传体小说《寻欢作乐》中的罗西·德里菲尔德。就像摩根在《人性的挑剔者——毛姆传》中提到的那样："毛姆将他生命中的真爱刻画成小说中生性风流、随便的罗西的样子。"① 《寻欢作乐》发表于1930年，出版之后获得了巨大成功，并很快确立了毛姆在当时评论界的地位。"毛姆作为小说家的名声已经无人能敌，作品出版后的短短几个月内，所有活跃在文坛的小说家都甘拜下风。"②

这部书是毛姆最希望为世人留下记忆的作品之一，也是他最美好的爱情回忆和苦涩失意的见证。毛姆在序言中提到了这么一位女性："年轻的时候，我跟本书中我称作罗西的那个年轻女人关系十分密切。她有重大的、令人恼怒的过错，但是她长得很美，人也诚实。我和她的关系正如这种关系一贯会有的结果那样后来结束了，但是我对她的回忆年复一年地萦绕在我的脑海中。我知道总有一天我会把她写进一本小说。"③

在《寻欢作乐》中，尽管作家德里菲尔德的第一任妻子罗西天性风流，背叛甚至抛弃了丈夫，作为情人的毛姆还是以仰慕者的口吻极尽能事地赞美了她至真至纯的个性。罗西是毛姆作品中罕见的光彩照人的女性形象。首先，毛姆以大量的笔墨描写了罗西的外表和自己的感受。从传统的审美观点来看，罗西并不属于眉清目秀、气质高雅的漂亮女性。"她的五官长得并不怎么端正……眉目并不轮廓分明。她那短短的鼻子稍嫌大了一点，她的眼睛略小，嘴却很大……她的脸色并不红润，而是一种很淡的褐色，只在眼睛下面微微泛出一点青色。"④

每当罗西对人微笑的时候，她那湛蓝的眼睛和红唇传递出的笑意，是毛姆

---

① Morgan T. Maugham[M]. New York:Simon and Schuster,1980:128.
② 转引自 Calder R L. Figures in The Foreground[M]. London:Hutchinoon,1963:92.
③ 毛姆. 寻欢作乐[M]. 叶尊,译. 南京:译林出版社,2013:6.
④ 毛姆. 寻欢作乐[M]. 叶尊,译. 南京:译林出版社,2013:161.

## 第五章　毛姆女性观形成的个人因素

"见过的最欢快、最友好、最甜美的笑容"①。她金黄色的头发散发出闪闪的光芒，仿佛把整个人都点亮了。不过罗西给人留下的印象并不是金黄色的，而是银白色的。在她的情人们的眼里，罗西就像散发着光芒的月亮，或者像初升的太阳。显然，罗西不具备威严高傲、光彩照人的贵妇人气质，但是她身上散发出的单纯真挚、如春天般清新的气息，深深地感染、吸引着身边的人。

现实中的苏·琼斯是毛姆生命中唯一的真爱。初次见面毛姆便为她倾倒，可谓一见钟情。苏·琼斯的身上带着成熟以及无穷的魅力：玫瑰般的面颊、金黄色的头发、夏日里大海一般湛蓝的眼睛，以及丰满的曲线。她待人热情，心地善良，从不挑剔、刻薄他人，能够最大限度上理解毛姆的需求。她阳光般的性情也抚慰了毛姆的孤独和自卑。

不仅罗西对人绽放的微笑是那么真实而美好，她对人的态度也同样既亲切又自然。作者第一次见到德里菲尔德夫妇时还是一位中产阶级的小少爷，而夫妇俩是生活在穷困潦倒之中、靠借债度日的下等人。在等级制度严苛的英国社会，不同阶层的人们之间见面打招呼需要遵循一定的礼仪，以体现出各自的身份。然而见到年少的"我"坐在路旁，罗西却"以一种异常坦率的姿态朝我伸出手来，我握住她的手的时候，她热情地使劲握了一下"②。而后她与"我"说话，口气中流露出热切与真诚。见到陌生人，十几岁的作者难免有些局促不安，可罗西却毫不顾忌等级出身，自然坦率地与作者聊天攀谈。她的做法打消了作者的顾虑。他不顾叔父的反对，从那时起就与德里菲尔德夫妇交往熟识起来。

可是在当地人眼中，罗西竟是个朝三暮四的放荡女人。她做过酒店的女招待，跟光顾酒吧间的客人们关系暧昧，之后由于行为不检点被解雇了。她还跟当地的一位已婚煤炭商人交往密切。罗西的口碑极差，就连她的朋友得知她做的事情后也不愿跟她说话了。尽管人们在背后指指点点，罗西对自己当过女招待的事情直言不讳。她极其坦率、随便地谈及曾在某家酒店工作过三年，全然不觉得这种活儿多么下贱和低级，还坦诚地说当时"真的挺快活"③。年少懵懂的作者每当在罗西家听着她爽朗、纯真的笑声，看着她真挚热切的笑容，是无论如何也不会与小说中的坏女人联系在一起的。时光飞逝，经常光顾德里菲

---

① 毛姆.寻欢作乐[M].叶尊,译.南京:译林出版社,2013:161.
② 毛姆.寻欢作乐[M].叶尊,译.南京:译林出版社,2013:58.
③ 毛姆.寻欢作乐[M].叶尊,译.南京:译林出版社,2013:77.

尔德一家的作者已经成年，他顺理成章地成为罗西的一个情人。

罗西最大的缺点就是她的乱爱。在生命中的一部分之间里，她都沉浸在性爱带来的欢愉之中。在与阿申登的交往中，不管罗西何时离开，无论在温暖的阳光里，还是冰冷的雨天，她都是开朗快乐的。在愉悦的心情之下，他们自然地以同样的爱看待这个世界。偶尔阿申登在罗西的示意下递给路边的乞丐一两个先令，罗西会十分开心。她性格随和，平易近人。无论心情怎样，与她在一起的人无不被她的热情感染，心中充满了阳光，用阿申登的话说，就是："罗西使我心里充满快乐。"① 但是，任何男人都无法容忍他的爱人同时投入别人的怀抱。得知罗西接受了一位犹太商人昂贵的馈赠，阿申登带着嫉妒和愤怒与罗西当面对质。罗西这样回答：

"哦，亲爱的，你为什么要为别的人而自寻烦恼呢？那对你有什么害处呢？我不是使你过得很愉快吗？你和我在一起难道不高兴吗？"

"非常高兴。"

"那就好。为一点小事就大惊小怪和妒忌是很傻的。干吗不为你所能得到的高兴呢？嗨，有机会就该尽情玩乐。不出一百年，我们就全都死了。到那时还有什么值得在意的呢？我们还是趁着现在尽情玩乐吧。"②

在小说的最后，抛弃丈夫、与人私奔的罗西被德里菲尔德的第二任太太贬低得一无是处，认为罗西无论从身体还是精神上，都极大地伤害了德里菲尔德。对此，毛姆不仅与她看法相悖，还由衷地赞美罗西。虽然她被看作荡妇，但是她心地善良、思想纯朴，比起那些工于心计、满口道德的贵妇人来，显然要真实美好得多。"她的天性是健康和坦率的。她愿意让别人感到快乐。她愿意去爱。"③

《寻欢作乐》记录了毛姆漫长并最终失败的罗曼史，虽然充满温暖和欢愉，却也夹杂着爱情失意的苦涩。直到1929年毛姆写这本书的时候，痛苦的回忆仍是他心中无法抹去的阴霾。毛姆这样评价被别人拒绝的爱情："持续最

---

① 毛姆.寻欢作乐[M].叶尊,译.南京:译林出版社,2013:176.
② 毛姆.寻欢作乐[M].叶尊,译.南京:译林出版社,2013:183.
③ 毛姆.寻欢作乐[M].叶尊,译.南京:译林出版社,2013:255.

## 第五章 毛姆女性观形成的个人因素

长的爱情是那种不被接受的爱。"①

罗西是毛姆在人生转折时期塑造的最成功的形象。在小说的序言中，毛姆认为她是自己作品中最富魅力、最迷人的女人。罗西的神态流露出来自大自然的静谧与朝气，清新与活力，仿佛原始时代的女神被仰慕者膜拜。罗西亲切的笑容、纯真的心灵、率真的个性感染着毛姆。在他的眼中，罗西就是一朵白玫瑰、一位女神，是任何男性梦寐以求、难以抗拒的理想化身。在与罗西的交往中，年轻的阿申登不但体会到了爱情和性的美好，还在无形之中摆脱了肯特郡黑马厩镇人身上狭隘的人生观。虽然罗西抛弃了丈夫，离开阿申登跟别人私奔，但从另一方面看，她的背叛和保守的思维方式也极大地激发了作家们的创作灵感。

年近40的毛姆功成名就，名下已有钱财和家产。他觉得是时候安定下来，况且自身具备谈情说爱的能力和条件。他打算向苏·琼斯求婚。在芝加哥见到分别已久的毛姆，苏·琼斯非常兴奋。她的演出结束后，他们在她的公寓房间里吃了晚餐。寒暄过后，毛姆谈到了正题。他带着十足的把握微笑着对苏·琼斯说，这次到芝加哥是向她求婚来了，并期待她接受。

然而苏·琼斯立即表示并不想嫁给毛姆。毛姆大为震惊，追问其中缘由。苏·琼斯只是重申了她的不情愿。毛姆觉得苏·琼斯可能需要甜言蜜语，便建议她告知剧院在两周之内寻找其他人选以代替她的位置，还提议他们马上结婚，然后乘火车去旧金山，再坐船到塔希提去。虽然苏·琼斯表示这个计划十分完美，但还是不肯放弃当下的演出。毛姆感觉她的想法不无荒谬。他将镶嵌着两颗大珍珠的钻戒递给苏·琼斯。虽然戒指很漂亮，还是被退回到毛姆的手中。他请苏·琼斯戴上戒指，可她仍无动于衷。毛姆一直认为苏·琼斯在开玩笑，这时她才明确地说："你要我跟你睡觉是可以的，可嫁给你不行。"② 片刻之后，毛姆确认苏·琼斯再无其他话说，求婚没有任何挽回的可能，便起身吻了吻她，将戒指收起来离开了。

遭到拒绝的毛姆回到纽约之后的一天，忽然在一份报纸上看到苏·琼斯宣布结婚的消息。1914年1月3日，随着苏·琼斯参与出演的戏剧《罗曼史》在芝加哥的首轮演出结束，她告别了舞台，扮演起一个乡绅妻子的角色来了。

---

① Kunner M C. Maugham and The West: The Human Condition: Bondage [M]. New York: Columbia University, 1953: 41.
② 特德·摩根. 人世的挑剔者: 毛姆传[M]. 梅影, 舒云, 晓静, 译. 长沙: 湖南人民出版社, 1986: 191.

毛姆后来在美国的时候，偶尔得知这对夫妇住得离他很近，但是他不打算拜访这个曾经拒绝他求婚的女人。

在《总结》中毛姆承认，得不到的爱情让他饱受折磨，原因不在于苏·琼斯不爱他，而是她同样地爱着包括毛姆在内的一打男人。他们之间的感情纠葛长达几年，最后终于了结。毛姆的朋友们表示，苏·琼斯的随便和不忠诚不可能成就她与毛姆的结合。毛姆一生都在保守苏·琼斯身份的秘密，直到毛姆的好友、英国皇家艺术学会会长杰拉尔德·凯利在写给柯德尔的信中终于揭开了真相："据我所知，他们一起度过了一段非常快乐的爱情时光，不过之后我认为毛姆意识到了她的乱爱个性。关于他们是否争吵过，或者是谁离开了谁，我真的并不在乎。她是我认识的最令人愉悦的女人之一。我觉得她的美丽难以言表，只是她有一个致命的缺点。"①

爱情受挫怎么不会改变毛姆的人生轨迹！他说："我常常想，如果没有那个不合常理的意外事件，我的人生道路会是怎样。"② 当毛姆再次讲起罗西的故事的时候，他的眼中闪烁着泪光。虽然难过，毛姆还是无法抑制对他唯一挚爱女性的失望和不满。假设她欣然接受了毛姆的求婚，安守本分地做一个好妻子，毛姆一定会沉醉在婚姻的幸福中，感激上帝对他的恩赐，过上另一种生活。爱情会使他摆脱固有的、狭隘的两性观念，他也会以更加宽容、理解的眼光重新审视女性。

## 第二节　不幸的婚姻与毛姆的不满

毛姆一生中只结过一次婚。就像格兰威·威斯科特（Glenway Wescott）所说，他与西莉·威尔康的结合，"纯是为了双方都方便的婚姻"③。毛姆与西莉生活了十年，也是他痛苦不堪的十年。婚后不久，毛姆就讨厌起西莉来，而直到他生命的尽头，还一直对西莉怨恨在心。

1914年，毛姆与西莉相识。看起来她是个唯毛姆命是从的女人。西莉说她当时发狂地爱着毛姆，毛姆自然十分得意并深信不疑。与如此美丽动人、穿

---

① 转引自 Morgan T. Maugham[M]. New York：Simon and Schuster，1980：130.
② 转引自 Calder R L. Figures in The Foreground[M]. London：Hutchinoon，1963：133.
③ Morgan T. Maugham[M]. New York：Simon and Schuster，1980：221.

## 第五章 毛姆女性观形成的个人因素

着时尚的社交名媛交往,毛姆男性的虚荣心得到极大的满足。二人于三年之后结婚。他们都了解彼此的过去和情人,西莉想让她未出生的孩子有一位合法的父亲,她则需要一个当时在戏剧界享有极高声誉的男人,而毛姆只是想娶一个会持家的女人。

他们的婚姻很快就被蒙上了阴影。毛姆感觉西莉像一个在生意中不去履行合同条款的合作伙伴,他并不是出于纯粹的爱情,而是西莉未婚先孕,不得已才与她结合。毛姆认为西莉没有权利向他提出任何要求,他已年过40,无法改变固有的生活习惯,并希望西莉接受他的生活模式——一年之中会有半年时间,在他的秘书杰拉尔德·赫克斯顿的陪伴下外出游历,以搜集创作素材。

毛姆认为西莉应该接受他的双重生活,而妻子却不能容忍。她指责抱怨、大吵大闹,声称毛姆将她排除在他的生活之外。毛姆则反驳说他出游完全是为了感受生活,如果西莉一同跟随,他将一无所获。毛姆的不满还不止于此。西莉将感情视为物品,对思想和精神没有追求,当人们讨论一部书的时候,西莉是那种只会用"太完美了"之类的言辞去赞美的女人。他们还厌恶、疏远彼此的朋友。

事实上,毛姆并没有发觉西莉身上好的品质,只是看到了她编织的婚姻之网,以及她带来的情感折磨和经济损失。他把她视为"在一个人人相互诋毁的大家庭中长大的泼妇,并且在与她见面之前,需要喝上一杯"①。毛姆在他们婚姻的一开始就是个缺席的丈夫。

毛姆说他的婚姻缺少情感与色彩。摩根在传记中提到,当毛姆隐居偏远的乡间埋头创作《月亮和六便士》时,大多数时间都与西莉在一起。他竭力寻找一处隐秘之所,以集中精力写出他崇拜的艺术家高更。非常可能的是,毛姆从多事挑剔的西莉那里吃了不少苦头,于是在《月亮和六便士》中,通过主人公斯特里克兰德对妻子和情人布兰奇的评述,我们读到了毛姆对于西莉之类女性的反感:她们有强烈的控制欲,爱一个人就要占有包括他灵魂在内的全部,否则决不罢休;她们思想狭隘、智商平平、崇尚物质,不愿意了解精神层面的追求;她们将男人的思想局限在家庭生活的琐碎之中。

对于毛姆遭遇的不被接受的爱情和不甚满意的婚姻,以及由此形成的对女性的态度,弗洛伊德精神分析学的人格发展理论可以做出解释:

---

① Morgan T. Maugham[M]. New York:Simon and Schuster,1980:221.

"原欲"与自我(它遵循现实的要求)和超我(它遵循社会规范的要求)之间的永不缓解的冲突必然产生挫折和焦虑,因为"原欲"的能量是不灭的。为了消除挫折和焦虑,自我和超我就想方设法,主要方法有:求同作用、移置作用和升华作用、防御机制、本能转换等等。所谓"移置作用"是指能量从一个对象改道注入另一个对象,本能的根源和目的保持不变,发生改变的只是目标和对象。这就是说,由于"原欲"的能量发泄所要求的对象是为社会和现实不允许的,自我就选取一些社会和现实许可的对象来代替"原欲"的要求的对象。①

制约移位发生方向的因素有两个:一是社会,即社会通过以父母主导的家庭,来认同或者禁止移位,使得移位的方向发生变化。第二个重要的因素则是选择对象与替代对象之间的相似性,甚至两个对象之间没有差别。这种移位是不断进行的。第一选择对象无法得到许可时则转向与第一选择对象最大程度相似的第二选择对象,直到找到能够达到目的的对象为止。②

将上述理论应用到毛姆个人经历的分析中,读者便会明了,从毛姆童年丧母的不幸,到成年后与女性交往的失败,是偶然因素和必然因素互相影响的结果,那么,毛姆将对女性的心理写入作品也是理所当然的了。

一个人从降生到成年,母亲是他(她)不可或缺的陪伴和精神支柱。母亲是孩子心中最理想的化身,是最美好、最美丽、最温柔、最可靠的代名词。毛姆对母亲爱迪丝的感觉也是如此。她身材娇小、纤细,有着一双褐色的大眼睛和金红色的软发,看上去迷人而优雅。随着年龄的增长,童年时代的毛姆享受着母亲无微不至的关爱,在脑海中形成了对母亲最完美的印象,也就是理想女性的典型形象。

不幸的是,在毛姆八岁的时候,母亲因生产死去,给幼年的毛姆留下了终生难忘的记忆,成为一道永远无法愈合的伤疤。毛姆曾说过:"对于她的去

---

① 胡经之.西方文艺理论名著教程[M].下.北京:北京大学出版社,1989:131.
② 赵倩.现实荆棘中的理想跋涉:从短篇小说看毛姆的女性观[D].北京:北京师范大学,2006:21.

世，我永远无法平复，我永远平复不了!"① 他无法从失去母亲的创伤中解脱出来，时时刻刻渴望着母亲般的爱。之后在背井离乡的孤独生活中，毛姆不断地想念着母亲，一遍遍地在脑海中勾勒着母亲的样子，以至于母亲的完美形象在他的心中最终理想化，并成为一种固有的意象。

然而，毛姆爱恋母亲的渴望和孤苦伶仃的现实是无法调和的，他为此落下了口吃的毛病。"孤寂凄清的童年生活，在他稚嫩的心灵上痛苦的阴影，养成他孤僻、敏感、内向的性格。幼年的经历对他的世界观和文学创作产生了深刻的影响。"② 欲望的能量是永不熄灭的，成年以后的毛姆依然期待失去的母爱，然而能够给予他世界上最无私的爱的人已经逝去。

为了从渴求母爱的焦虑和挫折中得到拯救，毛姆的自我和本我便将他的注意力转移到社会和现实许可的对象上来，以代替最初的渴望不可及的对象。可见，本能追求的目标和理想是不变的，发生改变的只是对象。后来毛姆终于寻觅到了像母亲一样的爱人——他心目中的理想女性苏·琼斯。无法重获母爱，毛姆便将情感和渴望转移到爱人的身上。在与毛姆交往的众多女性之中，苏·琼斯是毛姆失去母爱之后寻找的与母亲最相像的一位女性，是第一次提出求婚的女性，当然也是毛姆心目中的理想女性。

苏·琼斯与毛姆母亲的相似之处决定了毛姆的选择。她们出身名门，外表美丽动人，待人接物平易近人，给人亲切自然之感。更重要的是，只有苏·琼斯才能让毛姆孤独的灵魂得到安慰。他们在一起的时候，就像阿申登和罗西在《寻欢作乐》中一样，阿申登曾经像个小孩似的突然失声痛哭。这是毛姆失去母亲的悲痛、孤独和无助的爆发。此时罗西就像母亲一样将阿申登搂在怀里，温柔地安慰着他，使他感受到了被爱、被保护的美好。同样地，苏·琼斯对毛姆的爱和温情弥补了他在心理上始终渴求的母爱。毛姆相信他们彼此相爱，因而带着极大的自信向苏·琼斯求婚。可能毛姆太过沉醉于苏·琼斯带给他的母爱缺失的补救，宽容、忽略了苏·琼斯与人乱爱的致命缺点。

不无凑巧的是，1914 年 1 月，毛姆与苏·琼斯分手，而他的长篇小说《人生的枷锁》出版于 1915 年。该作品以菲利普与莎莉的爱情即将圆满作为结局，其中不乏毛姆对理想妻子的憧憬和完美婚姻的期待。与苏·琼斯相比，

---

① 波伊尔.天堂之魔：毛姆传[M].梁识梅，译.北京：中国文联出版社，1987：6.
② 毛姆.人生的枷锁[M].张增健，倪俊，张柏然，译.上海：上海译文出版社，2015：3.

莎莉更像一位母亲。她的丰满体态象征着女性顽强的生命力和生育能力，她像母亲一样的口吻和体贴周到的照顾使人产生一种被呵护的渴望。不过，理想的妻子是以毛姆自身为出发点的追求对象，她既需要弥补他母爱缺失的空白与创伤，又不能束缚他的人生理想，掌控他的生活。毛姆希望他理想的妻子能做到莎莉那样，愿意为菲利普周游世界的计划牺牲个人的幸福。

对母爱的渴望，对理想女性的追求，随着苏·琼斯拒绝毛姆的求婚化为泡影。与苏·琼斯分手的当年，毛姆与西莉渐渐熟识起来，并确定了情人关系。当初毛姆之所以选择西莉，很大程度上在于他被西莉疯狂地爱恋着。"被爱"不正是难以承受丧母之痛的毛姆内心深处的需要吗？又是治愈被拒绝之痛的一剂良药！替代最初欲望对象的"移置作用"失败后，自我和超我又试图继续选择与理想女性最相似的第二对象，以消除因现实与原始欲望冲突产生的焦虑和挫折。

必须说明的是，在一次次的移位与替代中，选择对象的变化致使最后选择的对象与原始对象之间的同一性逐渐缩小，选择的效果和满意度也会大打折扣。西莉是苏·琼斯之后毛姆的又一次选择。毛姆本希望她能做个尽职尽责的女主人，并共同分享平静的婚姻。他这样期待理想的婚姻："这样的平静（的婚姻）还能使我不丢失宝贵的时间，思绪不受打扰地写下所有想写的东西；平静，以及一种安定而有尊严的生活方式。我寻求自由，并且认为可以在婚姻中找到自由。"①

可是西莉并没有带来婚姻的安宁，她为毛姆缺席她的生活争执吵闹，毛姆的写作也因西莉的干扰被延误了。毛姆没有享受过婚姻的平静和自由，终于放弃了婚姻生活。毛姆本能地渴求母爱、女性的爱，虽然一次次做出妥协，终以失败收场，欲求的"移置作用"宣告无效。

毛姆在美国时得知苏·琼斯一家住得离他很近，但是无意探访叙旧，二人自此不再相见。虽然毛姆在《寻欢作乐》中极尽能事地赞美罗西的真挚与美好，原谅了她的缺点，还以阿申登的身份再次拜访了阔别多年的老情人罗西，但是从毛姆现实生活中的做法来看，他还是对苏·琼斯的无情拒绝耿耿于怀的。尽管西莉已去世多年，毛姆至死仍对其恶语相加，可见对亡妻的怨恨之深。

---

① 毛姆.总结[M].孙戈,译.南京:译林出版社,2012:181.

从毛姆对生命中两位重要女性的态度来看,只有爱之深才会恨之切。与在正常环境下长大的男性不同,幼年丧母、寄人篱下的毛姆更渴望被爱、被保护、被理解。根据弗洛伊德精神分析学的人格发展理论,苏·琼斯和西莉正是毛姆期待从女性身上弥补母爱缺失的最佳人选,是他憧憬的理想女性。不过她们无一不令毛姆失望直至怨恨。自此,在毛姆的生活中再无美好的女性,而毛姆也在无意识之中将厌恶女性的情绪写进作品里,将各种各样不完美的形象施加在女性人物身上。

## 第三节 含糊不清的性别形象和毛姆的同性恋倾向

《人生的枷锁》是毛姆最具自传性质的长篇小说,见证了主人公灵魂被净化的过程,是毛姆摆脱不愉快的记忆和萦绕于心的失误与悲伤的有效途径。费尔菲(K. G. Pfeiffer)曾经试图将《人生的枷锁》中的事实和虚构成分加以区分,并寻问毛姆是否可以公正地说主人公菲利普在某一时期的思想和情感,就是他当年的所想所思。他得到的回答是肯定的。毛姆又说菲利普的很多经历其实就是他的。① 由此可以看出,在毛姆的所有作品中,没有哪本传记体小说像《人生的枷锁》这样更能激发读者对作者和主人公生活与个性相似之处的好奇心了。

小说的主体部分讲述了菲利普与米尔德丽德漫长、痛苦的情感纠结,涵盖了理智与情感、欲望与自控、自由与枷锁之间的多重冲突。菲利普深受点心店女招待米尔德丽德的吸引,因为她的身上带着一种明显的冷漠。她浅薄、冷淡、贪婪、愚笨且不守规则,虽然菲利普鄙视她,却无法逃离她,并从中自取其辱。"他的爱情充满了矛盾与束缚——不仅来自身体还有情感。身体的束缚在于尽管不被需要,菲利普都需要米尔德丽德在他身边。精神的束缚在于不管米尔德丽德是否出现,都会控制菲利普的思想和行动,就像她在身旁一样。"② 可是米尔德丽德自始至终都没有爱过菲利普,某些情况下,她只是感激他的帮

---

① Pfeiffer K. Somerset Maugham:A Candid Portrait[M]. London:Victor Gollanez,1959:27.
② 毛姆.山顶别墅[M].梅琼,译.上海:上海外语教育出版社,1983:15-16.

助,大多数时候对菲利普都是不屑一顾的。

朋友格里菲思曾在菲利普患流感时照顾过他,后来他竟与米尔德丽德私奔了。然而菲利普却为他们提供路费。据摩根说,毛姆曾告诉柯德尔这段经历带有自传性质:"他像中了魔般自我折磨,拿出五英镑让他的仇敌和他爱的人私奔。不过怪异的是,毛姆竟然用'人'一词指代米尔德丽德,因为有可能米尔德丽德的原型是男性而不是女性。"① 哈利·菲利普斯是毛姆在巴黎时的生活秘书,曾对约瑟夫·德柏林斯基(Joseph Dobrinsky)讲过米尔德丽德是"基于一个年轻男子"创造出来的②

在进一步的分析中,仅从米尔德丽德的外表描述来看,她的性别的确是模糊不清的:"她瘦长的个子,狭窄的臀部,胸部平坦坦的像个男孩……她五官生得小巧端正,蓝蓝的眼睛,低而宽阔的前额(莱顿勋爵、阿尔马·泰德默以及其他不计其数的维多利亚女王时代的画家,都硬要世人相信这种低而宽阔的前额乃是一种典型的希腊美)。"③

由此可以推断,米尔德丽德的外表之所以令菲利普着迷,一部分原因在于她长得像个男子。她的身上带着一种维多利亚女王时代的画家竭力宣扬赞美的希腊之美,而在这个时代的作品中,双性同体,即将两性特点融为一体的创作模式是十分常见的。此外,在维多利亚时代,人们普遍将同性恋等同于希腊美。④

阿奇·罗斯认为,如果根据特德·摩根的研究和推断,认为菲利普和米尔德丽德之间的故事是一段掩饰之下的同性恋爱情,那么,读者就不难理解菲利普和诺拉之间的纠葛了。他对诺拉怀有真诚的友情,二人之间的性关系也只有一次,并且对菲利普来说是微不足道的。但是对于米尔德丽德的原型,菲利普却萌生出一种无法实现的、真正的、强烈的激情。如果菲利普的两难境地在于他不得不在一个女人和一个年轻男子之间做出抉择,那么,他对诺拉的拒绝就更能说明问题。⑤

将菲利普的感情经历与毛姆的个人生活结合来看,上述关于菲利普性取向

---

① Morgan T. Maugham[M]. New York: Simon and Schuster, 1980: 196.
② Morgan T. Maugham[M]. New York: Simon and Schuster, 1980: 196.
③ 毛姆. 人生的枷锁[M]. 张增健,倪俊,张柏然,译. 上海:上海译文出版社,2015:364.
④ Loss A K. Of Human Bondage: Coming of Age in the Novel[M]. Boston: Twayne Publishers, 1990: 55.
⑤ Loss A K. Of Human Bondage: Coming of Age in the Novel[M]. Boston: Twayne Publishers, 1990: 60.

## 第五章 毛姆女性观形成的个人因素

问题的推断就更加可信。毛姆的个人生活和小说之间的关系确实紧密，以至于书中的人物在现实生活里都是有名有姓的。即便毛姆本人不承认米尔德丽德的原型是男性，当时的评论家也已经在《人生的枷锁》中探究了他与同窗罗斯和海沃德（毛姆在海德堡期间结识的朋友布鲁克斯的原型，也是一个同性恋者）之间的友情，验证了菲利普的性取向。菲利普在坎特伯雷皇家学校高年级读书的时候认识了罗斯并与之成为朋友，然而当毛姆病愈返校，却发现罗斯已经丢下他跟另一个同学亨利很要好了。特德·摩根在传记中这样描述菲利普与罗斯的对质，"就像小两口闹别扭时一样"①：

"你来有何贵干？"
"听我说，打我回来后，你干吗变得这么窝囊？"
"噢，别说蠢话了。"罗斯说。
"真不懂你看上了亨利哪一点。"
"这你可管不着。"

菲利普垂下眼睑，满肚子的话却不知从何说起。他怕失言丢丑。罗斯站起身来。

"我得上健身房去了。"他说。他昂首阔步走到门口时，菲利普硬从喉咙口挤出一句话来：

"听我说，罗斯，别那么不讲情义。"
"哼，去你的吧。"②

既然上述小说中的人物在毛姆的生活和时代中确有其人，那么，根据特德·摩根的分析判断，毛姆在他人生的前45年里，基本上过着双性的生活。③而后当毛姆第一次做出婚姻承诺的时候，遇到了之后陪伴他大半生的秘书杰拉尔德·赫克斯顿。"毛姆介于两个爱人之间，过着双重的生活方式，仿佛难以抉择。"④ 1929年，毛姆最终决定与西莉离婚，因为他感觉离不开赫克斯顿。

---

① 特德·摩根. 人世的挑剔者：毛姆传[M]. 梅影，舒云，晓静，译. 长沙：湖南人民出版社，1986：20.
② 毛姆. 人生的枷锁[M]. 张增健，倪俊，张柏然，译. 上海：上海译文出版社，2015：94-95.
③ Morgan T. Maugham[M]. New York：Simon and Schuster，1980：198.
④ Morgan T. Maugham[M]. New York：Simon and Schuster，1980：252.

毛姆忍受性生活的煎熬，很大程度上出于对同性恋取向的羞愧自责。[①] 他自始至终都没有忘记英国社会上下对同性恋的严厉指责，也许出于这个原因，在一生的大部分时间里，他都选择在充满自由、宽容气息的法国生活。

从《人生的枷锁》开端直至尾声，菲利普对米尔德丽德的感情始终是矛盾纠结的。在他的心中，爱情是温柔浪漫、诗情画意的化身，他也期待着陶醉于温情甜蜜之中。虽然坠入爱河，菲利普却根本感受不到一丝柔情蜜意，相反，他从未经历过像这样心灵的饥渴、痛苦的思恋以及无尽的苦恼。两人相识之初，菲利普就已经意识到他对米尔德丽德的迷恋是病态的，就连她用他最痛恨的辞令"跛子"辱骂他的时候，他还是对她念念不忘。他不清楚自己什么时候爱上了米尔德丽德，只记得每次去点心店，他的心底便涌起一股莫名的痛楚。每次米尔德丽德对他讲话，他居然不知何故地喘不过气来。当她离他而去，他苦恼难耐，当她向他走来，他又绝望无助。

根据以上菲利普对米尔德丽德矛盾情感的分析，英国评论家哈尔维（A. D. Harvey）得出了推论：毛姆在《人生的枷锁》中已经体现出了他的性取向。众所周知，一部文学作品的缺陷——或许是人们常说的怪异之处，源自于作家本人与众不同的个性。"从毛姆描写菲利普与女性关系的模式，直至他表达此类情感的惯用手法，读者就会发现他的同性恋取向。不过话又说回来，如果他不是一个同性恋者，就不会是写出《人生的枷锁》的萨默赛特·毛姆了。事实被完美地安插进小说中并且无法抹去。这些写作手法是可以部分地被审视到的。"[②]

早在毛姆参加第一次世界大战的时候，就在前线认识了年轻的士兵杰拉尔德·赫克斯顿。他性格开朗，善于同各种人打交道，在陌生和复杂的环境中也能应对自如。从那时起，赫克斯顿就成为毛姆的私人秘书和亲密朋友。在他的陪伴和帮助下，毛姆得以游历世界各国，征服了路上的重重险阻，见证了人世百态，从而描画出大千世界的众生相。除了为毛姆在打字机上打出稿件之外，赫克斯顿还改编毛姆的小说和剧本。作为助手，他帮助毛姆完成了《月亮和六便士》《刀锋》等大部分长短篇小说和优秀的戏剧作品。

但是赫克斯顿嗜酒成性，脾气暴躁，生活方式近乎自杀，虽经多方治疗，

---

① Loss A K. Of Human Bondage: Coming of Age in the Novel[M]. Boston: Twayne Publishers, 1990: 129.
② 转引自 Costa R H. Wages of Notoriety[M] // An Appointment with Somerset Maugham And Other Literary Encounters. College Station, Texas: Texas A and M University Press, 1994: 28.

## 第五章　毛姆女性观形成的个人因素

还是于1944年11月7日在纽约的医院去世。毛姆在葬礼上痛不欲生。年近80的他只想把自己关在屋子里，不接待包括朋友在内的任何人。虽然侄子罗宾陪叔父同住，毛姆还是抑制不住对赫克斯顿的思念，不得不靠安眠药维持睡眠。他这样评价赫克斯顿：

> 整整三十年了，他一直陪伴着我。可以说，他是我喜怒哀乐的源泉。现在没了他，我真不知如何是好了。我现在完全成了一个孤老头子，你说我活着还有什么意思。杰拉尔德比我小将近二十岁，可我有充足的理由讲：我能有今天，全是亏了他。要是我比他先死了，他肯定也会很悲恸的，但他可以每隔一、两周喝上一次酒，这样也许会好些。同时，他又是个天生快活的人，可我却太老了，怎么也受不了这么大的痛苦。我活得太长了。①

从这段肺腑之言中读者能够看出，令人深受感动的，仿佛是毛姆对于赫克斯顿超出同性恋情感之外的依恋和思念。赫克斯顿对于毛姆，已经不是单纯意义上的工作助手和生活陪伴。由于毛姆生性内向腼腆，又有口吃的毛病，与陌生人打交道时总是拘谨尴尬，不善言辞，而赫克斯顿凭借大方热情的风格，很快便能与各式各类人交上朋友，并善于灵活应对突如其来的状况。有赫克斯顿一路陪伴，毛姆才可以深入文化、宗教和习俗迥异的异域国度，从中国、南太平洋到马来亚和印度，接触和体验当地的风土人情，捕捉人类共同的善恶美丑。

毛姆异域游记之所以广受世界各国读者的青睐，在于其描述得真实，剖析得深刻，而赫克斯顿正是孤僻内向、不愿意抛头露面的毛姆获得第一手素材的有力支持。他是毛姆艺术创作过程中不可或缺的人物。

当然，毛姆对赫克斯顿的依赖并不止于此。更重要的是，他弥补了毛姆性格的缺失，抚平了毛姆与女性交往频频失败的创伤，并且满足了他童年丧母、渴望被爱的欲望。从精神分析学人格发展理论入手来分析毛姆的心理和行为，读者可以更好地理解赫克斯顿对于毛姆的意义。精神分析学中的求同作用同样是欲望受到压抑产生焦虑之时，自我和超我做出的消除挫败感的自我调节

---

① 罗宾·毛姆.盛誉下的孤独者:毛姆传[M].李作君,王瑞霞,译.沈阳:春风文艺出版社,1989:87.

方式：

> 认同的要旨是结合，也就是将外部对象，通常是将他人的性质结合到自己的人格中。一个人如果长期认同另一个人的性格与品质，那么这两个人就会很像……认同发生的情况有四种：自恋型认同、挫折焦虑认同、损失认同和戒律认同……损失认同也是一种常见的情况，即自己爱恋而又不能拥有的东西，为了得到或者长期拥有它，便努力让自己与该对象相似。损失认同可以让人获得欲望的满足，也可以替代失去的对象，将对象的一些特征内化为自己的一部分特征，因此自己原有的人格特征发生改变，从而接受经过个人认同的新特征，发展成为新人格。①

在《人生的枷锁》中，毛姆写出了求学期间的自己：身材矮小、身体残疾、性格孤僻、不擅交际。但是他也有自娱自乐的方式：年轻的菲利普陷入了成为别人的幻想之中并乐此不疲。无论什么时候，当学校某位同学的某些表现强烈地吸引了菲利普，他的大脑便开启了幻想之门。他想象着自己就是那个人，一言一行都与那个人无异。他可以带着那个人的身躯，用自己的语言讲话，用自己的思想思考，用自己的情绪表达喜怒哀乐。他把自己与那个人完全等同起来，仿佛他就是那个人本身，而这种认同是如此精准，以至于有时连他自己都难辨他我了。

在童年不幸中成长的毛姆有着强烈的自我意识，他深知自己无论从外形还是性格上都不是同龄人青睐的对象，因而自然地对具备他性格缺失部分的人产生爱慕。现实中他无法成为这种人，那么，他就将人格的认同付诸幻想之中。从心理学的角度来看，毛姆的做法无异于"损失认同"。为了获得渴望而不可得的东西，如健康、魅力、成就、青睐，毛姆努力让自己成为拥有这一切的这个人。不过他年幼行动力受限，只能在想象的世界里满足欲望，实现"损失认同"的过程罢了。

成年之后的毛姆在与女性交往中屡屡受挫。他内向的性格带着某种不自信，就连别人碰触他的胳膊他也会不自在。毛姆的身边不乏女性，但真正有女

---

① 赵倩.现实荆棘中的理想跋涉：从短篇小说看毛姆的女性观[D].北京：北京师范大学，2006：25.

性爱他的时候,他又紧张不安起来,所以毛姆很难与某一女性保持长久的恋爱关系。而他与苏·琼斯长期交往并求婚的原因,除了实现他渴望母爱、被爱的愿望之外,还有苏·琼斯真诚热情的个性使毛姆不仅心情愉快而且思想上得到放松。毛姆了解并厌恶自己心理、人格的缺陷,却又无法摆脱。

赫克斯顿的性格与毛姆正相反。他自信、热情、善于交际,是个性情中人,与毛姆的个性形成了鲜明的对比和互补。毛姆从内心深处是渴望成为赫克斯顿的,只是他的身份和地位与赫克斯顿相差悬殊,无法亲自实践"损失认同"。不过他可以把这个人留在身边,时时刻刻感受他的魅力,以填补自身缺失的性格。在有赫克斯顿相伴的 30 年中,毛姆生活得充实、满足且快乐。他经历了另一种性格之下的多彩人生,那是一个不善交际的作家难以企及的。虽然没有真正成为这个人,但他也无异于就是这个人。可见,通过赫克斯顿,毛姆成功地在人格发展中实现了"损失认同",直到赫克斯顿离开人世。如果毛姆始终追求性格上的"损失认同",自然会在不经意间疏离和冷淡女性,并且在创作过程中表露出相应的倾向。

# 结　语

在人类文明的记载中，流传至今的神话讲述了诸多关于女性愚蠢无知、变幻莫测、神秘邪恶的故事。其中的大多数已在文化和文学的传承发展中作为潜在的意识固定在人类的脑海之中，成为一种普遍认可的存在。"世界文学构成了文化中最深奥微妙的层面或者它的文化模式。"① 世界文学承载了人类的思想意识和智慧经验，以最深奥、最细腻的方式展现着人类文化的走向。在解读世界文学经典中，女性主义读者研读男性作家笔下的女性形象，以确认他们的性别取向来提升女性的自我意识。

女性主义文学批评中的"女性形象批评"以作家和文本与女性主义意识形态相融合的程度为研究依据，着重分析文学作品中的女性形象刻画是否失真，是否被刻意地夸大或者弱化。通过这种方式，女性主义文学批评家试图展示占主导地位的父权制传统如何以多角度、多方面地压制、轻视、误解女性。

在英国知名作家威廉·萨默塞特·毛姆生活和创作的年代里，女性以更加清晰的面貌出现在世人面前。在小说中，毛姆再次验证了古代神话对女性的认识：女性是罪恶、低级、粗俗、性欲和魔鬼的典型代表。有文化、危险以及神秘莫测的女性则记录了包括毛姆在内的男性群体的整体焦虑。在英国女性主义运动蓬勃发展的年代，社会等级制度也逐渐发生改变。传统的性欲驱使的女猎手正转型为更具危险性的新女性——女作家或者女间谍。毛姆理想女性中的情人、妻子和奴仆被视为男性的珍宝。她们服务于男性的生活，又不去侵扰他们的。总之，毛姆批判对自己身份和地位构成威胁的女性，也赞美使自己生活愉悦的女性。

毛姆的女性观形成的原因，还要从社会和个人角度进行分析。从荣格的集体无意识理论可以看出，毛姆的女性观念是存在于人类意识之中的一种固有

---

① Makolkin A. Semiotics of Misogyny Through the Humor of Chekhov and Maugham[M]. New York: The Edwin Mellen Press, 1992: 2.

## 结 语

的、普遍的态度,是文学中的厌女现象与传统的传承。叔本华关于女性是人类繁衍、男性玩乐工具的陈述,以及她们注定的悲剧人生,都给予毛姆创作中的引导和启示。19世纪社会学的研究从科学的角度验证了女性的大脑小于男性,片面地得出女性在智商方面相应地弱于男性的谬论。毛姆生活在英国维多利亚晚期,在当时文学、绘画以及心理学的研究和成果中,常见的一种现象是女性被置于从属的地位。

从对毛姆的传记和三部传记性小说《寻欢作乐》《月亮和六便士》《人生的枷锁》的分析中可以看出,童年不幸等不幸福的人生经历很大程度上影响了毛姆的创作动机和女性观。母亲过早离世是他一生无法治愈的伤痛,苏·琼斯拒绝了他的求婚,强烈地刺激了他的内心。毛姆写作《月亮和六便士》的时候,与妻子西莉生活,其中,对斯特里克兰德妻子言行的描写反映出作家对身边妻子的不满与无奈,更有人指责他与秘书赫克斯顿的同性恋倾向使他厌恶、疏远女性成为必然。

不可否认的是,毛姆试图挣脱身边女性的枷锁。他觉察出他生活的年代的女性过于精明、开放而无法激起男性的爱情。他能感受到20世纪初期伦敦社会虚伪的女性气息,周遭尽是些"身材挺拔高大、眼露贪婪之光"的女人。毛姆厌倦了在她们之间周旋,她们看上去聪慧、无所不知,实际上她们报复心强、偏执狭隘。比较而言,毛姆更倾向于返回自然、原始的生活状态,在无欲无求之间思索人生的真谛,创造永恒的艺术。

在当代社会,女性主义、女性权利、女性研究以及两性关系等话题已经呈现多极化。相关的日常讨论不仅出现在教室、图书馆、电波中,也是家庭和私人场所的谈资。但是某些时候,在公共场合以及工作环境中,人们会注意到男女两性在日常接触中的不自然与不和谐:有的避免与对方眼神交流,有的对对方超乎寻常地粗鲁、蔑视。通过女性主义阅读来重读毛姆的女性人物,并从心理学、哲学的研究角度分析他反感、赞美女性的成因,相信毛姆的女性观能够客观地予以看待。

总之,读者应该从多角度、多层面地审视毛姆的女性观,而不能片面地将毛姆归为绝对的厌女主义者和同性恋者,并从毛姆独特的个人、感情经历和当时社会、哲学的影响来综合分析隐藏在现象之下的本质。只有更客观地认识男性作家对女性复杂的态度和情绪,才能更深刻地理解作家笔下的女性形象,从而使两性之间的紧张与摩擦得到缓解,建立在相互认可、尊重、包容、互助基础之上的两性关系才能走向和谐。

　　毛姆小说中女性的某些特点被夸大、丑化或者美化，呈现出一定的类型化倾向。实际上，毛姆作品中的其他很多女性应该不只是具有某一特点的扁平人物，而是更加真实丰满的形象。她们可能更多地表现出人性的善与恶，而不仅仅因为她们是女人。有些女性虽然表现得凶狠残忍、神秘难测，却也值得同情和理解，因为她们与常人一样，自然地受到欲望的驱使，并且拥有爱的权利，只是她们表达的方式不同。读者不禁会反思，如果自己处在主人公的状态下，是否也会犯下罪行。有些女性虽然被作者由衷赞美，可是就读者的道德观判断，是绝对不能理解接受的。可以说，本书的研究还存在一定的局限性。毛姆作品中的女性形象还需要通过大量的文本研读，引进多学科的分析理论（如存在主义、神话原型理论等）进一步总结、评判、验证毛姆的女性观念以及在他人生哲学中的位置。在探究毛姆女性观的成因方面，对毛姆创作有影响的因素当然不只是叔本华的哲学思想，还有易卜生的戏剧等。特德·摩根在传记中特别写出了毛姆在慕尼黑"能邂逅这位名噪一时的大戏剧家，对他来说可是终生难忘的事"①。"是易卜生，抛弃了由来已久的清规戒律，大胆写出人物内在的激情和自私心理，揭示那黑暗的潜流。他向社会宣战，公开讨论那些一向忌讳极深的题材。"② 毛姆作品中那些描写社会的黑暗、人性的险恶与自私等真实的画面正是向传统的挑战。如果将易卜生的戏剧作品和毛姆的作品比较，是否能够找到大师作品的影子，或者将两位作家笔下的女性加以分析，会推出什么结论。此外，《人生的枷锁》出自斯宾诺莎著作中的一章，斯宾诺莎的思想是否在毛姆的人物身上得到再现。毛姆在《总结》中提到喜欢斯宾塞的书，那么，毛姆的作品是否也有所反映。还有，毛姆的文学观与他的文学批评也应该有助于毛姆作品的解读。如果将上述分析应用到本书的论题上来，研究的科学性一定会极大地增加。

---

① 特德·摩根.人世的挑剔者：毛姆传[M].梅影,舒云,晓静,译.长沙：湖南人民出版社,1986:24.
② 特德·摩根.人世的挑剔者：毛姆传[M].梅影,舒云,晓静,译.长沙：湖南人民出版社,1986:24.

# 参考文献

**1. 英文参考文献**

[1] ANTOUN R T. On the Modesty of Women in Arab Villages[J]. American Anthropologist, 1968, 70:692.

[2] BACHOFEN J. Das Mutterrecht[M]. Basel: B. Schwabel, 1861.

[3] BLOOM H. Shakespeare: The Invention of the Human[M]. New York: Riverhead Books, 1998.

[4] BUNNELL W S. Brodie's Notes on Somerset Maugham's of Human Bondage[M]. London: PanBooks Ltd, 1977.

[5] CALDER R L. Figures in The Foreground[M]. London: Hutchinoon, 1963.

[6] CONRAD J. Heart of Darkness[M]. New York: Penguin Books, 1983.

[7] COOLE L. Women in Political Theory: From Ancient Misogyny to Contemporary Feminism[M]. Sussex: Wheatsheaf, 1988.

[8] CORDELL R. Somerset Maugham: A Biographical and Critical Study[M]. Bloomington: Indiana University Press, 1961.

[9] COSTA R H. Wagewages of Notoriety[M]//An Appointment with Somerset Maugham And Other Literary Encounters. USA: Texas A and M University Press, 1994.

[10] CURTIS A. The Pattern of Maugham: A Critical Portrait[M]. London: Humish Hamilton, 1974.

[11] CURTIS A, WHITEHEAD J W. Somerset Maugham: The Critical Heritage[M]. London: Routledge and Kegan Paul, 1987.

[12] DODD W. Six Stories Written in the First Person Singular[M]//Curtis A, Whitehead J W. Somerset Mauham: The Critical Heritage. London: Routledge and Kegan Paul Ltd, 1987.

[13] DURKHEIM E. The Division of Labor in Society[M]. New York:

Macmillan,1933.

[14]ELLMANN M. Feminist Stereotypes[M]//Thinking About Women. New York:Harcourt Brace Jovanovich,Inc,1968.

[15]FELSKI R. The Counterdiscourse of the Feminine in Three Texts by Wilde, Huysmans and Sacher-Masoch[J]. PMLA,1991,106:1094-1105.

[16]FIELD L M. The Trembling of a Leaf[M]//Curtis A,WHITEHEAD J. Walliam. Somerset Maugham:The Critical Heritage. London:Routledge and Kegan Paul Ltd. ,1987.

[17]FREUD S. Civilization and Its Discontents[M]. New York:Norton,1931.

[18]GEERTZ H. The Meanings of Family Ties[M]//GEERTZ C,GEERTZ H, ROSEN L. Meaning and Order in Moroccan Society. New York:Cambridge University Press,1979.

[19]GISH R. The Exotic Short Story:Kipling and Others[J]. The English Short Story1880-1945:A Critical History,1985,24.

[20]GILMORE D. Misogyny:The Male Malady[M]. Philadelphia:University of Pennsylvania Press,2001.

[21]HAGGARD H R. She[M]. New York:Hart,1976.

[22]HARROWITZ N A. Antisemitism, Misogyny, and the Logic of Cultural Difference:Cesare Lombroso and Matilde Serao[M]. Lincoln:University of Nebraska Press,1994.

[23]HODGE R, KRESS G. Social Semiotics[M]. Ithaca, New York:Cornell University Press,1988.

[24] HOLDEN P. Orienting Masculinity, Orienting Nation: W. Somerset Maugham's Exotic Fiction[M]. London:Greenwood Press,1996.

[25]KESTNER J A. Mythology and Misogyny:The Social Discourse of Nineteenth-Century British Classical-Subject Painting[M]. Madison:University of Wisconsin Press,1989.

[26]KUNNER M C. Maugham and The West:The Human Condition:Bondage [M]. New York:Columbia University,1953.

[27]LAKOFF G. Women, Fire and Dangerous Things [M]. Chicago:The University of Chicago Press,1987.

[28]LAWRENCE D H. Ashenden[M]//CURTIS A,WHITEHEAD J. Walliam. Somerset Maugham:The Critical Heritage. London:Routledge and Kegan Paul Ltd. ,1987.

[29]LOSS A K. Of Human Bondage:Coming of Age in the Novel[M]. Boston:Twayne Publishers,1990.

[30]MAKOLKIN A. Semiotics of Misogyny Through the Humor of Chekhov and Maugham[M]. New York:The Edwin Mellen Press,1992.

[31]MAUGHAM S W. A Man with a Conscience[M]//Walliam. Somerset Maugham:Collectd Short Stories:Vol. 4. London:Pan Books Ltd. ,1976.

[32]MAUGHAM S M. The Summing Up[M]. New York:Arno Press,1977.

[33]MEYERS J. Tis Pity She's a Whore:Conrad's Victory and Maugham's 'Rain'[J]. Notes on Contemporary Literature,2012,42(1):41-44.

[34]MORGAN T. Maugham[M]. New York:Simon and Schuster,1980.

[35]MORTIMER. East and West and Altogether[M]//Curtis A,Whitehead J. Walliam. Somerset Maugham:The Critical Heritage. London:Routledge and Kegan Paul Ltd. ,1987.

[36]O'HALLORAN J. 'At the Far Edge of their Firelight':Primitivism and Progress in the Colonial Fiction of W. Somerset Maugham[J]. SPAN, 1988, 26:68-103.

[37]PERKIN H. Origin of Modern English Society[M]. London:ARK Paper backs,1985.

[38]PFEIFFER K. Somerset Maugham:A Candid Portrait[M]. London:Victor Gollanez,1959.

[39]RAPHAEL F. Somerset Maugham[M]. London:Thames O. Hudson,1976.

[40]ROGERS K M. The Troublesome Helpmate:A History of Misogyny in Literature[M]. Seattle:University of Washington Press,1966.

[41]SHOWALTER E. The Double Critical Standard and the Feminine Novel [M]//A Literature of Their Own:British Women Novelists from Bronte to Lessing. Beijing:Foreign Language Teaching and Research Press,2004.

[42]SCHOPENHAUER A. The World as Will and Representation[M]. Vol. l. Dover publication,Inc,1966.

[43] STEWART F H. Honor[M]. Chicago:University of Chicago Press,1994.

[44] TORGOVNICK M. Gone Primitive:Savage Intellects, Modern Lives[M]. Chicago:University of Chicago Press,1990.

[45] WILSON K M,MAKOWSKI M E. Wykked Wives and Woes of Marriage:Misogamous Literature from Juvenal to Chaucer[M]. Albany:State University of New York Press,1990.

[46] WILLY M. Walliam Somerset Maugham:Overview[M].//Kirkpatrick D L. Preface Guide to English Literature. Donver:St. Jones Press,1991.

[47] WINNER I P. Semiotics of Culture[M]//Deely J et al. Frontiers of Semiotics. Bloomington:Indiana University Press,1986.

[48] WORSNOP J. A Reevaluation of 'The Problem of Surplus Woman' in 19th-Century English[J]. Woman's Studies International Forum,1990,Vol. 13,Nos. 1/2:12-31.

**2. 中文图书文献**

[1]奚广庆,王谨. 西方新社会运动初探[M]. 北京:中国人民大学出版社,1993.

[2]波伊尔. 天堂之魔:毛姆传[M]. 梁识梅,译. 北京:中国文联出版社,1987.

[3]陈惇,何乃英. 外国文学史纲要[M]. 北京:北京师范大学出版社,1996.

[4]陈晓兰. 女性主义文学批评与文学诠释[M]. 兰州:敦煌文艺出版社,1999.

[5]侯维瑞. 现代英国小说史[M]. 上海:上海外语教育出版社,2001.

[6]胡经之. 西方文艺理论名著教程[M]. 下. 北京:北京大学出版社,1989.

[7]罗宾·毛姆. 盛誉下的孤独者:毛姆传[M]. 李作君,王瑞霞,译. 沈阳:春风文艺出版社,1989.

[8]毛姆. 山顶别墅[M]. 梅琼,译. 上海:上海外语教育出版社,1983.

[9]毛姆. 天作之合:毛姆短篇小说选[M]. 佟孝功,刘希武,郑举福,等,译. 长沙:湖南人民出版社,1983.

[10]毛姆. 天作之合:毛姆短篇小说选[M]. 佟孝功,刘希武,郑举福,等,译. 长沙:湖南人民出版社,1983.

[11]毛姆. 天作之合:毛姆短篇小说选[M]. 佟孝功,刘希武,郑举福,等,

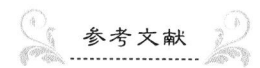

译.长沙:湖南人民出版社,1983.

[12]毛姆.路易丝[M].郑举福,译//天作之合:毛姆短篇小说选.佟孝功,刘希武,郑举福,等译.长沙:湖南人民出版社,1983.

[13]毛姆.天作之合:毛姆短篇小说选[M].佟孝功,刘希武,郑举福,等,译.长沙:湖南人民出版社,1983.

[14]毛姆.天作之合:毛姆短篇小说选[M].佟孝功,刘希武,郑举福,等,译.长沙:湖南人民出版社,1983.

[15]毛姆.天作之合:毛姆短篇小说选[M].佟孝功,刘希武,郑举福,等,译.长沙:湖南人民出版社,1983.

[16]毛姆.天作之合:毛姆短篇小说选[M].佟孝功,刘希武,郑举福,等,译.长沙:湖南人民出版社,1983.

[17]毛姆.天作之合:毛姆短篇小说选[M].佟孝功,刘希武,郑举福,等译.长沙:湖南人民出版社,1983.

[18]毛姆.毛姆短篇小说精选集[M].冯亦代,傅惟慈,陆谷孙,等,译.南京:译林出版社,2012.

[19]毛姆.毛姆短篇小说精选集[M].冯亦代,傅惟慈,陆谷孙,等,译.南京:译林出版社,2012.

[20]毛姆.毛姆短篇小说精选集[M].冯亦代,傅惟慈,陆谷孙,等,译.南京:译林出版社,2012.

[21]毛姆.总结[M].孙戈,译.南京:译林出版社,2012.

[22]毛姆.寻欢作乐[M].叶尊,译.南京:译林出版社,2013.

[23]毛姆.总结[M].孙戈,译.南京:译林出版社,2012.

[24]毛姆.英国特工[M].高健,译.上海:上海译文出版社,2013.

[25]毛姆.英国特工[M].高健,译.上海:上海译文出版社,2013.

[26]毛姆.英国特工[M].高健,译.上海:上海译文出版社,2013.

[27]毛姆.马来故事集[M].先洋洋,译.南京:译林出版社,2014.

[28]毛姆.马来故事集[M].先洋洋,译.南京:译林出版社,2014.

[29]毛姆.马来故事集[M].先洋洋,译.南京:译林出版社,2014.

[30]毛姆.月亮和便士[M].傅惟慈,译.上海:上海译文出版社,2014.

[31]毛姆.爱德华·巴纳德的堕落[M].孔祥立,译.南京:译林出版社,2015.

[32]毛姆.昂蒂布的三个胖女人[M]//爱德华·巴纳德的堕落.孔祥立,译.南京:译林出版社,2015.

[33]毛姆.爱德华·巴纳德的堕落[M].孔祥立,译.南京:译林出版社,2015.

[34]毛姆.爱德华·巴纳德的堕落[M].孔祥立,译.南京:译林出版社,2015.

[35]毛姆.爱德华·巴纳德的堕落[M].孔祥立,译.南京:译林出版社,2015.

[36]毛姆.爱德华·巴纳德的堕落[M].孔祥立,译.南京:译林出版社,2015.

[37]毛姆.爱德华·巴纳德的堕落[M].孔祥立,译.南京:译林出版社,2015.

[38]毛姆.雨[M]//爱德华·巴纳德的堕落.孔祥立,译.南京:译林出版社,2015.

[39]毛姆.木麻黄树[M].黄福海,译.上海:上海译文出版社,2015.

[40]毛姆.驻地分署[M]//木麻黄树[M].黄福海,译.上海:上海译文出版社,2015.

[41]毛姆.木麻黄树[M].黄福海,译.上海:上海译文出版社,2015.

[42]毛姆.人生的枷锁[M].张增健,倪俊,张柏然,译.上海:上海译文出版社,2015.

[43]荣格.四个原型[M].伦敦:伦敦出版社,1972.

[44]阮炜,徐文博,曹亚军.20世纪英国文学[M].青岛:青岛出版社,2014.

[45][德]叔本华.叔本华思想随笔[M].韦启昌,译.上海:上海人民出版社,2008.

[46]沃特金斯.女性主义[M].陈侃如,译.广州:广州出版社,1998.

[47][美]特德·摩根.人世的挑剔者:毛姆传[M].梅影,舒云,晓静,译.长沙:湖南人民出版社,1986.

[48]王晓骊,刘靖渊.解语花:传统男性文学中的女性形象[M].石家庄:河北人民出版社,2001.

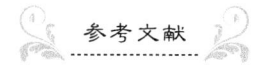

**3. 中文期刊论文**

[1]陈娟.张爱玲与英国文学[D].长沙:湖南师范大学,2011.

[2]童银银.跨文化的吸引:论毛姆小说中的东方文化[J].外国文化,1998.

[3]丁霞.从精神分析和女性主义角度解析《月亮和六便士》[D].郑州:郑州大学,2004.

[4]韩轶敏.论文艺复兴时期意大利的厌女观念[D].济南:山东大学,2014.

[5]胡永华.《从〈月亮和六便士〉看艺术家的生产》[J].外国文学,2018.

[6]蒋丽.威廉·萨默塞特·毛姆短篇小说中的异化[D].长沙:湖南大学,2015.

[7]李钰铮.毛姆小说中的情爱伦理观[D].无锡:江南大学,2013.

[8]李迎霞.毛姆小说《月亮和六便士》的人性主题研究[D].伊宁:伊犁师范学院,2015.

[9]李桂芝.欧洲中世纪的厌女主义[J].社会科学文摘,2017(3).

[10]潘绍中.在国外享有更大声誉的英国作家:萨默塞特·毛姆[J].外国文学,1982(1).

[11]彭珍珠.乔伊斯笔下的女性[D].广州:广东外语外贸大学,2002.

[12]庞荣华.毛姆异域游记研究[D].上海:华东师范大学,2011.

[13]秦宏.毛姆作品在中国的译介与研究[J].广东外语外贸大学学报,2008(2).

[14]申利锋.二十世纪八十年代以来的我国毛姆研究[J],外国文学研究,2001.

[15]王鑫.毛姆短篇小说人性问题研究[D].济南:山东师范大学,2001.

[16]王建成.启蒙变奏下的生存与张扬:女性主义文学批评管窥[D].济南:山东师范大学,2004.

[17]吴亮.毛姆小说中的人生悖论和精神救赎[D].武汉:华中师范大学,2007.

[18]王荣祥.走出失乐园:叔本华的意志哲学研究[D].上海:复旦大学,2010.

[19]幸红娟,郁宏福.毛姆在中国的译介溯源与研究潜势[J].中国翻译,2016.

[20]杨锐.从毛姆小说中的婚姻爱情景观看毛姆的精神探求[D].大连:辽宁师范大学,2001.

[21]赵晓丽,屈长江.毛姆的审美理想与魏晋风度[J].兰州大学学报,1987.

[22]张翠萍.西方女性主义文学批评研究[D].郑州:郑州大学,2002.

[23]张歆雪.毛姆短篇小说中的英国侨民形象探析:以马来题材故事为中心[D].天津:天津师范大学,2018.

[24]张艳花.毛姆与中国[D].上海:复旦大学,2010.

[25]赵倩.现实荆棘中的理想跋涉:从短篇小说看毛姆的女性观[D].北京:北京师范大学,2006.

[26]朱慧芳.毛姆小说叙事特征研究[D].武汉:武汉大学,2004.